Marie Bonstein
Tödlicher Isarfrost

Aufgewachsen in München Schwabing, ist Marie Bonstein beruflich lange im HR-Management tätig gewesen. Unter anderem in einer Rechtsanwaltskanzlei, wo sie erste Einblicke in die Arbeit von Polizei und Staatsanwaltschaft gewinnen konnte. Während dieser Zeit schrieb sie zwei Businessratgeber. 2020 hat sie ihre Leidenschaften, das Schreiben und die Liebe zu Krimis zusammengepackt und mordet jetzt auf dem Papier für ihre Isar-Krimis. Wo? Natürlich in München!

Marie Bonstein

Tödlicher Isarfrost

Kriminalroman

PIPER

Mehr über unsere Autoren und Bücher:
www.piper.de

Wenn Ihnen dieser Krimi gefallen hat, schreiben Sie uns unter Nennung des Titels »Tödlicher Isarfrost« an empfehlungen@piper.de, und wir empfehlen Ihnen gerne vergleichbare Bücher.

Wir produzieren nachhaltig
www.piper.de

ISBN 978-3-492-50629-8

Dieses Werk wurde vermittelt durch
die Literaturagentur Kai Gathemann GbR.
Redaktion: Christiane Geldmacher
Satz auf Grundlage eines CSS-Layouts
von digital publishing competence (München)
mit abavo vlow (Buchloe)
Covergestaltung: Emily Bähr, www.emilybaehr.de
Covermotiv: Shutterstock (Anna Timoshenko, Ironika, kaisorn,
xpixel); Freepik (kjpargeter, m.vichakorn, freepik)
Printed in Germany

1

Abgesperrt! Nur mit ihrem Slip bekleidet stand sie im unbeheizten Hausflur, doch sie fror nicht. Langsam, um keinen Lärm zu machen, ließ sie die Türklinke zurückgleiten.

Wo war sie hier nur reingeraten? Oder war es einmal mehr der Wahn, der sie befiel? Aber nein, sie hatte ihre Medikamente genommen.

Sicher gab es eine Erklärung für das Blut, dachte sie verzweifelt. Der Mann, mit dem sie eben noch Sex gehabt hatte, war er etwa ein wahnsinniger Killer? Oder ein Jäger? Das wäre doch möglich. Ein Jäger, so könnte es sein. Und er tat was? Zerlegte das Wild im Keller seines Reihenhauses?

Schon am frühen Abend, als sie lachend und küssend hereingekommen waren, hatte sie einen Wimpernschlag lang das Gefühl gehabt, dass etwas nicht stimmte.

Er hatte sie aus ihrem abgetragenen, viel zu dünnen Mantel geschält, seine Arme um ihre Taille geschlungen und sie gierig geküsst. Sie hatte seinen Kuss mit der gleichen Lust erwidert. Der schwere, süßliche Geruch war es gewesen, der sie irritiert hatte. Doch nur für einen kurzen Augenblick. Sie hatte nicht nachdenken wollen. Zu sehr hatte sie sich gewünscht vom Glück zu kosten, sich zu verlieben – so wie »normale« Leute.

Durch das Guckfenster in der Tür sah sie die Lichter der Straßenlaternen. Ihr sanfter Schein konnte sich gerade so gegen den Schneefall behaupten. Ohne Unterlass fielen dicke weiße Flocken auf den Boden und häuften Schicht für Schicht einen üppigen Schneeteppich auf.

Schwer drückte die Last auf die kleine Tanne im Vorgarten, die Äste bogen sich unter dem Druck. Unschlüssige Sekunden stand sie vor der verschlossenen Tür und starrte auf das Bäumchen draußen. Ihre nackten Füße klebten auf den eisigen Fliesen.

Sollte sie wieder hochgehen ins Bett, zu dem schlafenden Mann? So tun, als wäre nichts gewesen oder sollte sie, so wie sie war, aus einem der Fenster springen und durch die eisige Kälte fliehen?

»Hast du dich ein wenig umgesehen?«, hörte sie ihn hinter sich. Doch bevor sie sich umdrehen konnte, schlug er ihren Kopf hart gegen die Tür und packte sie am Hals. Mit einer gewissen Befriedigung in der Stimme hauchte er ihr ins Ohr:

»Neugier ist der Katze Tod!«

2

»Wegen des Gefrierbrands!«

»Das ist wohl eher ein Fall für den Haustechniker und nicht für die Kripo.« Hauptkommissarin Clara Liebig lachte kehlig und Kälteschwaden folgten ihrem Atem. Für einen Moment verschwand ihr Gesicht fast vollständig hinter einer Wolke aus kondensierter Luft. Die Kälte kroch trotz ihrer gefütterten Sneakers über ihre Fußsohlen hoch in die Waden. Sie trat von einem Fuß auf den anderen und dachte sehnsüchtig an den heißen Bluebay-Starter Kaffee, den sie beim Foodtruck vor dem Revier geordert hatte, als der Anruf des Rechtsmediziners Lukas Demirci dazwischen gekommen war.

Ihr Kollege Thorwald von Weidecke lachte nicht. »Für Gefrierbrand ist nicht der Haustechniker zuständig. Ein Hausgerätetechniker wird der richtige Ansprechpartner sein oder vielleicht ein Koch«, stellte der junge Kommissar mit ernster Miene und interessiertem Blick auf die am Boden liegende Leiche fest.

Die tote Frau lag auf einer Plane im Schnee, mitten im Englischen Garten. Ein hastig aufgestellter Sichtschutz der Polizei diente zur Abwehr sensationssuchender Blicke und eisiger Schneeböen. Doch der Wind drängte sich an den Polizeibarrieren vorbei und nahm den Schnee mit sich, der über die Leiche hinweg stob und seine funkelnden Kristalle auf der toten Frau verteilte.

Schaulustige gab es zu dieser frühen Stunde kaum, zwei Hundebesitzer waren vorbeigekommen, doch bei der Kälte und dem frostigen Wind waren sie nur kurz stehengeblieben. Ein in den Boden geschlagener Schirm, auf dem in fluoreszierenden Buchstaben *Polizei* aufgedruckt war, schützte die Tote vor dem von oben herabfallenden Schnee.

Weiträumig war der Ort des Geschehens mit rot-weißem Polizeiband abgesperrt. Ein einzelner Journalist hatte dem Wetter getrotzt. Er stand hinter der Absperrung und sprach die vorbeieilenden Feuerwehrleute an, um ein Interview zu bekommen. Doch er hatte kein Glück. Alle waren damit beschäftigt, zügig aufzuräumen. Niemand wollte sich länger als nötig den ungemütlichen Wetterbedingungen aussetzen.

Ein kräftiger Wind wirbelte über die Köpfe der Kommissare und des Rechtsmediziners hinweg. Die Äste und Zweige der Bäume bogen sich und wippten mit der Luftbewegung hin und her. Dahinter lag der chinesische Turm, der dunkel in die Morgendämmerung aufragte und dessen hölzerne Geschosse bedrohlich ächzten, wenn eine Windböe sie erfasste.

Einige Meter entfernt stand schräg zu dem schmalen Oberjägermeisterbach, der sich neben der einzigen Straße durch den Englischen Garten schlängelt, ein ramponiertes Auto. Das Dach war rußgeschwärzt und die Scheiben geborsten. Die Feuerwehr hatte es inzwischen vollständig gelöscht.

Der Busfahrer der Linie 54, der an diesem frühen Morgen mit seinem Bus durch den Englischen Garten gefahren war, hatte die Frau aus dem brennenden Fahrzeug herausgeholt. Doch sie war schon tot.

»Vermutlich kennt sich auch ein Metzger mit Gefrierbrand aus, aber ein Haustechniker bestimmt nicht.« Thorwald zog seinen grobgestrickten Schal fester um den Hals. Auf seiner Mütze bildete sich eine lockere Schneeschicht.

»Das war ein Witz.« Clara drückte die Hände tief in die Taschen ihres riesenhaften Parkas. Obwohl sie schlank und durchtrainiert war, trug sie bei ihrer beachtlichen Größe von 1,85 m am liebsten lockere, weite Jacken. So sah sie im Halbdunklen, bei dem Schneegestöber und mit dem Scheinwerferlicht der Feuerwehr im Rücken, groß und wuchtig aus. Wie der Schneeyeti persönlich. Ganz im Gegensatz zu Thorwald, dessen lange staksige Beine unter seinem dickwattierten Thermomantel hervorstachen.

»Das wusste ich natürlich.« Auf seinem Gesicht zeichnete sich ein peinlich berührtes Grinsen ab. Thorwald war hochintelligent und Super-Recognizer, er erkannte jedes Gesicht, das er einmal gesehen hatte, für den Rest seines Lebens zuverlässig wieder. Doch mit den sozialen Kompetenzen des jungen Norddeutschen war es nicht weit her, genauso wie mit seinem Verständnis für die bayerische Sprache.

»Wollt ihr zwei euch über mich lustig machen oder ist das echt?« Lukas Demirci schüttelte den Kopf und schaute grantig drein. Demirci war Mitte vierzig, sah aber um einiges jünger aus. Aus seinem selbst im Winter sonnengebräunten Gesicht strahlten die wasserblauen Augen normalerweise vergnügt heraus. Doch heute war seine Laune zum Wetter passend frostig und er trug sie offen zur Schau.

»Ich habe euch gerufen, weil die Tote Spuren von Gefrierbrand aufweist und nicht, weil ich auf dämliche Witze aus bin. Das hier war kein Unfall«, sagte er ungewohnt gereizt. »Wir haben es mit einem Tötungsdelikt zu tun.«

An anderen Tagen ließ Demirci keine Gelegenheit zu einem kleinen Flirt mit Clara aus, selbst wenn sie zwischen Leichenteilen und Blutspuren an einem Tatort standen. Doch heute warf er ihr nur einen strengen Blick zu.

»Was ist dir denn über die Leber gelaufen?« Clara lockerte das Band an ihrer Kapuze und schob sie ein Stück zurück. So konnte sie die Umgebung besser in Augenschein nehmen. Die nächste Windböe schaufelte ihr eine Ladung Schnee ins Gesicht. »Bah!« Sie schüttelte sich wie eine Katze, die ins eiskalte Wasser gefallen war.

»Ich bin heute Morgen nicht zu Scherzen aufgelegt. Ich friere in dieser verfluchten Kälte langsam fest, während ihr eine Comedy-Show à la Joko und Klaas abzieht, anstatt naheliegende Fragen zu stellen.«

»Sorry, schon gut. Wie kommt es zu dem Gefrierbrand? Sie liegt ja noch nicht so lange im Schnee, oder?« Clara zog ihre Kapuze ganz herunter und versuchte, mit dem vom Schnee durchfeuchten Jackenärmel ihr Gesicht ein wenig zu trocknen. Sie hob den Unterarm schützend über die Augen, um eine bessere Sicht auf Ort und Opfer zu bekommen.

»Das brennende Auto wurde vor einer guten Stunde gemeldet. Doch durch das Unfallgeschehen ist sie nicht gestorben. Ich habe Kompressionsspuren an ihrem Hals entdeckt. Und so bizarr es auch klingen mag, sie wurde tiefgefroren, bevor sie hier im Englischen Garten geröstet werden sollte. An ihrer linken Wange sieht man deutlich, dass sich Gefrierbrand gebildet hat.«

»Dann hat sie das Auto nicht selbst gegen den Baum gefahren.« Thorwald nickte verstehend und der riesige Bommel auf seiner Wollmütze wackelte hin und her. »Wenn sie vorher schon unsachgemäß schockgefrostet wurde.«

»Unglaubliche Schlussfolgerung«, knurrte Demirci und verdrehte die Augen. »Dann können wir ja jetzt alle Feierabend machen.«

»Der ist aber wirklich übellaunig gestimmt heute«, sagte Thorwald mit gedämpfter Stimme in Richtung seiner Chefin und verzog die Mundwinkel.

Aber sie hörte ihn nicht mehr. Clara hatte den typisch abwesenden Ausdruck, der sich auf ihrem Gesicht breitmachte, wenn sie in Gedanken ihre Theorien entwickelte.

Puzzleteile schwebten in ihrem Kopf heran, verbanden sich zu einem großen Ganzen und flossen ineinander, das kleine Auto, die tote Frau, das Feuer. Das Bild setzte sich langsam in Bewegung. Wie ein verwackelter Film lief es vor ihr ab. Sie sah das Auto mit geringer Geschwindigkeit heranfahren, dann rumste es gegen den Baum. Eine schwarzvermummte Gestalt stieg aus und goss mit einem Kanister Brandbeschleuniger über den Wagen.

Ein Streichholz löste sich aus der Szene und rutschte vor die anderen Teile. Doch ehe das Licht des kleinen Hölzchens sich durch das Schneetreiben hinweg in dem feuchtglänzenden Autodach spiegeln konnte, fuhr eine Stichflamme in die Höhe. Mit ihr verschwand der Täter wie ein Zauberkünstler zwischen den Bäumen des Wäldchens am Englischen Garten.

Clara stellte sich vor, wie der Bus heranfuhr. Die Feuersbrunst, die sich auf dem kleinen Auto entzündete, griff weit nach oben und puffte ihren Qualm wie Rauchzeichen in die Dämmerung. Der Schnee stöberte dagegen und es mutete fast an, wie ein wilder Tanz zwischen Schneeflocken und Flammen, der sich in ihrem Kopf entspann. Der dauerhafte Niederschlag schwächte die Wirkung des Feuers ab, der Täter hatte sicher gehofft, dass es länger unentdeckt brennen würde.

»Clara?«

Wie aus einem Traum prallte sie in die Realität zurück. Thorwald stand mit fragendem Gesichtsausdruck vor ihr.

»Der Oberbrandmeister wollte wissen, ob wir seine Truppe hier vor Ort noch brauchen. Ich meine, sie können abziehen, oder?«

»Einen Moment noch!« Clara wandte sich an den Feuerwehrmann, der im rußverschmutzten Anzug vor ihr stand. Um seinen behelmten Kopf wirbelte der Schnee. Er nickte Clara zur Begrüßung zu, nahm den Helm ab und zog sich die Flammenschutzhaube vom Kopf. Die anstrengenden Löscharbeiten hatten ihm eine gesunde Röte ins Gesicht getrieben.

»Wie lange würde ein Auto brauchen, um vollständig auszubrennen, sodass alle Beweise vernichtet sind? Oder ist es gar nicht möglich, mit so einem Feuer alle Spuren in einem Auto zu vernichten?«

»Freilich, grundsätzlich ist das möglich. Dafür braucht es eine gescheite Hitze. Es müsste länger brennen, als das hier der Fall gewesen ist. Unter solchen extremen Wetterbedingungen mit dem Schnee ist es eher schwierig, dass man ein Feuer hier zustande bringt, das so dauerhaft brennt.«

»Okay, das bedeutet, wir hatten Glück mit dem Wetter, sonst hätte es hier anders ausgesehen?«

»Aber hallo, das ist immer ein Glück, wenn ein Brand keine optimalen Bedingungen zur Verfügung hat. Auch dass der Busfahrer gleich reagiert hat, war sehr gut. So kann das Opfer leichter identifiziert werden. Aber selbst wenn etwas sozusagen spurlos verbrennt, gibt es uns Hinweise. Das Brandspurenbild zeigt, wie sich Flammen und Ruß entwickeln. Daraus lässt sich in den allermeisten Fällen leicht schließen, welcher Brandbeschleuniger benutzt wurde.«

»Und mit welchem haben wir es hier zu tun?«

»In unserem Fall würde ich anhand des charakteristischen Spurenbildes schon ohne Analyse darauf tippen, dass der Feuerteufel mit Spiritus am Start war. Das ist gut für uns. Flüssige Brandbeschleuniger lassen sich fast immer nachweisen.« Er öffnete seinen schweren Werkzeuggürtel und drückte einem Kollegen, der auf dem Weg zum Einsatzwagen war, eine Schaufel in die Hand. »Doch um eine gerichtsverwertbare Aussage zur Brandursache zu bekommen, müssen die Brandermittler ran. Wir haben relevante Proben gesichert. Die sind schon auf dem Weg zur Analyse.«

»Hat der Täter das Feuer professionell gelegt, kannte der sich aus?«

»Ich sag mal so: Das war keiner von der Feuerwehr. Euer Täter hatte wenig Ahnung von der Materie. Wenn ich einen Brand legen will, um Beweise zu vernichten oder um die Identität einer Leiche zu verschleiern, würde ich das Feuer im Innenraum des Autos anfachen, nicht auf dem Dach oder der Motorhaube. Das ist ja ein totaler Schmarrn.«

Er gab seinen Leuten ein Zeichen und Schläuche rollten in die Spulen der Fahrzeuge, Äxte landeten in den dafür vorgesehenen Stahlkisten und leere Löschmittelbehälter wurden eingesammelt.

Clara konzentrierte sich wieder. Der Linienbus schwebte weiter auf sie zu, bis er frontal vor ihr zum Stehen kam. Keiner von der Feuerwehr, dachte sie und kein Busfahrer. Denn den Busfahrplan der Linie 54 hatte der Täter ganz sicher nicht auf seinem mörderischen Plan gehabt.

Sie schaute sich wieder am realen Tatort um. Die Schneeschicht war dicht um das Auto herum der Hitze des Feuers gewichen. Der herabfallende frische Schnee bedeckte die Stellen immer wieder neu, doch der zertretene, schmutzige Boden darunter war deutlich zu sehen.

Mit ihren Gerätschaften, Löschmaßnahmen und den schweren Stiefeln hatten die Feuerwehrleute den Tatort verunreinigt. Schaum, Schlamm und Dreck würden es schwierig machen, einzelne Fußspuren eines Täters herauszufiltern.

Und der immer noch fallende Schnee erleichterte ihnen die Arbeit nicht. Weiterführende Spuren im Englischen Garten zu finden, war so gut wie ausgeschlossen. Vor über einer Stunde war der Brand entdeckt worden. Und während der ganzen Zeit hatte es geschneit.

Clara ging neben der toten Frau in die Hocke. Im heller werdenden Licht des Tages wollte sie sich die Leiche genauer ansehen. Sie erstarrte. Ungläubig sah sie von der Toten auf. »Ich kenne die Frau!«, sagte sie und ihr Blick flog zwischen Thorwald und Demirci hin und her. »Ich kenne sie«, wiederholte Clara ein wenig leiser.

»Das tut mir leid!« Demirci legte eine Hand auf ihre Schulter. Missgelaunt oder nicht, in so einer Situation wollte er sein Mitgefühl ausdrücken.

»Nicht privat, sie war bei mir im Revier.« Eiskristalle glitzerten auf dem leblosen Körper. Erschüttert kniete Clara sich neben die Leiche in den Schnee. »Sie hat mich um Hilfe gebeten und jetzt ist sie tot.«

3

Der Busfahrer Manuel Müller saß auf der Beifahrerbank in einem Leiterwagen der Feuerwehr. Einer der Feuerwehrleute hatte ihm nach der ersten Versorgung durch die Sanitäter einen Becher mit heißem Kaffee in die Hand gedrückt und ihn in das Fahrzeug geschoben.

Nachdem die Personalien der Passagiere aufgenommen worden waren, war sein Bus ohne ihn abgefahren. Die Stadtwerke hatten einen Vertretungsfahrer geschickt und seine Vorgesetzte aus der Leitstelle war zur Unterstützung hergekommen. Sie saß neben Müller, der sich bei dem Rettungsversuch leichte Verbrennungen an den Unterarmen zugezogen hatte.

»Hallo, können wir uns unterhalten?« Clara hielt ihren Dienstausweis hoch, sodass Müller ihn sehen konnte, und kletterte hinauf in die Kabine des Feuerwehrfahrzeuges. Sie schwang sich neben Manuel Müller auf die Sitzbank.

»Ich kann gar nicht viel dazu sagen.« Er hielt sich an dem leer getrunkenen Kaffeebecher fest. »Wie ich mit dem Bus um die Kurve gekommen bin, habe ich das Feuer gesehen. Um 5:08 Uhr habe ich die Leitstelle alarmiert, den Bus in einigem Abstand stehen lassen und bin mit meinem Feuerlöscher losgerannt. Es saß jemand drin und weil es hauptsächlich auf der Motorhaube und dem Dach gebrannt hat, dachte ich, dass ich der Fahrerin noch helfen kann. Ich habe sie herausgezogen, aber sie war schon tot. Ich habe nichts mehr für sie tun können.« Betrübt sah Müller hinüber zur Unfallstelle an der schrägen Buche.

»Haben Sie sonst jemanden um das Auto herum gesehen? Oder ist Ihnen vorher auf der Fahrt hierher etwas aufgefallen?«

»Wenn ich nur ein bisschen früher da gewesen wäre.« Er schüttelte den Kopf und stierte weiter nach draußen.

»Ist jemand an der letzten Haltestelle vor dem Englischen Garten eingestiegen?«

Müller sammelte sich und kehrte mit seinem Blick zu Clara zurück. »Das ist die Thiemestraße, ja, ein junger Mann in einer krass auffälligen grünen Steppjacke ist zugestiegen. Ich dachte noch, ob er von einer Party übrig geblieben ist oder ob der arme Kerl auch so früh zur Arbeit muss. Und zwei alte Frauen kamen angelaufen, die sehe ich öfter mal, wenn ich Frühschicht habe.«

Die Fahrdienstleiterin neben Müller mischte sich ein: »Nun haben wir es aber mal fürs Erste, oder? Herr Müller sitzt hier schon ewig herum und er hat Verbrennungen erlitten. Ich möchte ihn ins Krankenhaus bringen.«

Clara sprang aus dem Fahrzeug, doch bevor sie die Tür zuschlug, wandte sie sich noch einmal um. »Sie hätten die Frau nicht retten können. Sie war schon tot, lange bevor Sie eintrafen.«

Thorwald kam ihr entgegen. »Sie hatte einen kleinen Rucksack aus Kunststoff dabei, dementsprechend ist er von Hitze und Feuer in Mitleidenschaft gezogen worden. Ein paar Habseligkeiten sind darin. Schlüssel, angekokelte Fahrzeugpapiere und ihr Personalausweis. Du hattest recht, es ist Anna Schneider.«

Clara hatte sich ausreichend umgesehen und genügend Eindrücke vom Ort des Geschehens und der gesamten Situation gesammelt. Der Busfahrer war der einzige Augenzeuge, der noch da gewesen war. »Check bitte, wer die anderen Zeugen aus dem Bus sind, den jungen Mann mit der grünen Jacke will ich zuerst befragen«, rief sie Thorwald zu und stapfte durch den Schnee davon.

Beim Revier angekommen steuerte Clara auf Balthasars Foodtruck zu. Bevor sie im Büro durchstartete, wollte sie sich ihren Lieblingskaffee und einen buntgestreuselten Donut abholen. Den Kaffee hatte sie dringend nötig, genau wie den Zuckerschub. Ihre Konzentration litt unter dem ewigen Schlafmangel. Ständig schreckte sie nachts hoch und schaffte es nicht, wieder einzuschlafen. Zu viele Gedanken. Zu viele Grübeleien. Zu viele Dämonen.

Der silberblitzende Foodtruck vor dem Revier gehörte Balthasar Hirsch. Es war ein Airstream, den er eigenhändig zum Kaffee- und Brotzeit-Truck umgebaut hatte. »Zum rollenden Hirsch« stand in großen Lettern über dem Thekenfenster. Vor seiner Karriere als Kaffeeprophet und fahrender Brotzeittandler war er selbst Kommissar bei der Münchner Kripo gewesen, ein vertrauter Kollege von Clara. Nach vielen Jahren hatte der große, bärige Mann den Dienst unerwartet quittiert, weil er keine Lust mehr auf die emotional belastende Arbeit bei der Kripo hatte.

Stattdessen versorgte er seit einigen Monaten die ehemaligen Kollegen mit seinen ausgefallenen Kaffeespezialitäten, für die er sich wohlklingende Namen ausdachte. Clara liebte den Bluebay-Starter, einen kräftigen Arabica-Kaffee, der mit knallig blauem Milchschaum gekrönt wurde. Ein kleines Brotzeitangebot und ein wöchentlich wechselndes Mittagessen rundeten sein Sortiment ab.

Er schob ihr den silberfarbenen Alubecher über die Theke hinweg zu. Der Becher trug Balthasars Markenzeichen, den Aufdruck eines überdimensionierten Hirschgeweihs. »Dachte schon, du willst mir untreu werden. Bist ja vorhin so wirbelsturmmäßig abgehauen. Und das, obwohl ich extra für dich die Kaffeemaschine früher aufgeheizt habe. Was war denn los?«

»Untreu? Niemals! Mit deinem Kaffee ist für mich schon der halbe Tag gerettet.« Sie griff nach dem Becher, den Deckel hatte sie beim eiligen Aufbruch zuvor automatisch in der Jackentasche ihres Parkas versenkt. »Wir haben eine Leiche im Englischen Garten gefunden, sie saß in einem brennenden Auto und ich kannte die Frau.«

»Oha, das sind die Momente, die kein Polizist erleben will.«

»Ich kannte sie nur dienstlich. Sie war vor einer guten Woche bei mir und wollte, dass ich ihr helfe, eine ältere Frau zu finden. Erzählte etwas wirr von einem Hund. Sie kam mir ehrlich gesagt ein bisschen paranoid vor. Verdammt, ich hätte sie ernster nehmen sollen.«

»Anna?« Balthasar, der dabei war Claras Donut einzutüten, hielt in der Bewegung inne. Seine Miene wurde ernst. »Eine große, dunkelhaarige Frau? Dürr, schmal, hübsches Lachen und so um die vierzig?«

Clara sah ihn erstaunt an.

»Hat ihre Freundin gesucht und von dem Hund erzählt, dem kleinen Rauhaardackel?«

»Du kanntest sie?«

»Kennen ist übertrieben. Sie ist auch hier bei mir gewesen. Hat sich mit einem Chili-Boom-Kaffee aufgewärmt. Sie hatte ja nur diesen dünnen Mantel an.« Balthasar legte die Tüte mit dem Donut auf der Theke ab. »Und dabei hat sie mir ihre Geschichte erzählt. Ihre Freundin, eine ältere Obdachlose, war verschwunden. Den Namen habe ich vergessen, aber ihr Hund hieß Gustl. Und Anna war sicher, dass ihre Freundin den Gustl nie zurückgelassen hätte, wenn sie abgehauen wäre. Sie war überzeugt, dass ihrer Freundin was passiert sein musste.«

»Ich habe am nächsten Tag noch in dem Obdachlosenheim nachgefragt, aus dem ihre Freundin verschwunden war. Ohne Ergebnis – mehr konnte ich zu dem Zeitpunkt gar nicht machen«, sagte Clara mehr zu sich selbst als zu Balthasar.

»Die arme Anna. Aber du darfst dir keine Vorwürfe machen. Du wusstest doch nicht, dass sie sich umbringen würde.«

Clara sah das brennende Auto vor sich und eine schwarzgewandete Gestalt, die das Auto mit Spiritus übergoss. Die Täter in ihren Gedankenpuzzles waren immer dunkel gekleidet, ihre Gesichter waren mit schwarzen Masken verdeckt. Sie hatte keine Fantasie übrig für die Täter, nur für ihre Theorien. Die sah sie in leuchtenden Farben vor sich. »Umgebracht hat sie sich nicht. Das war ein eiskaltes Verbrechen!«

4

Thorwald schüttelte seine schneedurchfeuchtete Mütze in Claras Büro direkt neben ihrem Schreibtisch aus. Dann strich er sein kurzes dunkles Haar wieder in Form. Tropfen flogen über den Tisch und trafen ihre Unterlagen.

»Hey! Kannst du dich nicht nebenan in eurem Büro ausschütteln?« Sie strich das Stück Papier glatt, das Anna Schneider ihr dagelassen hatte und das sie gedankenlos in die Schublade gestopft hatte.

Mit der einen Hand nahm Clara ihren Donut aus der Tüte, in der anderen hielt sie das Papier. Es war die Kopie eines leicht unscharfen Fotos. Darunter stand in einer blassblauen Handschrift: *Wo ist Ute?* Daneben eine Handynummer, vermutlich von Anna Schneider. Sie hatte gewollt, dass Clara das Suchblatt behielt, nur für den Fall, dass sie doch etwas von ihrer verschwundenen Freundin Ute hören würde.

Zwei Wassertropfen hingen noch auf dem Papier über der Stirn der älteren Frau. Clara wischte mit der Handkante darüber und fügte dem Bild dabei eine leichte Zuckergussspur von ihrem Donut hinzu. Einige rote und blaue Streusel fielen auf ihren Schreibtisch. Ute musste um die sechzig sein. Zaghaft lächelte sie in die Kamera und hielt einen recht krummbeinigen Dackel auf dem Schoß.

»Der Mann aus dem Bus mit der grünen Jacke ist Murat Yilderim. Im Protokoll der Kollegen steht, dass er über Nacht bei seiner Freundin war und sich heute ganz früh auf den Heimweg gemacht hat. Ich habe seine Adresse, willst du gleich hin?« Thorwald zog das Papier aus Claras Fingern und betrachtete es, nebenbei versuchte er, mit einer Hand seinen voluminösen Steppmantel aufzuknöpfen. »Das ist ein Rauhaardackel«, sagte er und legte das Papier auf ihren Tisch zurück. »Die waren früher sehr beliebt und haben seit einiger Zeit so eine Art Hunde-Revival in Bayern.« Er zerrte seinen Arm ungelenk aus dem Ärmel des Mantels. Clara zuckte zusammen. Eine unbekannte, laut dröhnende Stimme schallte durch den Raum:

»*Aus großer Kraft entsteht große Verantwortung.*«

Thorwalds Gesicht überzog sich schlagartig mit einem rosafarbenen Schimmer. »Entschuldigung, Entschuldigung! Meine Smartwatch. Ich habe sie umprogrammiert und mit Spiderman-Zitaten hinterlegt für einen Helden-Battle. Für die nächste Con.« Cosplay war sein Hobby und er ging zu Conventions im ganzen Land, wo er sich mit anderen Cosplayern traf, die sich alle wie Helden aus ihren Lieblingscomics oder -mangas verkleideten. »Die Smartwatch wird nur durch Muskelbewegungen der Hand kontrolliert. So können wir uns sozusagen mit der Bewegung eines einzigen Fingers gegenseitig mit Zitaten von Superhelden beschießen.«

Clara fielen andere Dinge ein, die mit der Bewegung eines einzigen Fingers angezeigt werden konnten: Helden-Battles gehörten nicht dazu.

»Allerdings ist das Prinzip noch nicht ganz ausgereift. Oder besser gesagt, meine Finger haben die Sache noch nicht vollumfänglich im Griff.« Thorwald lächelte beschämt und fummelte an seiner Uhr herum.

Mit seinem Cosplay Hobby konnte Clara nicht viel anfangen. Doch sie musste zugeben, dass die technischen Spielereien und Prototypen, die Thorwald oft von seinem amerikanischen Freund beim FBI zum Testen bekam, sich bei der einen oder anderen Gelegenheit schon als nützlich erwiesen hatten. Doch für diese unsäglich laute Uhr fiel ihr beim besten Willen keine sinnvolle Verwendung ein.

Sie checkte online die aktuellen Tagesnachrichten, doch über den Fall Anna Schneider war nichts zu finden. Ihr Blick blieb an den Breaking News hängen:

> Künstliche Intelligenz fürs Schwein. Investitionen in Millionenhöhe – Sömmler GmbH erfindet sich neu!

Daneben war das Porträt eines smart aussehenden Mannes abgebildet, der selbstbewusst in die Kamera blickte. Es ging um eine Fleischfabrik, die sich mit neuester Computertechnik ausgestattet hatte. Der Plan sah vor, eine dynamische Verderbsanzeige für die Fleischprodukte zu entwickeln. So könne jedem einzelnen Fleischstück mithilfe künstlicher Intelligenz in Zukunft ein individuelles Verbrauchsdatum zugeteilt werden. Damit könne die Menge an Fleisch, die jährlich weggeworfen wurde, verringert werden. Und das würde nicht nur vom moralischen Standpunkt aus ein Gewinn sein, die Reduzierung des Mülls würde sich auch positiv auf die Klimabilanz auswirken.

Clara fand es beruhigend, wenn die aktuellen Nachrichten nicht nur aus Verbrechensmeldungen bestanden. Ansonsten gab es bei den News weiter nichts, was ihr Interesse auf sich gezogen hätte.

Was sie dagegen brennend interessierte, war die Frage, wo der Rest ihres Teams steckte. Sie hatten einen Mordfall aufzuklären und Clara war überzeugt, dass die verschwundene Obdachlose eine Rolle dabei spielte. So waren es im Grunde zwei Fälle, die sie aufklären mussten.

»Wo ist Matthias?«, fragte sie, ohne auf Thorwalds Uhr zu achten, die ein weiteres Mal lautstark darauf hinwies, dass aus großer Kraft große Verantwortung entstand.

Matthias Brauhofer war von Beginn an in Claras Team dabei und zeichnete sich durch seine zuverlässige und klare Art aus. Normalerweise war er schon früh im Büro.

Thorwald zuckte mit den Schultern und mühte sich redlich, Mantel und Smartwatch voneinander zu trennen, ohne die Uhr dabei ein weiteres Mal auszulösen.

»Hat sich krankgemeldet«, antwortete stattdessen Lisa Traublinger, eben zur Tür hereinkommend. »Guten Morgen, ihr zwei Frühaufsteher.« Die junge Kommissarin mit dem raspelkurzen blonden Haar war das Küken im Team gewesen, bis im letzten Sommer Thorwald von Weidecke frisch von der Polizeiakademie in Gelsenkirchen dazu gestoßen war. Lisas Sommersprossen waren selbst zu dieser Jahreszeit auffallend ausgeprägt, was ihre jugendliche Schönheit noch unterstrich. Ihr fröhliches Gemüt war ansteckend und ihr Verstand messerscharf.

»Matthias hat sich einen Magen-Darm-Virus eingefangen. Ich hoffe nur, er hat mich nicht angesteckt. Gerade jetzt, wo endlich die Morgenübelkeit aufgehört hat. Das kann ich echt nicht gebrauchen.« Lisa strich liebevoll über ihren sich wölbenden Babybauch. Nur noch drei Monate. »Du kanntest das Opfer, habe ich gehört?«

»Sie war hier bei mir im Revier.« Clara band ihr bernsteinfarbenes Haar locker zu einem Pferdeschwanz zusammen und klickte im Computer auf die Notiz, die sie zu Anna Schneiders Besuch gemacht hatte. »Vorletzte Woche am Freitag.«

»Was wollte sie von dir?«

»Sie war auf der Suche nach ihrer Freundin Ute. Eine ältere Frau, die von einem Tag auf den anderen spurlos aus einem Obdachlosenheim verschwunden war. Bis vor wenigen Monaten hatte Anna Schneider selbst in diesem Heim gewohnt. Doch sie war dabei, ihr Leben wieder auf die Reihe zu bekommen.«

»Selten, dass jemand in ihrer Situation den Absprung schafft und dann sowas.« Lisa schüttelte bedauernd den Kopf und setzte sich auf den Besucherstuhl an Claras Schreibtisch.

»Sie erzählte, dass sie von ihrer Freundin schon seit einer Woche nichts mehr gehört hatte. Davor trafen sie sich jeden Tag im Englischen Garten zum Gassi gehen mit Utes Hund. Anna Schneider war überzeugt, dass Ute etwas zugestoßen sein musste, weil sie ihren Hund nie allein zurückgelassen hätte.«

»Warum hast du sie nicht an die Vermisstenstelle verwiesen?« Thorwald hatte es endlich geschafft, sich und die Uhr aus dem Thermomantel zu befreien.

»Da wäre ich nie drauf gekommen«, Clara grinste ihn schief an. »Genau das habe ich ihr geraten, aber dort war sie schon. Die wollten ihre Anzeige gar nicht erst aufnehmen, weil sie nicht mit Ute verwandt gewesen ist.«

»Wurde die alte Frau sonst von keinem vermisst. Familie oder vom Obdachlosenheim?«

Clara schüttelte den Kopf. »Scheinbar nicht. Aber ehrlich gesagt war Anna Schneider auch etwas merkwürdig. Ich habe gedacht, sie leidet womöglich unter Verfolgungswahn. Sie hat auf mich einen recht fahrigen Eindruck gemacht.«

»Kein Wunder, dass die Vermisstenstelle nicht darauf reagiert hat. Aber wie ich dich kenne, hast du sicher trotzdem deine Fühler ausgestreckt«, sagte Lisa.

»Stimmt, ich habe in dem Obdachlosenheim angerufen. Die Leiterin dort meinte, es sei normal, dass Menschen ohne festen Wohnsitz mal verschwinden für eine Weile. Manche tauchen wieder auf und manche bleiben lieber auf der Straße.«

»Aber dass es sie ausgerechnet bei der eisigen Kälte auf die Straße gezogen hat?«, fragte Thorwald.

»Hm«, machte Clara nur, die sich vor einer guten Woche die gleiche Frage gestellt hatte. Doch nach dem Telefonat mit der Heimleiterin hatte sie es nicht weiter verfolgt.

»Wie kam sie überhaupt auf dich? Ich meine, du hast mit Vermissten doch gar nichts zu tun.« Lisa griff nach dem kopierten Foto, das noch auf Claras Schreibtisch lag und fegte dabei die Streusel vom Tisch.

»Sie kannte meinen Namen aus der Presse. Die Sache mit dem gestohlenen Höllensturz hatte sie beeindruckt, von wegen polizeilicher Spürsinn. Tja, aber hier hat mein Bauchgefühl gänzlich versagt.«

»Schmarrn, wenn sogar die Vermisstenstelle sie weggeschickt hat. Kann doch auch sein, dass sie sich was zusammengesponnen hat. Das Ganze hat womöglich nichts mit ihrem Tod zu tun. Du hast ja gesagt, sie war komisch.« Lisa legte das Blatt zurück auf den Tisch.

»Mir kommt es durchaus merkwürdig vor, dass die alte Frau von einem auf den anderen Tag verschwunden ist, ohne ihrer Freundin etwas darüber zu sagen. Und vor allem, dass sie den Hund zurückgelassen hat. Das ist höchst ungewöhnlich.« Er runzelte die Stirn.

»Thorwald! Clara hat alles getan, was sie zu dem Zeitpunkt tun konnte. Willst du ihr ein schlechtes Gewissen machen?«

»Ich fasse doch nur meine Gedanken zum Fall zusammen. Ich weiß nicht, wie eng sie mit Anna Schneider befreundet war, ob sie sich unbedingt von ihr verabschiedet hätte, bleibt deswegen unklar. Aber es war mehr als frostig draußen, das lädt nicht gerade dazu ein, es sich auf der Straße gemütlich zu machen. Und zum anderen, wer schon einmal einen Hund besessen hat, wird bestätigen können, dass so etwas Schamloses niemand tut.«

»Du hattest einen Hund?«

»Indirekt. Meine Mutter hatte einen Foxterrier. Blacky hieß er. Und den hätte sie niemals irgendwo zurückgelassen – eher meine Schwester und mich«, fügte er etwas leiser hinzu.

»Es ist, wie es ist.« Clara wischte ihr schlechtes Gewissen, weil sie nicht mehr unternommen hatte, beiseite. »Machen wir uns an die Arbeit. Thorwald und ich werden die Heimleiterin noch einmal befragen. Aber zuerst will ich mir die Zeugen aus dem Bus anhören. Solange ihre Erinnerung frisch ist, können sie uns was Nützliches mit auf den Weg geben.« Mit dem Kaffeebecher in der Hand stand Clara auf und wandte sich an Lisa. »Würdest du mal checken, wie es mit den nächsten Angehörigen von Anna Schneider aussieht?«

»Na klar. Das übernehme ich.« Lisa tippte etwas in ihr Handy.

Mit Schwung hob Thorwald seinen Thermomantel wieder um sich herum, aus dem er sich eben erst herausgewurstelt hatte, und schlüpfte hinein. Dabei gab er Clara ungewollt einen kräftigen Schubs mit dem Ellenbogen, als sie den Kaffeebecher zum Mund führen wollte. Der Becher rutschte von ihren Lippen ab und Kaffee schwappte auf ihr weißes Sweatshirt. Ein faustgroßer Fleck breitete sich zwischen ihren Brüsten aus.

»Oh nein! Entschuldige!«, rief Thorwald. Hektisch zerrte er ein Papiertaschentuch aus seiner Manteltasche. Bevor Clara reagieren konnte, rieb er den Fleck auf ihrer Brust tiefer in den Stoff des Sweatshirts hinein. Lisa war aufgesprungen, um zu helfen und gab Thorwald Anweisungen, wo er tupfen sollte.

In dem Moment betrat Iris Becker das Büro. Sie war mit ihren dreiundvierzig Jahren die älteste Kommissarin in Claras Team und fand jetzt eine eigenartige Szene vor. Thorwald und Lisa tatschten ihrer gemeinsamen Chefin auf der Brust herum. »Störe ich bei irgendwas?«

»Äh«, kam von Thorwald.

»Nein«, sagte Clara, sie schob seine Hand beiseite, befreite sich aus Lisas Griff und nahm das Tuch. Sie tupfte selbst auf der Stelle herum, doch vergebliche Liebesmüh. Der Fleck war durch das Gestreiche und Getupfe nur größer geworden.

»Na dann, guten Morgen everybody«, sagte Iris in beschwingtem Ton. »Wir haben einen neuen Fall?«

5

Thorwald brachte Iris auf den aktuellen Stand. Clara suchte derweil in der Notfallschublade ihres altgedienten Schreibtisches nach einem anderen Oberteil. Sie hatte immer ein paar Ersatzklamotten in der großen schweren Schublade.

Doch es waren nur noch weiße T-Shirts und ein Paar Socken darin. Kein Pullover, kein Sweater. Dann musste es heute eben mal mit Kaffeefleck im Dienst gehen. Das zerknüllte Taschentuch versenkte sie mit einem geschickten Wurf im Mülleimer.

Ihrem neuen Vorgesetzten Wolfram Reitmayer schrieb sie eine kurze Nachricht, in der sie in knappen Worten den Sachstand zum vorgetäuschten Autounfall skizzierte. Sie schickte ihm die wenig aussagekräftige E-Mail nur, um den formalen Erfordernissen Genüge zu tun.

Reitmayer war vor einigen Monaten suspendiert worden, weil er sich einen dicken Hund geleistet hatte, wie Clara fand. Doch als der Leiter der Dienststelle Dr. Ehrmann aufstieg und Polizeirat wurde, hatte man ihnen völlig unerwartet den unangenehmen Kollegen Wolfram Reitmayer als neuen Kommissariatsleiter vor die Nase gesetzt.

Iris vermutete, er wäre nur aufgrund seiner Beziehungen zu Stadtrat Kämmerlein auf den Posten gekommen. Clara war sicher, dass sie damit recht hatte. Bei jeder Gelegenheit brüstete er sich mit besten Kontakten, die er in hohe politische Kreise pflegte. Kurz vor seiner Suspendierung war der auffälligste Kontakt, mit dem er eine innige Beziehung unterhielt, die Journalistin Helga Gerstner vom Münchner Tagblitz gewesen.

Schnee von gestern! Reitmayer war völlig unbeschadet aus dem Disziplinarverfahren herausgekommen. Und bei seiner Ehefrau war er zu Kreuze gekrochen. Auch wenn Clara dachte, dass er mehr zu ihrem Vermögen als zu seiner Frau selbst gekrochen war.

Man muss eben Prioritäten setzen, das war einer von Reitmayers Lieblingssprüchen und danach handelte er auch. Für ihn hatte Geld den höchsten Stellenwert. Clara tröstete sich damit, dass er als Leiter besser aufgehoben war, denn seine Ermittlerqualitäten waren unterdurchschnittlich.

»Ich habe zu allen Personen aus dem Bus anhand ihrer Personalien schon einmal einen Backgroundcheck angefordert«, sagte Lisa. »Es wäre ja nicht das erste Mal, dass ein Täter sich unter die Zeugen mischt.«

»Aber schon strange, wenn der Mörder mit dem Bus direkt wieder zum Tatort gefahren wäre.«

»Das Sprichwort, dass es den Täter zurück zum Tatort zieht, ist nicht so weit hergeholt«, sagte Lisa. »Erst gestern habe ich einen Bericht aus Österreich gelesen, wo ein Mord aufgeklärt werden konnte, weil der Täter sich unter die Zeugen gemischt hatte. Und dann hat er sich bei den Zeugenaussagen auch noch immer vorgedrängt.«

Thorwald nickte bekräftigend. »Bei dieser schwer erklärbaren Vorgehensweise, die manche Straftäter an den Tatort zurückführt, handelt es sich um eine Selbstverratstendenz. Oder um unbewusste Lust- und Machttendenzen. In der Forschungsreihe des BKA zum Thema Fallanalyse und Täterprofil ist das äußerst eingängig beschrieben.«

»Okay, aber in erster Linie sind es Zeugen, es sei denn, die Befragungen ergeben etwas anderes.« Clara schnappte sich ihren Parka.

Doch bevor sie mit Thorwald den Raum verlassen konnte, erschien der neue Kommissariatsleiter Wolfram Reitmayer höchstpersönlich mitsamt seiner Wichtigtuer-Miene im Türrahmen. Eine derbe Geruchsmischung aus Moschusochsen-Aftershave und Pfefferminzbonbons wehte mit ihm herein. »Ah, Liebig, Sie sind noch da. Ich habe einen Auftrag mit höchster Priorität für Sie.«

Seit er das Revier leitete, war er dazu übergegangen sie wieder zu siezen. Clara war es nur recht, je mehr Distanz sich zwischen den Kommissariatsleiter und sie bringen ließ, desto besser. Auch wenn der Abstand hier bedauerlicherweise rein verbal war.

»Was ist das für ein Auftrag oder warten Sie auf einen Trommelwirbel?«

Reitmayer ließ sich nicht aus seinem großspurigen Konzept bringen. »Die Angelegenheit hat Prio eins! Die Münchner werden mit Leberkas vergiftet. Ein Angriff auf unsere bayerische Freiheit. Leberkas und Bier müssen in Bayern unantastbar sein.«

Clara überlegte kurz, ob das ein Witz sein sollte, erkannte aber an Reitmayers Gesichtsausdruck, dass es ihm völlig ernst war damit. Außerdem war er nicht der Typ Mensch, der allgemein durch eine humorvolle Haltung auffiel.

»Setzen Sie unverzüglich alle verfügbaren Kräfte auf den Leberkas-Skandal an!«

»Wir müssen einen Mordfall aufklären!«

»Einen Mord an einer Obdachlosen.« Er winkte ab.

»Ehemaligen Obdachlosen.«

»Das muss warten. In solch einem Milieu, na ja, ich meine, solche Leute landen halt schon mal unter den Rädern.«

»Ein Mord an einem Menschen, der es genauso verdient hat wie jeder andere auch, dass wir den Täter fassen«, sagte Clara mit fester Stimme.

»Wie dem auch sei, das muss warten. Schließlich wird sie davon nicht wieder lebendig, ob wir den Täter nun früher oder später hinter Gitter bringen.« Er machte eine Kunstpause und setzte dann hinzu: »Und das ist nicht nur meine

Meinung. Dieter Kämmerlein, hochrangiges Mitglied des Münchner Stadtrates, hat signalisiert, dass er an einer blitzschnellen und rückhaltlosen Aufklärung des Leberkas-Skandals interessiert ist.«

Iris funkelte ihn böse an und ihre roten Locken zitterten unter der Selbstbeherrschung, die sie aufbringen musste, um ihn nicht zu beleidigen. »What the hell? Der gleiche Kämmerlein, der Vorstand der Imbisskette Kämmerleins Leberkas-Buden ist?«

Reitmayer ignorierte sie. »Und es würde auch nicht schaden, wenn Sie bei Ihren Ermittlungen ein wenig mehr Freundlichkeit und Bürgernähe zeigen würden. Ich habe keine Lust, meine Zeit ständig damit zu verschwenden, Beschwerden gegen Sie auszubügeln.«

»Die ersten vierundzwanzig Stunden nach einem Mord sind die wichtigsten.« Seit Iris einen Profiler-Lehrgang bei einer Spezialeinheit in New York absolviert hatte, arbeitete sie bei den Ermittlungen gerne streng nach dem Zeitplan des amerikanischen Vorbildes. »Dann muss ihr Leberkas-Friend halt mal warten. Solange die Spur im Mordfall fresh ist, sollten wir uns da voll reinhängen.«

Reitmayer beachtete sie weiterhin nicht. »Liebig, kümmern Sie sich um die Sache mit dem Leberkas. Sie haben meine Anweisung verstanden?«

»War nicht zu überhören«, sagte Clara.

»Und jetzt mal ein bisschen zackig alle miteinander.« Die letzten Worte hatte er beim Verlassen des Zimmers nur noch ins Treppenhaus geraunzt und so unvermittelt, wie er aufgetaucht war, verschwand er wieder.

»Was war das denn?« Lisa schaute Reitmayer nach. »Ist der jetzt komplett ausgezapft?«

Clara fand schon immer, dass er mit seinem schwarzen, nach hinten gegeltem Haar und dem unsteten Blick aussah und sich benahm wie der wahnsinnige König Ludwig, der sich mit vierzig Jahren im Starnberger See ertränkt hatte. Sie überlegte, dass Reitmayer jetzt ebenso alt sein müsste. Ein Puzzleteil mit dem Kommissariatsleiter, der wie König Ludwig im Hermelinfellmantel vor dem See stand, tauchte vor ihr auf.

»Shit! Jetzt sollen wir den Mordfall stehen und liegen lassen, um seine fleischfressenden Friends happy zu machen. Das ist doch Bullshit!«, sagte Iris, die vegetarisch lebte, seit sie vor einigen Wochen ihren neuen Freund, einen veganen Fitness-Influencer, kennengelernt hatte.

»Machen wir aber nicht. Mord schlägt Leberkas.« Clara wandte sich an Thorwald. »Wir befragen zuerst die Leute aus dem Bus.«

Iris grinste. »Yes! Und ich fahre mit Lisa zur Wohnung des Opfers. Vielleicht finden wir etwas, das uns weiterbringt.«

»Aber die Anweisung von Reitmayer war eindeutig«, nörgelte Thorwald. »Und du hast zugestimmt, dass wir das priorisieren.«

»Habe ich nicht. Er wollte wissen, ob ich ihn verstanden habe. Habe ich. Er hat sich ja wichtig genug aufgemandelt. Halten werde ich mich nur nicht daran.«

Iris lachte laut auf und machte sich mit Lisa auf den Weg, die Wohnung des Opfers zu durchsuchen.

»Und wenn wir die Zeugen befragt haben«, Clara strich über ihre Dienstwaffe, bevor sie sie ins Bauchholster über ihrem Hosenbund schob, »statten wir dem Obdachlosenheim einen Besuch ab. Mal sehen, ob wir dort mehr über Anna Schneider und ihre verschwundene Freundin in Erfahrung bringen.«

So mochte sie es, kopfüber in die Ermittlungen. Das vertrieb ihre Müdigkeit und hielt die grüblerischen Gedanken fern. Clara streifte den Parka über und strahlte Thorwald an. »Auf geht's!«

Murat Yilderim, der junge Mann mit der grünen Jacke aus dem Bus, wohnte in der Widenmayerstraße, nur wenige Minuten vom chinesischen Turm entfernt. Das Haus stand direkt an der Isar bei der Max-Joseph-Brücke. Auf jeden Fall machte das die morgendliche Fahrt mit dem Linienbus durch den Englischen Garten plausibel. Das denkmalgeschützte Haus, in dem er wohnte, war im Barockstil erbaut.

»Ich habe schon alles gesagt, was ich gesehen habe.« Trotzdem trat Murat Yilderim beiseite, um sie hereinzulassen, nachdem er eingehend Claras Dienstausweis betrachtet hatte.

Sein WG-Zimmer in der Altbauwohnung war nicht groß, aber geschickt und hochtechnisch eingerichtet. Innen an der Zimmertür hing die giftgrün leuchtende Steppjacke und Clara verstand, warum der Busfahrer die Jacke mit den Worten *krasses Teil* beschrieben hatte.

An den Wänden funkelten dicht an dicht silberfarbene Bilderrahmen mit Hochglanzfotos von verschiedenen, luxuriösen Autos. Ihrem Blick folgend sagte er halb entschuldigend: »Ich bin verrückt nach Autos, ich studiere Automotiv Engineering an der TU.«

»Warum sind Sie so früh mit dem Bus unterwegs gewesen?« Clara sah sich die Bilder an. Ein BMW i3, ein schnittiger Maserati und ein Audi A7. Einige exotische Modelle an der Wand kannte sie nicht.

»Wie ich den Polizisten im Bus schon gesagt habe, ich bin von meiner Freundin heimgefahren. Sie musste heute Morgen ganz früh los zum Flughafen und deswegen bin ich auch aufgebrochen. Sie verbringt Weihnachten bei ihrer Familie in den Staaten.« Er stand in Jogginghose und grauem Strickpulli vor ihr und hatte die Hände in die Hosentaschen geschoben. »Das war schon surreal mit dem brennenden Auto. Hat mich nicht kalt gelassen. Da ist jemand gestorben vor unseren Augen.«

»Wir würden gerne noch einmal aus Ihrer Sicht hören, wie sich das abgespielt hat.«

»Von dem Unfall selbst habe ich nichts gesehen. Ich war noch ziemlich müde und k. o. Erst als der Bus anhielt, habe ich das mit dem Feuer überhaupt so richtig gecheckt. Der Busfahrer ist raus und hat versucht, die alte Kiste zu löschen, mit so 'nem Minifeuerlöscher – no way! Das Auto war ein alter Opel Astra. Aus der J-Reihe, war sicher vor dem Brand schon ganz schön runter. Vom Modell her muss das Teil um die dreizehn Jahre alt gewesen sein. Ich habe erst später gesehen, dass da noch jemand drin saß. Eigentlich erst, als der Busfahrer sie rausgezogen hat. Dann kamen Polizei und Feuerwehr. Wir mussten unsere Personalien angeben. Und dann ging es weiter, mit einem anderen Busfahrer.«

»Konnten Sie draußen was sehen?«

»Wir durften gar nicht aussteigen und aus dem Fenster heraus hab ich wenig sehen können. Das Auto hing am Baum. Hat gebrannt und gestunken.«

»Und wie war es im Bus?«

»Alle waren geschockt. Es waren außer mir noch die zwei alten Ladys drin, die mit mir eingestiegen sind, und ein Mann, der schon vorher im Bus saß. Bisschen düsterer Typ, dunkel gekleidet, hat ganz versunken im Sitz gehangen. Und klar, wir haben kurz geredet, wie hammermäßig die Flammen hochschlagen und dass hoffentlich keiner mehr im Auto sitzt. Aber das war es auch.«

»Sie sind an der Thiemestraße eingestiegen? Dem letzten Einstieg vor dem Englischen Garten, stimmt das?«

»Genau. Und die beiden alten Ladys auch.«

»Haben Sie dort etwas Auffälliges bemerkt?«

»Wie definieren Sie auffällig? Eine Blaskapelle in voller Montur oder ein Kaffeefleck auf einem weißen Pulli?« Er grinste und Clara hob reflexartig die Hand über die noch feuchte Stelle auf ihrem Sweatshirt.

»Menschen, die Sie da nicht erwartet hätten oder die sich unpassend benommen haben.«

»Nö. Es sei denn, ihrer Definition nach ist ein BMW iX auffällig? Schwarz, schick, so einen würde ich auch gerne fahren.« Yilderim zeigte auf eines der gerahmten Bilder neben dem Fenster. Ein glänzend schwarzer SUV war darauf abgebildet. »Sind richtig teuer die Teile.«

»Hat das Auto angehalten?«

»Ist nur vorbeigefahren. Wissen Sie, was safe hilft gegen Kaffeeflecken?«

»Außer den beiden alten Frauen waren keine Personen an der Haltestelle oder in der Nähe? Jemand, der es eilig hatte zum Beispiel? Gar nichts Ungewöhnliches bemerkt?«, bohrte Clara nach, ohne auf die Kaffeefleckenfrage einzugehen.

Murat Yilderim lachte. »Für mich ist es schon ungewöhnlich, so früh unterwegs zu sein. Aber nein, im Ernst. Ich hab' nichts bemerkt.«

»Okay, wenn Ihnen noch etwas einfällt, lassen Sie es uns bitte wissen.«

»Spiritus!«

»Wie bitte?« Clara zuckte zusammen und Thorwald, der sich schon zum Gehen gewandt hatte, riss es wieder herum. Beide glotzen Yilderim wie elektrisiert an.

»Spiritus hilft gegen Kaffeeflecken.« Er zeigte grinsend zu dem Fleck auf ihrem Sweatshirt.

Clara schwebte ein Puzzleteil entgegen, auf dem Murat Yilderim mit dem gleichen Grinsen im Gesicht den Brandbeschleuniger über Anna Schneiders alten Opel goss.

6

»Was war das mit dem Spiritus? Zufall?«, rief Thorwald draußen auf der Straße.

»Ich glaube nicht an Zufälle!«

Sie waren auf dem Weg zum Auto und Clara zog den Reißverschluss ihres Parkas hoch bis unters Kinn. Trotzdem musste sie die Kapuze festhalten, damit der Wind sie nicht von ihrem Kopf fegte. Sie hatten Murat Yilderim um die Kontaktdaten seiner Freundin gebeten, damit sie sich seine Aussage bestätigen lassen konnten.

»Denkst du, er hat etwas damit zu tun?« Thorwald kämpfte sich gegen den Wind voran.

Clara dachte an die BKA-Forschungsreihe, von der Thorwald erzählt hatte. Selbstverratstendenz!

Durch die pfeifenden Windgeräusche meldete sich wieder die grässliche Stimme von Thorwalds Smartwatch: *»Sechsundzwanzig Grad im Schatten auf Saint Barthélemy, derzeit herrscht ein angenehmer Ostwind der Stärke sechs. Der Himmel ist wolkenlos.«*

Clara wirbelte herum. Sie sah Thorwald einen Moment lang verwirrt an, bis sie begriff. »Das Wetter auf Saint Barthélemy? Nicht dein Ernst oder?« Sie stieß die Hand nach oben gen Himmel in das Schneegestöber und sah ihn vorwurfsvoll an. »Und kannst du der blöden Uhr nicht wenigstens eine angenehmere Stimme verpassen? Davon kriegt man ja Ohrenschmerzen. Die klingt so schrill wie ein Feueralarm in der Grundschule.«

»Es tut mir ehrlich leid, aber ich habe den Bogen noch nicht ganz raus. Das Wetter kann ich mit dem Daumen auslösen, das ist vielleicht keine gute Wahl, den bewege ich zu häufig«, sagte er nachdenklich. »Meine Familie feiert den achtzigsten Geburtstag meines Onkels und Weihnachten auf St. Barth, der Insel der Reichen und Schönen in der Karibik. Und mit dem Wetterbericht von dort stimme ich mich ein wenig auf den warmen, cocktailreichen Urlaub ein.«

Thorwalds Onkel war einige Jahre Polizeipräsident von Köln und Leverkusen gewesen und nur mäßig begeistert darüber, dass sein Neffe eine Laufbahn im Polizeidienst eingeschlagen hatte. Seiner Ansicht nach war Thorwald ein verkopfter Weichling und nicht geeignet für den Polizeidienst.

»Insel der Reichen und Schönen?«, fragte Clara. »Dachte nicht, dass dir sowas Spaß macht.«

»Warum denn nicht? Ich bin für jeden Spaß zu haben.«

»Bist du nicht. Die meisten verstehst du nicht mal.«

»Jedenfalls ist es kompliziert, der Stimme in der Uhr einen anderen Klang zu geben. Dazu müsste ich ...«

Clara wollte vermeiden, dass er eine langwierige technische Ausführung folgen ließ und nahm den Ermittlungsfaden wieder auf, nachdem sie ins Auto eingestiegen waren. »Wenn wir deiner Theorie entsprechend annehmen, dass der Täter Selbstverratstendenzen zeigt oder mit Lust- und Machttendenzen ausgestattet ist, könnte er theoretisch durch den Englischen Garten zur Bushaltestelle gerannt sein.«

»Genau, dann steigt er in den Bus und zeigt sich geschockt und überrascht wie alle anderen.«

»Aber zieht er dazu eine auffällige grüne Jacke an, damit er später leichter identifiziert werden kann?«

»Kommt drauf an, ob er sich selbst verraten will oder ob er sich nur am Unglück weiden möchte, beziehungsweise sich der Polizei überlegen fühlen will.«

»Wie weit ist es vom Tatort bis zur Bushaltestelle?«

Thorwald fingerte an seinem Finder. »Zehn Minuten braucht man für den Weg vom chinesischen Turm bis zur Haltestelle an der Thiemestraße in moderatem Schritt.«

Klein und flach wie eine Kreditkarte, war der Finder für Thorwald schon lange ein unentbehrlicher Begleiter geworden. Eines der Geschenke seines FBI-Freundes. Der Finder war ein Minicomputer, der jeden Ort in Sekundenschnelle fand, sogar allein auf Basis von Fotos. Außerdem war Thorwald damit in der Lage, im Internet zu recherchieren, zu telefonieren und sich mit einem Eingabestift Notizen auf dem Minidisplay zu machen, die direkt in eine Datei übertragen werden konnten.

»Okay! Es ist im Grunde eine einfache Rechnung. Wir müssen wissen, wie lange das Auto gebrannt hat, als der Bus dort eintraf. So können wir ausrechnen, ob Yilderim es zeitlich überhaupt geschafft hätte, in den Bus zu steigen.«

Clara parkte den Wagen vor der düsteren Einfahrt zu einem Hinterhof und vergewisserte sich, dass sie bei der richtigen Adresse angekommen waren. Hier sollte der Onlineversand Engelhirsch angesiedelt sein, zu dem die beiden alten Frauen aus dem Bus gefahren waren, um zu arbeiten.

Ein winziges Schild wies auf den Versandhandel hin, der seinen Sitz im Hinterhof hatte. Obwohl es aussah wie eine Doppelgarage und nicht wie Clara sich die Niederlassung eines Versandhändlers vorgestellt hatte.

Eine schmale Tür neben den Garagentoren führte hinein. Sie kamen in eine Art Vorraum ohne Fenster, dafür mit bescheidener Beleuchtung und mangelhafter Belüftung.

»Ja, Sie wünschen?« Eine schmächtige, ältere Frau kam ihnen entgegen und sah sie misstrauisch an.

»Wir suchen Emily und Lisbeth Bechter.«

»Die haben Sie gefunden. Und wer sind Sie?«, fragte eine zweite ältere Frau, die der Ersten zum Verwechseln ähnlich sah. Beide trugen rosarote Strickjäckchen und fingerlose Wollhandschuhe in passender Farbe. Auf ihren Köpfen saßen putzige schwarze Filzhüte. Sogar ihr angegrautes Haar hatten die beiden auf die gleiche Weise im Wasserwellenlook mit purpurnem Farbstich frisiert. Clara schätzte die beiden Frauen auf gut über sechzig. Unmöglich zu sagen, welche die ältere und welche die jüngere Schwester sein mochte.

»Wir sind von der Kripo und haben noch ein paar Fragen an Sie, wegen heute Morgen.« Clara hielt ihnen den Dienstausweis hin und sie folgten den Schwestern in einen beengten Pausenraum. Ein winziges Oberlicht ließ nur wenig Tageslicht hinein, das sich gegen das grelle Neonlicht der Deckenleuchte kaum durchsetzen konnte. In der Ecke röhrte ein Heizlüfter vor sich hin. Ein zu groß geratener Resopaltisch mit mannigfaltigen Kratzern auf der stumpfen Arbeitsplatte stand mittig im Raum und füllte ihn damit beinahe komplett aus. Drei Stühle, von denen keiner dem anderen glich, standen eng gequetscht um den Tisch herum und an den Wänden stapelten sich Kisten und Kartons.

Bei Engelhirsch wurden handgefertigte Engelsfiguren, Weihnachtsschmuck und im Sommer Hirschgeweih-Attrappen verschickt, wie die Schwestern erklärten.

Die warme Heizlüfterluft wirkte wie eine Schlaftablette auf Clara. Gern hätte sie ein Fenster aufgerissen, doch das einzige Fenster war in einer Höhe, an die nicht einmal Clara ohne Weiteres herankam. Die Schwestern nahmen am Tisch Platz und schauten die Kommissare erwartungsvoll an.

Clara setzte sich auf einen der Kartons daneben und zog den Reißverschluss ihres Parkas auf. Thorwald blieb stehen und machte keinerlei Anstalten, seine Bommelmütze abzusetzen. Er zückte einen winzigen, silberfarbenen Eingabestift und hielt den Finder bereit, um Stichpunkte der Befragung für das spätere Protokoll zu notieren.

»Selbstverständlich beantworten wir gerne ihre Fragen. Das ist doch erste Bürgerpflicht. So ein scheußlicher Unfall heute Morgen. Ist die Frau wirklich tot?«

»Leider ja. Und ein Unfall war es nicht. Da hat jemand nachgeholfen. Deswegen ist es für uns wichtig, zu wissen, ob sie etwas beobachtet haben.«

»Wie schrecklich!«, stieß Lisbeth Bechter hervor und ihre Schwester schaute ebenfalls betroffen drein. »Jesses, Maria und Josef! Wer ist denn die Tote?«

»Das Opfer war eine Frau, die bis vor wenigen Monaten obdachlos war. Sie war gerade dabei, ihr Leben wieder auf die Reihe zu bringen. Sie hieß Anna Schneider, schon mal gehört, den Namen?«

»Das ist tragisch. Dann waren wir sozusagen Zeugen eines Mordes«, sagte Lisbeth Bechter und das angeregte Interesse in ihrer Stimme ließ sich nicht verbergen. Auf eine morbide Art und Weise schien es ihr zu gefallen. Doch dann besann sie sich. »Die arme Frau. Den Namen habe ich aber noch nie gehört. Wir sind grundsätzlich lieber für uns.«

»Würden Sie uns noch einmal aus Ihrer Sicht erzählen, wie das heute Morgen war?«

»Wir sind wie immer zusammen zur Arbeit gefahren. Wir wohnen im gleichen Haus und fahren in der Früh gemeinsam zu unserem kleinen Nebenerwerb hierher. Zweimal die Woche sind wir vormittags beim Engelhirsch.« Lisbeths Mundwinkel zuckte und Clara vermutete, dass die Arbeit in der runtergekommenen Doppelgarage den beiden alten Damen nicht wirklich schmeckte.

»Wir machen das nicht gern, aber damit bessern wir unsere Rente ein wenig auf«, fügte ihre Schwester an, als hätte sie Claras Gedanken erraten. »Wir waren Künstlerinnen im Zirkus, wir waren sogar eine kleine Berühmtheit. Dafür fällt unsere Rente jetzt dürftig aus.«

»Aber die Arbeit hier ist gar nicht schwierig. Wir müssen nur schauen, ob in den Päckchen und Paketen alles drin ist«, sagte Lisbeth abmildernd. Und wieder zuckte ihr Mundwinkel.

»Sie sind an der Thiemestraße in den Bus gestiegen?«

»Ebendies. Und der junge Mann mit der abscheulichen grünen Jacke ist mit uns eingestiegen«, antwortete Emily.

»War etwas auffällig an ihm?«

»Natürlich, die grauenvolle grüne Jacke!« Lisbeth Bechter schüttelte verständnislos den Kopf. »Nicht einmal in den Achtzigerjahren wäre einer mit sowas rumgelaufen, und Sie können mir glauben, damals gab es viele bunte Vögel in Schwabing, die alle möglichen und unmöglichen Farben trugen.«

»War er in Eile oder ist Ihnen etwas anderes an ihm aufgefallen, außer der Jacke?«

»Wir sind in den Bus gestiegen und nein, mir ist nichts weiter an ihm aufgefallen. Dir, meine Liebe?«

»Allerdings!« Vielsagend nickte Lisbeth Bechter. Gespannt sahen alle zu der kleinen Frau hin, die weiter nickte wie ein alter Uhu.

»Seine Augen standen eng beieinander und sein Mund war schmallippig.« Jetzt fixierte sie Clara mit ihrem Blick.

»Und?«

»Na, Sie müssten das Programm doch kennen, was Verbrecher erkennt. Mit dem Computer. Von den Chinesen. Engstehende Augen und ein schmaler Mund. So wie es die meisten Verbrecher haben.«

Clara hatte schon davon gehört, vor einigen Jahren hatten zwei chinesische Software-Spezialisten damit für Furore gesorgt. Doch bisher ließ sich dieses Programm in der Ermittlerrealität nicht einsetzen. Es zeigte nur Häufungen und Wahrscheinlichkeiten und das konnte ihr Bauchgefühl mindestens genauso gut. »Okay, der zweite Mann war schon im Bus und sie sind losgefahren«, sagte sie.

»Genau. Und im Englischen Garten habe ich gleich den Feuerschein gesehen«, sagte Lisbeth Bechter.

»Nein, den habe ich zuerst gesehen. Ich habe dich doch erst angestupst«, unterbrach ihre Schwester sie.

»Ach was, ich hatte es längst gesehen, bevor du mich angestupst hattest. Und dann ist der Busfahrer hinaus gesprungen.«

»Du erzählst es ganz falsch. Der ist nicht gesprungen, das war doch kein Halbwüchsiger. Das war ein erwachsener Mann«, fuhr Emily energisch dazwischen.

»Aber er war recht schnellfüßig unterwegs und ist herausgesprungen.«

Clara unterdrückte ein Gähnen. »Wie auch immer. Er ist raus – und dann?«

»Nichts. Die Türen waren verschlossen, er hat uns nicht hinausgelassen. Ich wollte nachsehen, ob ich helfen kann«, erzählte Lisbeth Bechter weiter.

»Was hättest du denn helfen wollen? Ein neugieriges Waschweib hätte er dabei wohl nicht gebraucht. Das ganze Auto brannte lichterloh.«

Die Hitze im Raum war unsäglich und Clara gähnte so herzhaft, dass ihr die Tränen über die Wangen liefen. Sie wischte sie ab und beobachtete das zänkische Schauspiel der beiden Schwestern mit wachsender Ungeduld.

»Ich bin kein Waschweib und es brannte gar nicht lichterloh, sondern wie ein liebliches Kaminfeuer.«

»Lieblich? Daran sieht man schon, dass du nicht mehr alle Biedermeier-Tassen in deinem Wandregal hast.«

Aber Lisbeth Bechter ließ sich nicht beirren. »Noch bevor der Busfahrer angehalten hat und herausgesprungen ist, habe ich eine Gestalt gesehen.« Mit funkelnden Augen schaute sie in die Runde, als stünde sie kurz davor, das schauerliche Ende einer Lagerfeuergeschichte preiszugeben.

»Was für eine Gestalt willst du gesehen haben?«, stieß ihre Schwester Emily in verächtlichem Ton hervor. »Vor lauter Schnee hat man draußen gar nichts gesehen. Außer dem brennenden Auto. Ich glaube, du liest zu viele Kriminalromane.«

»Aber sehen kann ich noch ganz gut. Besser als du.« Sie lächelte vielsagend und tippte an ihre Brille. »Da war jemand.«

Clara wurde aufmerksam, war das endlich die erste echte Spur? »Können Sie die Gestalt näher beschreiben?«

»Aber sicher. Ein riesiger Wichtel mit spitzem Hut, der sich zwischen den Bäumen in Richtung Chinesischer Turm davon gemacht hat. Und dann musste ich an Minz und Maunz, die Katzen, denken. Sie wissen schon, die ihre Tatzen drohend heben und mit Miau, Mio das Paulinchen vor dem Feuer warnen«, gab Lisbeth Bechter ihr Geheimnis stolz lächelnd preis.

»Tststs«, machte ihre Schwester. »Ein riesiger Wichtel im Wald und warnende Katzen. Was erzählst du denn für verworrene alte Kindergeschichten? Fehlt nur noch Rumpelstilzchen. Damit hast du der Polizei sicher sehr geholfen«, sagte sie und der ironische Unterton in ihrer Stimme war nicht einmal Thorwald entgangen.

»Jetzt, wo du es so sagst, klingt es ein wenig merkwürdig. In der Tat. Ich weiß gar nicht mehr, warum mir Minz und Maunz in den Sinn kamen.« Lisbeth Bechter ließ ihren Blick suchend durch den Raum schweifen. »Wegen des Feuers wahrscheinlich.«

»Gib doch zu, dass du auch nicht mehr sehen konntest als ich.«

Lisbeth Bechter sah ein wenig ratlos drein und lächelte schamhaft.

»Okay, war da jemand oder nicht?«, wollte Clara wissen.

»Also ich denke, ich glaube, es war jemand da. Aber vielleicht habe ich es auch falsch gesehen.«

Clara atmete tief durch. »Können Sie uns etwas über den anderen Mann sagen, der schon im Bus war, als Sie einstiegen?«?«

»Über den, der schwarz in schwarz gekleidet war und wie ein Lümmel in seinem Sitz drin gesessen ist?«, fragte Emily Bechter.

»Genau den.«

»Nichts«, sagten die Bechter Schwestern beinahe gleichzeitig und zum ersten Mal im Laufe der gesamten Befragung, waren sie sich vollkommen einig über den Sachverhalt.

»Wenn Ihnen noch etwas einfällt, melden Sie sich bitte bei uns«, Clara reichte Lisbeth Bechter eine Kontaktkarte des Reviers.

»Ach, eins noch. Wo waren Sie, bevor Sie in den Bus einstiegen?«, fragte Thorwald, als Clara sich schon zum Gehen gewandt hatte.

»Zu Hause, junger Mann. Wo sollten zwei alte Damen wie wir wohl sonst zu dieser frühen Stunde herkommen?« Lisbeth Bechter zwinkerte ihm verschwörerisch zu.

7

Obwohl es nach wie vor schneite, war Clara froh, wieder draußen auf der Straße zu sein. Die beiden alten Schwestern waren anstrengend für fünf. Sie hatten keine brauchbaren Anhaltspunkte liefern können. Ein riesiger Wichtel, der zwischen den Bäumen verschwand und Minz und Maunz mit Miao, Mio. Verrücktere Aussagen würde sie heute kaum bekommen.

Oder könnte Emily Bechter doch die Gestalt des Täters gesehen haben? Das hätte bedeutet, dass der Täter vom Bus gestört worden war beim Entfachen des Feuers. Zumindest wäre es eine plausible Erklärung für die stümperhafte Vorgehensweise. Wenn der Täter vom Bus gestört worden wäre, hätte er nicht genügend Zeit gehabt, um den Brandbeschleuniger zweckmäßiger zu verteilen. Er hätte den Spiritus schnell von außen über Autodach und Motorhaube gegossen und das Feuer eilig entzündet, um dann durch den Englischen Garten zu fliehen. Und es würde noch etwas bedeuten. Und zwar, dass keiner der Fahrgäste als Täter infrage käme.

Vielleicht konnte der zweite Mann aus dem Bus ein wenig Licht in das Durcheinander bringen. Lans Tausac hatte auf der gleichen Seite im Bus gesessen wie die beiden alten Schwestern. Clara ließ sich auf den Fahrersitz plumpsen und zog die Kapuze vom Kopf. Das Bild eines heißen Bechers Kaffee drängte sich dampfend in ihre Gedanken. Sie googelte Minz und Maunz, die Katzen. Es war eine Moralgeschichte aus einem uralten Kinderbuch:

Und Minz und Maunz, die Katzen, erheben ihre Tatzen.
Sie drohen mit den Pfoten: »Der Vater hat's verboten!
Miau! Mio! Miau! Mio! Lass stehen, sonst brennst du lichterloh.«

Und so weiter, am Ende verbrannte das Kind, das mit dem Feuer gespielt hatte.

Gab es einen Sinn dahinter, dass es der alten Frau spontan eingefallen war, oder hatte Lisbeth Bechter nur aufgrund des Feuers an den alten Kinderreim gedacht? Sie steckte das Handy wieder ein.

Thorwald hatte derweil die Zirkusgeschichten der Bechters recherchiert. »Die beiden alten Damen waren in den siebziger und Achtzigerjahren tatsächlich eine kleine Berühmtheit in Schwabing. Sie sind in einem Varieté aufgetreten. Flying Victorias, Trapezkünstlerinnen.«

Doch Clara war mit ihren Gedanken schon zum nächsten Zeugen gewechselt. »Lans Tausac ist ein ungewöhnlicher Name. Französisch oder?« Sie startete den Motor.

»Englisch. Zumindest Lans ist ein englischer Name. Er tritt zwar weitaus häufiger in Form eines Familiennamens auf, doch manches Mal eben auch als Vorname. Englische Geschichte hatte ich als Grundkurs.«

»Gibt es etwas, das du nicht als Grundkurs hattest?«

»Oh, natürlich. Mit Yuchi könnte ich zum Beispiel nicht dienen. Eine indigene Sprache, die nur noch von fünf Menschen auf der ganzen Welt fließend gesprochen wird.«

»Ich hoffe für die, dass sie wenigstens zusammen wohnen. Sonst wird es eine recht eintönige Sache, wenn sie sich mit niemandem unterhalten können.« Hätte sie nur nichts gesagt, denn nun machte Thorwald es sich zur Aufgabe, sie ausführlich über alle möglichen ausgestorbenen, seltenen und bedrohten Sprachen der ganzen Welt zu informieren. Und das waren nicht wenige.

Entsprechend erleichtert war sie bei der Ankunft an Lans Tausacs Wohnadresse. Das schmale Haus lag nicht weit entfernt vom Frauenobdach in der Werneckstraße, aus dem Ute verschwunden war. Noch ein Zufall? Das Mehrfamilienhaus stammte aus den Sechzigerjahren und es sah nicht so aus, als wäre es in der Zwischenzeit renoviert worden.

Der Außenputz bröckelte um den Türrahmen herum ab und die ehemals blaue Farbe war bis auf einen zarten Anflug ausgeblichen. Durch den andauernden Schneefall gewann das Haus nicht gerade an Charme. Es wirkte nur noch verlorener zwischen den frischweißen Gebäuden links und rechts daneben.

Sie fanden den Namen Tausac nicht auf den Klingelschildern. Doch das war nicht weiter ungewöhnlich, er konnte in einer der Wohnungen zur Untermiete leben. Bei den Mietpreisen in München wäre das nur allzu verständlich.

Clara drückte auf eine der Klingeln im Erdgeschoss. Eine Frau mit fettig grauer Kurzhaarfrisur riss ein Fenster im Hochparterre auf und blaffte hinaus: »Wir kaufen nichts und Geld zum Spenden haben wir auch nicht. Schleichts euch!«

»Kripo München. Wir verkaufen nichts.«

»Ach, da schau her, wer hat denn was ausgefressen?« Ihre feindselige Haltung wich übergangslos einem nach Neuigkeiten gierendem Blick, der ihre kleinen Augen freudig funkeln ließ.

»Niemand. Wir sind auf der Suche nach Herrn Lans Tausac. Kennen Sie ihn? Er soll hier wohnen.«

»Ein Herr war des net. Und da wohnen tut der nimmer. Den haben sie rausgeschmissen. Mei, der hat halt seine Miete nicht gezahlt. Was wollen's denn von dem?«

»Seit wann wohnt er nicht mehr hier?« Clara roch den alkoholduseligen Atem der Alten auf anderthalb Meter Entfernung.

»Was weiß ich, seit a' paar Monaten nimmer.«

»Wissen Sie, wo er hingezogen ist?«

»Unter irgendeine Isarbrücke oder in den Englischen Garten. Was hat er denn ausgefressen? Der hat scho' so nach Verbrecher ausgeschaut.«

»Nichts! Wir brauchen nur eine Zeugenaussage. Falls sie ihn sehen, sagen Sie ihm doch, er soll sich bei uns melden.« Clara reichte ihr die Kontaktkarte vom Revier hoch zum Fenster.

»Den sehe ich garantiert nimmer!«, schnodderte die Alte und warf das Fenster zu, ohne die Karte zu nehmen. Sie klingelten bei zwei weiteren Nachbarn.

Der eine, ein hochgewachsener Bursche, der seine Tür nur mit vorgelegter Kette öffnete, war erst vor zwei Wochen eingezogen. Er murmelte, dass er den Namen noch nie gehört habe, bevor er ihnen die Tür vor der Nase zuschlug.

Und die andere, eine Blassgesichtige mit intellektueller Miene, erzählte, warum Politik und Polizei ihrer Meinung nach auf ganzer Linie versagten und warum die Regierung gestürzt werden müsse. Einen Lans Tausac kannte sie nicht.

»Nette Nachbarschaft. Aber dass Tausac uns eine falsche Wohnadresse gegeben hat, ist weniger nett«, sagte Clara und machte sich auf den Weg zum Ausgang.

»Laut Aussage des Busfahrers ist Tausac an der Münchner Freiheit eingestiegen.« Thorwald zog mit den Zähnen einen seiner dicken Handschuhe aus und wischte mit dem Finger über das Display des Finders.

»Für die Strecke vom Chinesischen Turm bis zur Münchner Freiheit braucht man in moderatem Schritt zwanzig Minuten, sagt mein Finder. Tausac hat noch weniger Gelegenheit gehabt, den Bus zu erreichen, wenn er das Auto in Brand gesetzt hätte.«

»Aber dass er die Kollegen über seine Wohnadresse belogen hat, macht ihn verdächtig.«

Puzzleteile von dem in der Dämmerung liegenden Englischen Garten kamen ihr in den Sinn. Auf einem erhob sich riesenhaft der Chinesische Turm, auf einem anderen die futuristisch anmutende Bushaltestelle an der Münchner Freiheit mit ihrer auffällig geschwungenen Dachkonstruktion und den grün-weiß schimmernden Stützen. Moderater Schritt, dachte sie. Wie viele Minuten würde ein schneller, trainierter Läufer dafür brauchen?

8

Das Frauenobdach an der Werneckstraße fügte sich unauffällig in die luxussanierten Altbauten rundherum ein und passte perfekt ins gehobene Straßenbild. Clara klopfte sich den Schnee vom Parka.

Ein schlichtes weißes Schild unter der Hausnummer wies es als gemeinnütziges Frauenobdach aus. Ihr Blick streifte im Vorbeigehen das darunter hängende Infoschild, das auf die Überwachungskamera im Eingangsbereich hinwies.

Thorwald trottete seiner Chefin hinterher zum Büro der Leitung, immer noch mit seinen dicken Handschuhen und seiner Bommelmütze auf dem Kopf. Er zog die Sachen erst aus, als sie schon vor der Leiterin des Heims standen.

Sybille Hambacher seufzte. »Es tut mir leid, dass Anna Schneider tot ist. Obdachlose Frauen werden bedauerlicherweise immer wieder Opfer von Übergriffen.« Sie mochte um die vierzig sein und trug einen cremefarbenen Hosenanzug aus feiner Wolle, der perfekt um ihre schlanke Figur passte. Der schwarze Rolli unter dem Blazer verlieh dem Outfit einen eleganten Touch, der für das rustikale Ambiente in ihrem Büro ein bisschen over the top wirkte. Das blondierte Haar fiel über ihre Schultern und um den Hals hatte sie ein gelbgoldenes Seidentuch locker herumgelegt. Die hochhackigen Stiefeletten mit schmalem Pelzbesatz waren für den Ort ebenso unpassend wie ihr Gehabe und das Make-up, das reichlich aufgetragen war.

Neben Hambachers Schreibtisch war eine kleine Sitzecke angeordnet. Ein niedriger Buchenholztisch und zwei schmale Sofas, die mit buntdurcheinander gewürfelten Kissen ausstaffiert waren. Hambacher bat sie mit einer Geste, dort Platz zu nehmen. Ein moderner Kaminofen verbreitete seine wohlige Wärme.

»Die Frauen sind nicht nur den Umständen und Anfeindungen der Gesellschaft ausgesetzt, es gibt auch Männer, die sie als Freiwild ansehen«, sagte Hambacher. Sie setzte sich zu den Kommissaren an den Tisch. »Unsere Frauen sind das schwächste Glied in der Kette auf der Straße. Wir bieten ihnen einen geschützten Raum. Bei Frau Schneider dachte ich wirklich, sie schafft es und findet den Weg zurück in ein geregeltes Leben.«

»Gab es jemand bestimmten, der sie bedroht hat oder wie Sie sagen, als Freiwild ansah?«

»Auf Anhieb fällt mir niemand ein. Aber sie war kein sehr umgänglicher Mensch. Durch ihre bipolare Störung schaffte sie es nicht, sich an die Regeln zu halten oder sich in ihr Gegenüber einzudenken. Das führte häufig zu Problemen. Als sie noch bei uns wohnte, war ich öfter gefragt, Streitereien zu schlichten, in die sie verwickelt war.«

»Worum ging es dabei?«

»Sie fühlte sich ständig ungerecht behandelt, wenn jemand in ihren Augen ein größeres Stück vom Nachmittagskuchen bekam, war sie schon wütend. Dabei können die Frauen sich immer nachnehmen. Aber es ging ums Prinzip. Wie gesagt, es war nicht leicht mit ihrer Krankheit.«

»Bipolarität ist eine psychische Erkrankung, die einerseits mit berauschender Manie, andererseits mit schlimmen Depressionen einhergeht«, meldete sich Thorwald zu Wort. »Diese Stimmungen können sich in rasantem Tempo abwechseln. Himmelhoch jauchzend, zu Tode betrübt ist eine landgängige und allgemein verständliche Beschreibung, um eine solche Ausprägung zu charakterisieren.«

»Das bringt es ziemlich genau auf den Punkt. Aber auch in ihren Hochphasen ist sie den Frauen hier meistens auf die

Nerven gegangen. Sie war dann übertrieben aufgekratzt und laut«, sagte Hambacher.

»Mit Medikamenten lässt sich das meines Wissens in den meisten Fällen gut in den Griff bekommen, hat sie keine genommen?«, fragte Thorwald.

»Doch, nach dem Alkoholentzug nahm sie ihre Medikamente regelmäßig ein. Soweit ich das mitbekommen habe.«

»Gab es jemanden, mit dem sie häufiger aneinandergeraten ist?«, wollte Clara wissen.

»Irgendwie war sie mit allen über Kreuz, nur mit Ute Pichler nicht.«

»Hatte sie Familie oder einen Freund?« Clara sah sich im Büro um, der Schreibtisch war ordentlich aufgeräumt. Sorgfältig aneinandergereiht lagen drei Papierstapel darauf.

Hambacher strich mit einer Hand über ihr seidiges Tuch.

»Einen Freund? Wie kommen Sie darauf?« Sie zögerte einen Moment, bevor sie mit fester Stimme sagte: »Das kann ich mir nicht vorstellen, zumindest weiß ich nichts davon.«

»Oder gab es hier im Haus noch jemanden, mit dem sie mehr zu tun hatte, außer mit dieser Ute Pichler?«

»Wie bitte?« Hambacher schien einem Gedanken nachzuhängen und Clara bekam das Gefühl, dass sie ihnen etwas verschwieg.

»Mit wem hatte sie sonst Kontakt? Wer gehörte zu ihrem näheren Umfeld?«

»Da gab es nicht viele Menschen. Sie hatte noch ihre Mutter, bei der sie alle zwei, drei Wochen mal vorbeischaute. Sehr eng schien mir das Verhältnis aber nicht zu sein. Sie wohnt in irgendeinem Altenheim.«

»Haben Sie die Anschrift?«

»Tut mir leid, Anna hat sie nicht bei uns hinterlegt. Es ist wirklich schade um sie. Sie hat eine kleine Wohnung bezogen und vor wenigen Wochen sogar eine Aushilfsstelle in einem Imbiss angefangen.«

»Wissen Sie wo?«

»Davon kann ich Ihnen die Adresse raussuchen lassen. Sie hatte noch kein Konto und deswegen wurde ihr Verdienst auf eines unserer Unterkonten überwiesen.« Sie holte ihr Telefon herüber. »Das bieten wir den Frauen an. Da sie in ihrer Situation meist kein Konto mehr haben und kein neues eröffnen können, wegen fehlender Bonität. Auch so ein Problem, das ein Stolperstein für einen Neuanfang darstellt. Ohne Konto finden sie keine Arbeit und ohne Arbeit können sie kein Konto eröffnen.«

Hambacher tippte eine Kurzwahlnummer an ihrem Telefon. »Ach, Irmgard, ist Sabrina nicht da? Dann such du mir doch schnell heraus, wo Anna Schneider gearbeitet hat, und mach einen Ausdruck davon für die Polizei. Ich brauche es jetzt sofort.« Sie legte auf und wandte sich wieder an Clara und Thorwald. »Der Imbiss ist nicht weit vom Englischen Garten entfernt.«

»Wann haben Sie Frau Schneider zuletzt gesehen?«

»Vorletzte Woche. Sie hat mich nach Ute gefragt. Aber ich konnte ihr nicht weiterhelfen.«

»Traf sie sich regelmäßig mit Ute im Englischen Garten?«

»Auf jeden Fall ist Ute täglich zum Kleinhesseloher See gegangen, um ihren Hund auszuführen und die Enten zu füttern. In jeder ihrer Manteltaschen hatte sie Vogelfutter drin, einfach so lose. Unappetitlich!« Hambacher schüttelte sich angewidert. »Aber ob sie sich dabei mit Anna Schneider traf, weiß ich nicht.«

Die Tür ging auf und eine farblose, untersetzte Frau kam herein. Besser hätte man sich das Gegenteil zu Hambacher nicht ausdenken können. Die beleibte Frau trug eine dunkle Stoffhose und einen beigefarbenen Wollpullover. Selbst ihr aschblondes Haar sah beige und kraftlos aus. Der runde Rücken zeugte von zu vielen Überstunden hinterm Schreibtisch.

»Irmgard, sei bedankt. Meine Stellvertreterin Irmgard Meierhofer.«

Mit steinerner Miene nickte Irmgard Meierhofer ihnen zu und sagte an Hambacher gewandt: »Ich hoffe, das ist alles, was du brauchst. Ich bereite mit der Buchhalterin den Jahresabschluss vor. Da habe ich keine Zeit, ständig Druckaufträge für dich zu erledigen.«

»Hach, Gottchen, schon gut. Ich denke, wir haben alles.«

Irmgard Meierhofer machte die Tür von außen zu, lauter als angebracht.

»Ihre Stellvertreterin? Gibt es ein Problem mit ihr?«

»Die schaut immer so grantig drein. Lassen Sie sich davon nicht irritieren. Wenn man in einer Position ist wie der meinen, hat man eben Neider.« Sie verzog das Gesicht zu einem gekünstelten Lächeln und schlug die Beine übereinander.

»Verschwand Ute in ihren Augen überraschend oder hat es sich angedeutet?«

Hambacher dachte einen Moment nach. »Überraschend würde ich sagen. Aber das ist nicht ungewöhnlich. Diese Frauen haben keine Bindung. Sie verabschieden sich nicht groß, wenn es sie wieder auf die Straße zieht. Letzten Winter hat sich eine Bewohnerin bei Eis und Schnee auf und davon gemacht. Und vor zwei Monaten erst ist eine langjährige Bewohnerin ohne Vorwarnung ausgezogen. Die haben sich auch nicht hier abgemeldet. So ist das mit solchen Menschen. Die sind dann halt weg. Verstehen Sie, was ich damit sagen will?«

»Natürlich, Ihnen kommen öfter Frauen abhanden«, sagte Clara.

»Mir kommt überhaupt niemand abhanden«, rief die Heimleiterin empört. »Wenn es die Frauen auf die Straße zieht, kann ich sie auch nicht aufhalten.«

»Wie heißen die anderen beiden Frauen, die auch verschwunden sind?«

»Marietta Braun und Hilda Hartmann. Hilda ist sehr speziell. Hat mit niemandem hier ein Wort gewechselt. Nicht mal mit mir. Und sie ist mit einer Beinprothese unterwegs, trotzdem hat es sie vor zwei Monaten wieder auf die Straße gezogen. Statt den Komfort unserer gemütlichen, kleinen Zimmer zu genießen.«

»Können wir Utes Zimmer mal sehen?«

»Ich bedauere, aber das Zimmer ist bereits anderweitig belegt. Hier gilt die Abmachung, wer fünf Tage ohne sich abzumelden fehlt, gilt als ausgezogen. Das Zimmer wird geräumt.«

»Aber Sie haben Ute nicht als vermisst gemeldet?«

»Dazu gab es keinen Grund.«

»Haben Sie die Sachen von Ute noch?«

»Das ist nur ein bisschen Kram, nichts von Wert. Es ist in einer Kiste im Keller. Sie können das Zeug gerne mitnehmen, wenn Sie wollen.«

Clara nickte und fuhr mit der Befragung fort. »Hatte Ute Streit mit anderen Bewohnerinnen hier im Heim?«

»Aber nein, Ute doch nicht. Sie ist eine kleine alte Frau, ganz still und unauffällig. Wenn nur alle unsere Frauen so wären, dann tät ich mich in meinen Job um einiges leichter.« Sie seufzte theatralisch und schickte ein unechtes Gelächel hinterher. »Ute ist schon lange auf der Straße unterwegs. Sie führte ein bürgerliches Leben, dann starb ihr Ehemann und sie hat komplett den Halt verloren.«

»Seit wann hat sie hier gewohnt?«

»Etliche Jahre, wenn Sie es genau wissen wollen, müsste ich im Computer nachsehen.« Sie stand auf und ging zu ihrem Schreibtisch. »Seit fünfzehn Jahren«, meldete sie einige Maus-Klicks später.

»Und da kommt es Ihnen nicht seltsam vor, dass sie so unverhofft verschwunden ist?«

»Die Frauen hier drin halten sich nicht an Regeln. Und Ute ist sowieso immer nur im Winter bei uns zu Gast. Im Sommer lebt sie lieber im Englischen Garten.«

»Okay, dann bräuchten wir noch die Kiste mit Utes Sachen.«

»Da fällt mir doch etwas ein. Wahrscheinlich hat es nichts zu bedeuten. Aber Ute hat mit dem Metzger hier unten an der Ecke einen kleinen Disput gehabt. Sie wollte für ihren Hund Fleisch erbetteln. Der Inhaber ist ein grober Klotz und hat ihr gleich Hausverbot für sein Geschäft erteilt. Das habe ich Anna Schneider auch erzählt. Ich traue ihr zu, dass sie geradewegs zu dem Metzger gerannt ist und dort ebenfalls einen Aufstand angezettelt hat.«

Etwas blitzte in Clara auf und sie bekam die Ecke zu fassen. »Was meinen Sie mit ebenfalls? Wo hat sie denn noch einen Aufstand angezettelt?«

»Ach, ich weiß nicht, das sagt man doch so.«

Das war Clara neu, das Wort ebenfalls fand sie bisher recht eindeutig.

»Finden Sie es denn gar nicht merkwürdig, dass Ute ihren Hund nicht mitgenommen hat, als sie verschwand?«, meldete Thorwald sich zu Wort.

»Es ist so, wie ich Ihnen gesagt habe. Die Frauen hier kennen keine echten Bindungen, weder zu Mensch noch zu Tier. Wenn sie hierher kommen, haben sie oft keine Familie mehr oder sie haben mit ihnen gebrochen oder die Familie wünscht keinen Kontakt. Die meisten sind traumatisiert und sozial gestört. Vielleicht hatte sie nicht mehr die Kraft, sich um den Hund zu kümmern.«

»Und dann hat sie sich, kraftlos wie sie war und ohne ihren Hund, inmitten eines frostklirrenden Winters bei Nacht und Nebel aufgemacht, um wieder draußen auf der Straße zu leben?«, fragte Thorwald zweifelnd.

»Ich glaube nicht, dass Sie eine Ahnung haben, was in solchen Frauen vorgeht.«

»Aber Sie schon?«, fragte Thorwald interessiert zurück.

»Unsere Frauen haben nicht das, was man soziales Standing nennt. Sie lügen und stehlen und trotzdem bin ich da und helfe, wo ich kann.« Hambacher nestelte mit den Fingerspitzen am Rand ihres seidigen Tuches entlang. »Ich bin aber in der Hauptsache dafür verantwortlich, eine gewisse Ordnung hier im Haus aufrecht zu erhalten. Schließlich bin ich nicht der Babysitter für die Frauen. Und was spielt es schon für eine Rolle, ob sie den Hund mitgenommen hat oder nicht?«

Thorwald nickte und machte sich mit dem Eingabestift auf dem Finder eine Notiz. »Die Sache mit dem Hund will mir nicht eingehen. Es gibt Studien darüber, wie sehr Tiere zu Ersatzpartnern werden, besonders bei Personen, die außerhalb der Gesellschaft stehen. Da wäre es nur logisch, wenn Ute sich eng an ihren Hund gebunden gefühlt hätte. Das hat rein psychologische Hintergründe.«

»Das sind nette theoretische Gedanken, denen Sie da folgen. Aber das hat nichts mit dem wirklichen Leben zu tun. Die Frauen hier drin sind traumatisiert, von Menschen und vom Leben verlassen. Glauben Sie im Ernst, Sie können die nach allgemeinen Maßstäben beurteilen?«

»Wissen Sie, wo der Hund ist?«, unterbrach Clara Hambachers Ansprache.

»Bei irgendeinem Kioskbetreiber am Englischen Garten. Hunde sind hier im Heim streng verboten. Wir sind ja keine Hundepension.« Sie lächelte aufgesetzt und wandte sich noch einmal an Thorwald: »Glauben Sie mir, Ute ist sicher nicht verschwunden. Früher oder später taucht sie von alleine wieder auf, so als wäre nichts gewesen. Spätestens im nächsten Winter wird sie hier vor der Tür stehen.«

»Und warum hat sie sich nicht wenigsten von ihrer einzigen Freundin Anna Schneider verabschiedet?«, setzte Thorwald nach.

»Verstehen Sie doch! Die Frauen hier drin sind keine Freundinnen. Das sind Symbiosen, die sich bilden, wenn zwei in der gleichen Lebenssituation sind.« Hambachers Stimme klang jetzt ärgerlich.

Doch Thorwald ließ nicht locker. »Diese Ansicht schien Anna Schneider nicht geteilt zu haben.«

»So bedauerlich ihr Tod sein mag, aber Anna Schneider war eine labile Person. Sie hat Zweckgemeinschaft mit Freundschaft verwechselt. Ute hat Anna Schneider sicher nicht als Freundin angesehen.«

9

Clara trug den Schuhkarton mit Utes Habseligkeiten unter ihren Arm geklemmt und Thorwald trabte hinter ihr her. Nach dem wenig aufschlussreichen Gespräch mit Hambacher hatten sie sich entschlossen, gleich einen Abstecher zu dem Metzger zu machen, mit dem Ute aneinandergeraten war.

In der Metzgerei tummelten sich zur Mittagszeit die unterschiedlichsten Kunden. Zwei Bürotypen mit Schneematsch an den schicken Lederschuhen sprachen lautstark über das grausliche Wetter. Ein junger Mann mit quengelndem Kind auf dem Arm sah immer wieder genervt hinter sich auf die alte Frau, die ihm ihren Einkaufskorb beim Vorrücken dauernd in die Kniekehlen stieß. Und aus der warmen Theke stieg der Geruch nach Braumeistergulasch und gebackenem Leberkas auf.

Clara und Thorwald ernteten missbilligende Blicke, als sie an der Schlange vorbei nach vorne durchmarschierten. Hinter der Theke standen ein unbekümmert dreinblickender junger Mann mit einem weißen Käppi auf dem Haar und ein mürrischer Mittfünfziger mit breitem Kreuz und starrem Blick.

Die beiden bedienten gemeinsam eine kapriziöse Dame mit einer riesigen Pelzmütze auf ihrem Haupt. Offenkundig hatte sie Probleme, sich zwischen dem Prosecco-Schinken und den Rosmarinspeckröllchen zu entscheiden.

»Polizei, wir haben ein paar Fragen an den Chef.«

»Das bin ich, Metzgermeister Angermeier«, sagte der Mürrische. »Worum geht's?«

»Können wir uns irgendwo ungestört unterhalten?«

»Ungestört zur Mittagszeit? Was wollen Sie überhaupt von mir?«

»Es geht um Ihren Streit mit Ute Pichler.«

»Ute wer?« Er wickelte den Prosecco-Schinken fest ins Papier und legte ihn in ein Körbchen. »Kalbsschnitzel sind heut' im Angebot. Zwei schöne Stücke?« Er sah die Kundin an und zeigte mit der Fleischgabel auf eine weiße, mit prächtigem Schnitzelfleisch gefüllte Schale in der Theke. Die Kapriziöse nickte und beäugte Clara misstrauisch.

»Ute Pichler ist die ältere Frau hier aus dem Frauenobdach. Sie hat vor Kurzem nach Fleischresten für ihren Hund gefragt und Sie haben sie angegriffen.« Clara beschloss, keine Rücksicht zu nehmen. Er hatte seine Chance auf ein vertrauliches Gespräch ausgeschlagen.

»Angegriffen? Das soll wohl ein Witz sein?« Er ließ die Schale, aus der er die Kalbsschnitzel herausgestochen hatte, zurück in die Theke rumsen. »Ich habe mich verteidigt. Die Alte hat ja total gesponnen. Da habe ich sie rausgeschmissen. Problem damit? Das ist mein Laden und die hat mir die Kunden vergrault. Ich habe sie nicht angelangt, das schmuddelige Weibsbild. Hat die mich etwa angezeigt?«

»Und dann kam Anna Schneider und hat nach ihr gesucht.«

Einen Moment lang schaute er verwirrt drein. »So eine Verrückte, die hier mit dem Bild von der Alten herumgelaufen ist und mich beschuldigt hat, ich hätte der Alten was getan? Was soll das ganze Theater? Hat sie sich über mich beschwert die dürre Heugeigen?«

»Dann ist Anna Schneider also hier gewesen?«

»Ja, die war da.«

»Und was ist vorgefallen?«

»Was soll vorgefallen sein? Ich habe die auch rausgeschmissen aus meinem Laden. Ich bin schließlich nicht der billige Jakob und kann meine Zeit nicht an jeden dahergelaufenen Schnorrer vergeuden. Oder denken Sie vielleicht, ich hab die Zwei hier bei meinen Schweinehälften im Kühlraum hängen?« Er schnaubte ironisch.

Clara sah ihn prüfend an und ein Puzzleteil von Anna Schneider im Kühlraum fuhr ihr in den Kopf. »Haben Sie da eine Tiefkühltruhe drin?«

»Nein! Ich bin ein richtiger Metzger, bei uns gibt's nur Frisch aus dem Kühlraum, verstehst?«

»Kann ich den Raum mal sehen?«

»Spinnt's ihr jetzt komplett oder was?«

Clara konnte unter mittlerem Protest einen Blick in den Kühlraum werfen. Zwei Schweinehälften hingen an Haken von der Decke herunter. Ordentlich gestapelte silberne Metallkisten mit Aufschriften wie Edelfleisch, Leberkas und Warme Theke standen daneben. Es gab keine Anhaltspunkte, die auf ein Verbrechen hindeuteten und der Metzger hatte nicht gelogen. Es gab keine Tiefkühltruhe.

»Wo waren Sie heute früh gegen fünf Uhr?«

»Was meinen Sie wohl? Ich gehöre zur arbeitenden Bevölkerung. Da in meinem Laden war ich und habe ein Catering vorbereitet.«

»Kann das jemand bezeugen?«

»Zählt Ihnen mein Wort nicht genug?«

Clara hatte es langsam satt, dass er jede Frage mit einer Gegenfrage beantworte. »Ja oder nein?«

»Meine Mitarbeiterin Silvia Kerner. Die war auch da.«

»Können wir die mal sprechen?«

»Naaa, die arbeitet nur vormittags bei mir in der Metzgerei.«

»Okay, halten Sie sich zu unserer Verfügung, falls wir noch Fragen haben.«

»Bittschön was? Meinen Sie vielleicht, ich tät mich auf und davon machen? Zum Zuckerhut oder was? Des ist mei Geschäft, wo sollte ich bittschön hin? Seit über dreißig Jahren steh' ich hier«, polterte er und fuchtelte dabei mit seiner Fleischgabel herum. »Alles Deppen und dafür gehen unsere Steuergelder drauf«, murmelte er beim Einpacken der Kalbsschnitzel mit gesenkter Stimme vor sich hin, gerade so laut, dass Clara es noch hören konnte.

Doch sie hatte keine Lust, sich mit dem harschen Kerl weiter herumzustreiten. Wenn er Anna Schneider ermordet haben sollte, würde sie es schon noch rausfinden. Das mit dem Zuckerhut war sicher ein Scherz, genau wie das mit dem Kühlraum. Doch es gab Fälle, in denen Kollegen hinterher gesagt hatten, sie hätten gedacht, der Verdächtige mache Witze. Vorsichtshalber würde sie sich informieren lassen, falls der Metzger einen Flug buchen würde.

»Lass uns zu dem Imbiss fahren, wo Anna Schneider gearbeitet hat, vielleicht bekommen wir da ein paar valide Auskünfte über unser Opfer«, sagte Thorwald draußen und zog seine Mütze tief in die Stirn, fast bis über die Augenbrauen.

Der Imbiss lag zwischen Münchner Freiheit und Englischem Garten in der Occamstraße. Auf der farbig schimmernden Leuchtreklame drehten sich Kartoffeln und Kirschtomaten in 3-D und wechselten sich mit dem Wort *vegan* ab.

Im Vergleich zu der riesigen Leuchtreklame war der Laden verhältnismäßig klein, doch er war perfekt in die Hausecke integriert worden. Mit stylischen Chromleisten am altmodischen Schaufenster und den vielen Kartoffel- und Tomatenlichtern funkelte er aus dem Altbau heraus wie ein Swarovski-Kristall aus einer auf dem Dachboden vergessenen Puppenstube.

»Moment mal, Occamstraße Nummer 1? Das ist die Wohnadresse der beiden alten Damen aus dem Bus. So steht es zumindest im Protokoll.« Thorwald wischte über den Finder und scrollte zu dem Bericht.

»Vielleicht ein Übertragungsfehler?« Clara sah an dem Haus entlang nach oben. Über dem Laden waren, typisch für die damalige Bauweise, hohe Geschosse mit einflügligen Fenstern. Falls die Bechters hier wohnten, mitten in der Foodmeile von Schwabing, wunderte es sie kein bisschen, dass sie ihre Rente aufstocken mussten.

Thorwald sah auf den Klingelschildern nach. »Es stimmt, die beiden Schwestern wohnen hier. Das ist ja merkwürdig, wenn nicht sogar verdächtig.«

»Aber es ist doch schwer vorstellbar, dass die beiden alten Frauen eine Leiche herumschleppen, ein Auto manipulieren und schnell genug an der Haltestelle gewesen sein könnten, um in den Bus zu springen.«

»Aber sie waren Trapezkünstlerinnen, starke Arme. Und es stellt sich die Frage, warum sie nicht an der Haltestelle Münchner Freiheit in den Bus gestiegen sind. Das ist viel näher an ihrem zu Hause dran.«

Das Schneegestöber verstärkte sich noch einmal, der eisige Wind legte eine Schippe drauf und sie beeilten sich, in den Imbiss zu kommen.

Hier roch es heimelig nach gekochten Kartoffeln und Linsensuppe. Das erinnerte Clara daran, dass sie noch nichts zu Mittag gegessen hatte. Schon beim Metzger hatten die Gerüche auf ihren Magen anregend gewirkt. Doch jetzt spürte sie, dass sich ein Loch darin auftat.

Der ganze Laden bestand aus zwei Stehtischen und einer silberglänzenden Theke, hinter der eine halb offene Küchenzeile hervorschaute. Mehr war es nicht. Der Besitzer des Mini-Imbiss *Anwas Vegan* war um die zwanzig, groß und dünn. Sein langes Haar hatte er zu einem festen Bun nach oben frisiert und an der Augenbraue glitzerte ein Piercingring. An seinem lilafarbenen Pulli hing ein auffälliges Namensschild, *Andy Wassmann* stand darauf.

Wassmann reagierte ausgesprochen erschüttert auf die Todesnachricht und musste sich erst einmal auf den Schemel hinter der Theke setzen. Sein veganes Start-up betrieb er allein. Anna war die einzige Mitarbeiterin, die auf Minijob-Basis mithalf. Weitere Mitarbeiter einzustellen, konnte er sich bislang nicht leisten. Um seine Geschäftsidee vom eigenen Imbiss zu verwirklichen, war er sogar wieder zu seinen Eltern in eine spießige Reihenhausidylle gezogen. »Was man nicht alles tut für seinen Traum!«

»Was hatten Sie für eine Beziehung zu Anna Schneider?«, fragte Clara.

»Anna wurde ermordet?«

»Wie kommen Sie darauf?« Clara hatte weiter nichts gesagt, außer, dass Anna Schneider ums Leben gekommen war. Es hätte genauso gut ein Unfall oder Selbstmord gewesen sein können.

»Kommen Sie, zwei Kripobeamte, die hier höchstpersönlich vorbeikommen und hintersinnige Fragen stellen. Ich habe ein paar Semester Jura studiert, bevor ich mich eines Besseren besonnen und den Laden aufgemacht habe. Außerdem habe ich einen gesunden Menschenverstand.«

»Und der trügt Sie nicht. Anna Schneider wurde ermordet.« Clara sah ihn prüfend an. »Kannten Sie sie näher?«

»Ich hatte eine rein geschäftliche Beziehung zu ihr. Außerhalb des Ladens haben wir uns nicht getroffen. Aber ich mochte sie und nachdem klar war, wo ich sie am besten einsetzen kann, lief es gut zwischen uns.«

»Zuerst nicht?«

»Kann man nicht sagen. Sie konnte allgemein nicht so gut mit Menschen.« Er brachte ein schwaches Grinsen zustande. »Hat den ein oder anderen Kunden für einen schiefen Blick zusammengefaltet. Das war natürlich nicht okay, schlecht fürs Geschäft. Sobald ich es mir leisten kann, kaufe ich für den Service einen Servier-Roboter. Die kann man auf superfreundlich programmieren, egal wie die Kunden ankommen.

Aber zurück zu Anna. In der Küche war sie grandios. Da konnte sie anpacken und was reißen.«

Claras Blick schweifte über die Küchenzeile, die wie der ganze Laden futuristisch in Chrom und Lack glänzte.

»Und zwischen Ihnen gab es keine Spannungen mehr?«

»Nein, sicher nicht. Ich war froh, dass ich sie hatte. Sie war sich nicht zu schade, auch ungeliebte Arbeiten zu übernehmen. Ob zehn Kilo Kartoffeln schälen oder den Boden schrubben. Was anfiel, hat sie ohne zu murren erledigt.«

»War sie jeden Tag hier im Laden?«

»Montag bis Donnerstag je zwei Stunden zur Mittagszeit.«

»Wann haben Sie sie zuletzt gesehen?«

»Am Donnerstag vor anderthalb Wochen war sie zuletzt hier.«

»Und haben Sie sich nicht gewundert, dass sie letzte Woche nicht gekommen ist?«

»Na ja, ein bisschen schon, aber ich dachte, sie taucht schon wieder auf. Hatte ich gehofft.«

»Ihre Mitarbeiterin ist eine Woche verschwunden und Sie unternehmen nichts?«

»Ich habe sie angerufen, aber sie ist nicht rangegangen. Die Frau von der Arbeitsagentur hatte mich bei Arbeitsantritt vorgewarnt, ich müsse mich darauf einstellen, dass Anna nicht immer zu Hundertprozent zuverlässig ist. Bei der habe ich das nicht gemeldet, damit Anna keine Schwierigkeiten bekommt. Ich wollte mit Anna selbst darüber reden, wenn sie wieder kommt.«

»Ist Ihnen in der Zeit davor etwas an ihr aufgefallen? Ungewöhnliches Verhalten, war sie vielleicht nervös oder etwas in die Richtung?«

Er überlegte kurz. »Sie hat nach ihrer Freundin gesucht und ich hatte den Eindruck, dass sie über deren Verschwinden besorgt war. Aber gerade die letzten zwei Tage war sie eher aufgekratzt und gut drauf. Ich glaube, sie hatte jemanden kennengelernt. Einen Mann. Zumindest sagte sie sowas, dass sie sich endlich mal aufs Wochenende freut und hat mir geheimnistuerisch zugezwinkert.«

»Was für einen Mann?«

»Keine Ahnung. Ich habe sie natürlich gefragt, ob sie jemanden datet und ob sie sich deswegen so aufs Wochenende freut. Aber mehr als ein verschmitztes Lächeln hat sie nicht preisgegeben.«

»Kennen Sie zufällig Emily und Lisbeth Bechter? Um die sechzig, Schwestern und wohnen hier oben im Haus, über ihrem Laden?«

»Ich glaube, ich weiß, wen Sie meinen. Zwei kleine Grannys, gleiche Frisur, gleiche Klamotten und ständig am Streiten?«

»Hört sich extrem nach unseren Bechterschwestern an.« Thorwald grinste.

»Die kommen jeden Mittwoch und holen sich den Senioren-Genussteller. Der ist da im Angebot.«

»Haben die Anna Schneider gekannt?«

»Und ob, das waren gleich die Ersten, mit denen Anna sich gebeeft hat. Die eine meinte, sie hätte zu wenig Wechselgeld rausbekommen. Da ist Anna echt hochgegangen, ob die beiden sie des Diebstahls bezichtigen wollen und so. Mit dem Servierlöffel hat sie den Alten gedroht. Ich bin gleich dazwischen und habe geschlichtet.«

»Und, hat sie falsch rausgegeben?«

»Ich weiß es nicht. So was kann mal passieren, dass man sich verzählt oder auch, dass die Kunden sich vertun. Absichtlich hätte Anna das sicher nicht gemacht. Sie war voll korrekt mit dem Geld.«

»Wo waren Sie heute früh gegen fünf Uhr?«

»Ich bin verdächtig?«

»Nur fürs Protokoll.«

»Ich war in der Großmarkthalle in Sendling. Und zwar schon ab halb fünf, wer früh dran ist, bekommt die besten

Zutaten. Ich suche Ihnen die Rechnung raus, wenn Sie wollen. Da steht die Uhrzeit drauf.«

Clara nickte und Thorwald prüfte die Rechnung, die Andy Wassmann aus einer Schublade unter der Kasse hervorgekramt hatte.

»Okay, und dann nehme ich einmal die Nummer fünf, das Fake-Schweineschnitzel mit Kohlrabipommes.« Sie sah zu Thorwald hinüber. »Die Bechter-Sisters haben sicher bald Schichtende. Wir können hier warten und inzwischen essen wir eine Kleinigkeit. Ich glaube, mit den beiden alten Damen gibt es noch Klärungsbedarf.«

Thorwalds Blicke flogen über die Speisekarte, die über der Kassiereinheit auf einem Bildschirm an der Wand in Dauerschleife durchlief. »Für mich bitte Nummer sieben. Deep-Fake-Huhn mit Wasabipaste.« Thorwald steckte seine Wollmütze in die Manteltasche und folgte Clara, die einen der beiden Stehtische am Fenster ansteuerte.

»Von hier aus sehen wir gleich, wenn die Bechters nach Hause kommen.«

»Guten Appetit!« Wassmann stellte kurze Zeit später die Teller auf dem silberglänzenden Stehtisch ab.

»Verzeihen Sie, aber trug Anna auch so ein schickes Namensschild?«, wollte Thorwald wissen.

»Klar, das macht es persönlicher für die Kunden, wenn sie den Namen ihres Gegenübers kennen.« Wassmann ging zurück und räumte die kleine Küche weiter auf. Das Hauptgeschäft war vorbei.

»Die Bechterschwestern hatten Streit mit Anna Schneider und überdies haben sie behauptet, sie würden sie nicht einmal kennen«, fuhr Thorwald fort, »und das, obwohl sie direkt über ihrem Arbeitsplatz wohnen. Warum haben sie gelogen?«

»Das ist eine sehr gute Frage.« Clara zog ihren Teller zu sich heran und schob mit der Gabel einige merkwürdig aussehende grüne Kräuter oder Algen von den Kohlrabipommes herunter. »Die werden wir ihnen am besten gleich selbst stellen. Auch wenn ich mir nicht vorstellen kann, wie die zwei Alten das hätten rocken können. Es ist gar nicht so leicht, einen toten Menschen in ein Auto zu zwängen, noch dazu halb tiefgefroren.« Clara nahm einen herzhaften Bissen von ihrem Gemüse-Schnitzel.

»Zu zweit würden sie es schon schaffen, zumal mit ihrer artistischen Vergangenheit«, sagte Thorwald, der die fädrigen Algen von seinem Teller munter in sich reinschaufelte. »Und ich möchte anmerken, dass es diskriminierend ist, wenn du sie nicht in Betracht ziehst. Alle Männer, die uns über den Weg laufen, fragst du direkt danach, wo sie heute früh gewesen sind. Aber die beiden Frauen, deren Aussagen auffallend fehlerhaft sind, findest du kein bisschen verdächtig.«

Thorwald hatte recht, ausschließen konnten sie zum jetzigen Zeitpunkt niemanden. Nicht einmal so kleine, schrullige Personen wie die Bechters.

10

Die Wasabipaste hatte Thorwald Schweißperlen auf die Stirn getrieben. Sie waren gerade fertig mit dem Essen, als die beiden alten Damen auf die Haustür neben dem Imbiss zutippelten. Emily und Lisbeth Bechter hielten die Handtaschen an ihre Körper gedrückt und senkten die Köpfe mit ihren kleinen Filzhüten darauf, um den Schneeböen keine Angriffsfläche zu bieten.

Clara warf ihre Serviette auf den Teller. »Auf geht's, schauen wir mal, was die Flying Victorias dazu sagen, dass wir von dem Streit wissen.«

Die Schwestern bewohnten eine großzügige Altbauwohnung im zweiten Stock. Emily Bechter sah Clara und Thorwald überrascht an, bat sie jedoch herein. Die hohen Räume waren mit Stuck verziert. Goldfarbene Leisten und Rosetten fanden sich an den antiquierten Möbelstücken, die allesamt so monströs aussahen, dass die beiden alten Frauen dagegen noch winziger und zerbrechlicher wirkten.

Clara und Thorwald nahmen Platz auf einem Sofa mit zierlichen Beinen und einer geschwungenen Rückenlehne. Ein schimmerndes Brokatkissen mit einer mittig eingeschlagenen Knickfalte besetzte den Platz zwischen ihnen. Lisbeth Bechter saß ihnen kerzengerade gegenüber auf so etwas wie einer Klavierbank, obwohl es im Wohnzimmer kein Klavier gab. Ihre Schwester hatte sich neben sie gestellt.

»Sie haben ausgesagt, dass Sie die Tote von heute Morgen nicht gekannt haben.«

»Und wir bleiben bei dem, was wir gesagt haben. Wir kannten die Unglückliche nicht«, bekräftigte Emily Bechter mit energischer Stimme.

»Anna Schneider hat hier unten in der veganen Imbissstube gearbeitet. Wussten Sie das?«

»Nein«, sagte Emily Bechter sofort.

»Wir haben eine Aussage, nach der es zu einem recht unerfreulichen Streit zwischen Ihnen beiden und dem Opfer gekommen war.«

»Ein Streit?« Die Schwestern wechselten einen Blick, den Clara nicht deuten konnte. »Wir streiten doch nicht, unsere Manieren sind einwandfrei.«

»Ich erinnere mich an keinen Streit.« Emily setzte sich neben ihre Schwester auf die Klavierbank. »Oder Moment. Es gibt da unten im Imbiss eine unangenehme Frau, mit der wir einen Disput geführt haben.« Sie nickte bedächtig.

»Ach ja, meine Liebe. Diese freche Frau, die dich beim Wechselgeld betrogen hat? Ein Unding, einer armen alten Frau Geld zu stehlen. Nicht wahr?«

»Okay, für mich ist es eher ein Unding, dass Sie verschwiegen haben, dass Sie mit dem Opfer einen Streit hatten, kurze Zeit, bevor Anna Schneider getötet wurde. Und dass Sie sozusagen über ihrem Arbeitsplatz wohnen.«

»Aber wir hatten doch keine Ahnung, wie die grässliche Frau heißt«, wies Lisbeth die Anschuldigung zurück. »Oh, über Tote soll man nicht schlecht reden. Das ist mir jetzt so rausgerutscht.« Erschrocken sah sie ihre Schwester an.

»Sie war aber auch gemein zu uns, in dem Fall kann man sicher eine Ausnahme machen.« Tröstend tätschelte Emily ihr die Hand.

»Anna Schneider trug ein auffälliges Namensschild direkt vor der Brust. Das dürfte Ihnen kaum entgangen sein.«

»Darauf haben wir nicht geachtet.« Lisbeth Bechter hatte die Stirn in Falten gelegt und sah zu ihrer Schwester hinüber.

»Wir kennen diese Frau nicht. Und wer liest schon die Namensschilder des Servicepersonals? Zudem ist Anna Schneider ein Allerweltsname. Uns ist er jedenfalls nicht aufgefallen.« Ein hochmütiger Ausdruck breitete sich auf Emily Bechters Gesicht aus.

»Oh, Sie wären überrascht, wie viele Menschen solche Schilder lesen. Es ist ein natürlicher Reflex laut verschiedenen Marktforschungsinstituten.« Weitere Erläuterungen zum Thema Marktforschung und Kundenzufriedenheit verkniff Thorwald sich, da Clara ihn mit mahnendem Blick ausbremste. »Und warum sind Sie nicht an der Münchner Freiheit in den Bus gestiegen? Das ist doch viel näher an Ihrer Wohnung«, stellte er stattdessen die nächste Frage, die ihn drängend beschäftigte.

»Wir lassen keine Gelegenheit aus, um uns zu bewegen. Drum gehen wir immer die eine oder andere Haltestelle zu Fuß. Das wird doch nicht verboten sein, nicht wahr? Früher, als wir beim Zirkus Zarathustra waren, da waren wir topfit. Wir konnten uns durch die Lüfte segeln lassen, wie die Steinadler. Flying Victorias, so haben sie uns genannt. Wir waren die fliegenden Schwestern.« Emily Bechter stand auf und holte ein goldgerahmtes Bild von der massiven Kommode. Mit ihrem Ärmel wischte sie über das Glas und blickte das Bild mit solcher Wärme an, als hielte sie ein Baby im Arm. Sie reichte es Clara.

Eine ausgeblichene Fotografie zweier junger Frauen, die Arm in Arm auf einer alten Holzbühne posierten. In hautengen Glitzer-Kostümen mit Röckchen, die in den Achtzigerjahren im Showbiz sicherlich modern und sexy angemutet hatten und jetzt nur noch nach vergangenem Leben und verpassten Gelegenheiten aussahen.

Auf der Straße wickelte Thorwald seinen Schal wieder fest um den Hals und stülpte die Mütze über. »Diese Schwestern benehmen sich nicht gerade unschuldig. Ich glaube keineswegs, dass sie den Namen von Anna Schneider nicht gesehen haben. Und dass Lisbeth Bechter erzählt hat, sie hätte jemanden am Auto gesehen, soll uns in die Irre führen und den Verdacht von den Mörderschwestern selbst ablenken.«

»Hm«, machte Clara und sah Puzzleteile mit den Bechterschwestern darauf, die sich wie kleine Gibbon-Äffchen im Englischen von Baum zu Baum schwangen. »Schauen wir mal, ob wir den Kioskbesitzer finden, bei dem Ute den Hund gelassen hat.« Vielleicht konnte der Mann erklären, warum sie ohne ihren Hund zurück auf die Straße gezogen war.

Viele Kioske gab es nicht mehr an den Eingängen zum Englischen Garten. Von jenen, die im Winter geöffnet waren, fielen Clara nur zwei ein. Gleich beim Ersten hatten sie Glück. Im Kioskverschlag konnten sie einen kleinen Hund umherwieseln sehen.

»Ist das der Hund von Ute Pichler?«, fragte Clara und zeigte ihren Dienstausweis. Wie zur Antwort hörten sie ein freudiges Hundegebell hinter dem hageren, hochaufgewachsene Mann im Kiosk.

Michael Bergner, der Kioskbesitzer, nickte und hob seine Nickelbrille von den Augen, um Claras Ausweis näher betrachten zu können. »Kriminalpolizei? Ist der Ute was passiert?«

»Wann haben Sie Ute zuletzt gesehen?«, fragte Clara.

»Vor zwei Wochen hat sie den Gustl zuletzt abgeholt. Danach ist sie nicht mehr aufgetaucht. Sie ist sonst jeden Tag in der Früh hergekommen und hat den Hund geholt. Hat immer den ganzen Tag mit ihm verbracht. Abends, kurz bevor ich heimgehe, hat sie ihn wieder zum Schlafen hergebracht, er durfte ja nicht mit ins blöde Heim.«

»Er schläft hier im Kiosk?«, fragte Thorwald.

Bergner nickte erneut und richtete sich wieder an Clara. »Was wollen Sie denn von Ute?«

»Uns vergewissern, dass es ihr gut geht. Das ist alles.«

»Glauben Sie, es ist ihr was passiert?«

»Wir wissen es nicht, wir suchen nach ihr.«

»Ich glaube, da stimmt was nicht. Ute hätte den Gustl nie einfach im Stich gelassen. Ihre Freundin Anna hat auch nach ihr gesucht.«

»Sie kennen Anna Schneider?«

»Freilich, sie war oft hier mit Ute bei mir am Kiosk. Und dann sind sie mit dem Gustl losgezogen. Spazieren gehen und Enten füttern.« Der Heizpilz im Inneren des Holzverschlags brummte leise in die Pause hinein. »Freitagabend vor einer Woche war Anna auch da. Sie wollte mir Bescheid sagen, wenn sie etwas von Ute hört. Aber dann ist sie auch nimmer aufgetaucht.«

Er öffnete die Kiosktür und herausgeschossen kam ein krummbeiniger Rauhaardackel, der freudig mit seinem Stummelschwanz wedelnd zwischen Thorwald und Clara hin und her sprang. Clara trat einen Schritt zurück, um nicht den Schneematsch von Gustls Freudentanz abzubekommen.

»Ich kann mich tagsüber gar nicht um den Gustl kümmern. Und in zwei Tagen fahre ich zu meiner Tochter nach Berlin. Da kann ich ihn nicht mitnehmen und meiner Vertretung kann ich das schlecht zumuten. Was soll ich jetzt machen?«

»Sollen wir jemanden anrufen, der ihn abholt?« Thorwald ging neben dem Hund in die Hocke und streichelte das borstige Fell des Rauhaardackels. »Na, du krummbeiniger Kerl, das ist ja kein Leben für einen Hund, den ganzen Tag im Kiosk zu sitzen.«

»Bekommt Ute ihn dann trotzdem zurück?«

»Wenn sie wieder kommt, kann sie ihn holen.« Thorwald kraulte Gustl hinter den Ohren, der sich das gern gefallen ließ. »Wir besorgen ihm einen tiergerechten Platz.« Und er suchte über seinen Finder die Telefonnummer des Tierheims heraus.

»Was hat Anna Schneider gesagt, als sie Ute gesucht hat?«, fragte Clara.

»Eigentlich hat sie nach einem Obdachlosen gefragt. Ich hab gleich gewusst, wen sie meint. Aber der gehört nicht zu meiner Kundschaft. Noargal-Saufer wird der genannt, weil er sich im Sommer im Biergarten am Chinesischen Turm herumdrückt und schaut, dass er die Noargal derwischt.«

»Die was?« Thorwald sah ihn verständnislos an.

»Na, die Noargal«, wiederholte Bergner. »Die Bierreste aus den Bierkrügen hat er ausgesoffen, von den Leuten, die ihren Krug nicht selbst leergesoffen haben. So hat er halt auch seinen Dampf zusammengebracht. Verstehens?«

Thorwald war keineswegs sicher, es verstanden zu haben, die Noargal waren die Reste aus den Biergläsern und mit Dampf war vermutlich ein ordentlicher Alkoholrausch gemeint.

»Und wie ist der richtige Name vom Noargal-Saufer?«, wollte Clara wissen.

»Da habe ich leider nicht die geringste Ahnung. Aber Ute hat sich immer mal wieder über ihn beschwert. Recht hartnäckig war der gewesen. Verstehens schon, oder? Wollte, dass sie sich mit ihm zusammentut. Des wollte die Ute nicht. Aber die konnte sich ganz gut gegen den wehren, hatte ich den Eindruck.« Bergner lachte heiser. »Eher friert d'Hölle zu, bevor ich mit dem Noargal-Saufer auf die Walz gehe, hat sie gesagt.«

Bei den vorherrschenden Temperaturen hätte man meinen können, dass die Hölle schon längst zugefroren sein müsste, und Clara rieb ihre kältegeröteten Hände gegeneinander. »Was meinen Sie damit, dass er hartnäckig war? Was hat er gemacht?«

»Er ist ihr halt oft nach. Ute hat sich sogar bei der etepetete Heimleiterin über ihn beschwert, weil er ihr auch manchmal vor dem Heim aufgelauert hat.«

»Der Noargal-Saufer hat sich vor dem Frauenobdach herumgetrieben?«

»Ja, öfters. Anna hat sich deswegen übelst mit der Heimleiterin gestritten, weil sie die Ute nicht geschützt hat. Anna hat der feinen Dame sogar eine Watschn mitgegeben, weil der Streit so hitzig wurde.«

»Eine Watschn? Wollen Sie sagen, Anna Schneider hat die Heimleiterin Sibylle Hambacher geschlagen?«

»Saftig sogar, so wie ich es verstanden habe. Und Anna meinte, die hat g'scheit Dreck am Stecken, die Schicki-Micki-Tussi. Und dass sie sich nicht um die Ute geschert hat, würde sie der heimzahlen.«

»Was meinte sie mit Dreck am Stecken? Hat sie dazu was gesagt?« Ein Puzzleteil der Heimleiterin, auf der Anna Schneider ihr eine ordentliche Ohrfeige verpasste, fuhr in Claras Gedanken.

»Einen Dreck am Stecken halt. Ich weiß nimmer genau. Sicher ging es um an Diridari. Ums Geld. Dreht sich doch immer alles ums Geld.«

»Das wäre wichtig für uns. Überlegen Sie noch mal, was hat Anna genau gesagt?«

Er schüttelte bedauernd den Kopf. »Die Anna war so in Rage und ich hatte Kundschaft am Kiosk. Sie hat sich dann schnell verabschiedet und fort war sie.«

»Und wie sie es ihr heimzahlen wollte, wissen Sie das?«

»Bedaure.«

Thorwald, der ein wenig abseits gestanden hatte, um mit dem Tierheim zu telefonieren, kam mit unglücklicher Miene zurück. »Mist verfluchter oder verdammt noch eins oder welches Schimpfwort einem am nächsten liegt. Der Tierschutzverein hat keine Fahrer, offenbar sind viele ihrer Leute ausgefallen wegen Magen-Darm.«

»Aber was soll ich denn jetzt mit dem Gustl machen?«

»Wir nehmen ihn mit«, sagte Thorwald kurzentschlossen, der sich wieder zu Gustl herunter gebeugt hatte und ihn mit der handschuhfreien Hand hinterm Ohr kraulte. »Wenn Ute zu Ihnen kommt, soll sie sich bei uns melden.« Thorwald reichte ihm eine Kontaktkarte des Reviers und nahm im Gegenzug die Leine und eine Packung Hundekuchen vom merklich erleichterten Kioskbesitzer entgegen.

Clara saß schon im Wagen. Bilder von der Heimleiterin, von Anna und einem gesichtslosen Noargal-Saufer kreiselten in ihrem Kopf herum. Sybille Hambacher hatte ihnen verschwiegen, dass sie eine gewalttätige Auseinandersetzung mit Anna Schneider gehabt hatte. Das rückte die Sache in ein anderes Licht.

Thorwald öffnete die Beifahrertür und Gustl sprang eilig in den Fußraum. Das ganze Tier war eingeschneit und schüttelte sich, so gut es in der Enge des Fußraums möglich war.

»Hund?« Clara war das letzte Puzzleteil aus ihren Gedanken gefallen und aus der offenen Beifahrertür hinaus in den Schnee gepurzelt.

»Aufgrund der Schwierigkeiten mit den Fahrern der Tiernotrettung bringen wir ihn selbst zum Tierheim.«

»Wir?«

»So tun wir allen einen Gefallen. Er wusste doch nicht wohin mit Gustl. Wie schön! Denn nicht nur der Hund wird artgerecht untergebracht, sondern auch der Kioskbesitzer hat eine Sorge weniger. Und wir zeigen damit Freundlichkeit und Bürgernähe.« Thorwald war äußerst zufrieden mit sich selbst.

»Damit erfüllen wir immerhin einen Teil von Reitmayers Anforderungen.«

»Kann er nicht im Kofferraum mitfahren?« Clara betrachtete Gustl misslaunig. Doch der kleine Hund fasste das als Aufforderung zum Näherkommen auf und sprang hoch, um in Claras Fußraum zu wechseln. Gerade noch konnte Thorwald ihn am Halsband zurückhalten.

»Aha! Ich weiß schon, das ist einer deiner Witze, die ich nicht verstehe. Stimmt's?« Thorwald ließ sich auf den Beifahrersitz fallen und versuchte, seine Füße möglichst geschickt um Gustl herum zu sortieren. »Aber da bin ich dir auf die Schliche gekommen. Ich habe es kapiert. Das ist natürlich nicht dein Ernst.« Schelmisch grinsend zwinkerte er ihr zu.

Clara, die es völlig ernst gemeint hatte und nicht verstand, auf welche Schliche Thorwald ihr gekommen sein mochte, seufzte leise und fuhr los.

Im Kopf war sie längst wieder mit dem Fall beschäftigt. Die Bechterschwestern waren offenbar nicht die netten, kleinen Damen, für die Clara sie zunächst gehalten hatte. Und war es wirklich Zufall, dass Yilderim den Spiritus erwähnt hatte, weil er ihr mit dem Kaffeefleck hatte helfen wollen oder war er ein hinterhältiger Mörder mit Selbstverratstendenz?

Außerdem hätte sie gerne mit Lans Tausac gesprochen, doch wo war der Mann abgeblieben? Und warum hatte Andy Wassmann seine Mitarbeiterin nicht als vermisst gemeldet, nachdem sie eine Woche verschwunden war? Wollte er wirklich nur, dass sie keinen Ärger mit der Arbeitsagentur bekam, oder steckte mehr dahinter? Last but not least hatte Sybille Hambacher sie angelogen. Die gesamten Ermittlungen brachten mehr neue Fragen mit sich als Antworten.

11

Beim Tierheim angekommen, gurtete Thorwald sich ab, noch ehe der Wagen zum Stehen kam. »Du kannst im Auto sitzen bleiben. Ich regele das. Es wird nicht so lange dauern, ein Tierheim ist schließlich nicht Fort Knox.«

Clara hörte nur mit einem Ohr zu. Die offenen Fragen zum Fall nahmen ihre Gedanken in Beschlag. Sie mussten zu allererst klären, wie lange das Feuer schon gebrannt hatte, als der Bus um die Kurve kam. So konnten sie herausfinden, ob die Leute aus dem Bus als Täter infrage kamen oder ob dieser Ermittlungsansatz ins Nirgendwo führte. Sie rief bei der Feuerwehr in der Abteilung Brandermittlung an.

Nach wenigen Minuten kehrte Thorwald zum Auto zurück, und zwar mit Gustl. Der kleine Hund sprang begeistert in den Fußraum und schüttelte den frisch auf sein Fell gefallenen Schnee von sich. Dann machte er sich ganz lang, um an Claras Knie zu schnüffeln, die gerade ihr Gespräch beendet hatte und das Handy wieder einsteckte.

»Es ist ein unerwartetes Problem aufgetreten«, sagte Thorwald und seine Stimme hatte einen leicht gequälten Unterton. »Das Tierheim hat heute keine Tier-Annahme mehr, erst morgen wieder zwischen neun und zwölf Uhr.«

»Verdammt, aber wir sind die Polizei!«

»Wir sollen morgen wiederkommen, hat der Hausmeister gesagt.«

»Wir kümmern uns um alles«, äffte Clara ihn nach. »Es ist schließlich nicht Fort Knox«, muffelte sie weiter und startete den Wagen. »Bürgernähe!«

»Es ist ja nicht so schlimm, heute Nacht nimmt ihn einer von uns mit nach Hause und morgen bringen wir ihn ins Tierheim ...«

»Einer von uns?«

»Bei mir ist das so ...«

»Okay! Dieser Eine kannst nur du sein, geklickt? Wegen dir haben wir den Hund überhaupt am Hacken.«

»Das würde ich sofort tun, doch ich sehe da ein mittelschweres Problem. In meiner WG gibt es zwei Katzen und ich fürchte, wenn sie sich benehmen wie Hund und Katz – nun ja.«

»WIR kümmern uns um alles«, ätzte Clara noch einmal und fuhr los.

»Es ist doch nur für eine Nacht!«

»Ich will den Hund auch nicht für eine Nacht.« Clara unterstrich die Ernsthaftigkeit ihrer Worte, indem sie mit der flachen Hand aufs Lenkrad schlug.

»Eine Nacht.«

»Nicht einmal eine einzige Nacht. Ich weiß gar nicht, was man mit einem Hund macht, ich hatte noch nie einen.«

»Großartig, dann sieh es doch als Experiment. Es hält geistig fit, sich immer wieder einer neuen Herausforderung zu stellen. Du wirst doch im kommenden Jahr schon vierzig, stimmt's?« Thorwald lächelte unschuldig und tätschelte Gustls Kopf. »Ein bisschen Gassi gehen und Füttern, das ist schon alles.« Er kraulte den kleinen Rauhaardackel hinterm Ohr und sah Clara mit dem gleichen treuherzigen Hundeblick an wie Gustl.

Und um Thorwalds Bitte Nachdruck zu verleihen, hob Gustl sein krummes Vorderbein und kratzte mit der matschnassen Pfote an Claras Knie.

»Na, siehst du. Er mag dich.« Thorwald strahlte unter seiner Wollmütze hervor.

Clara trat fest aufs Gaspedal und Gustl, der nach hinten gegen Thorwalds Beine gedrückt wurde, bellte laut und freudig.

»Und er mag Geschwindigkeit. Das ist doch der optimale Hund für dich.«

Sie stoppte auf der Straße im Englischen Garten so jäh, dass der Wagen auf der leeren vereisten Fahrbahn ein Stück weit rutschte, bevor er einige Meter hinter dem Fundort der Leiche zum Stehen kam.

Vom Unfall beziehungsweise Nicht-Unfall war nicht mehr viel zu sehen. Ein Stück des rot-weißen Flatterbands, das sich in einem Gebüsch verheddert hatte und nun verloren im Schnee wehte, war alles, was auf die Geschehnisse vom frühen Morgen hinwies.

Durch die dunklen Schatten der Bäume und das ununterbrochene Gestöber des Schnees konnte sie die Silhouette des Chinesischen Turms erkennen.

»Dieser Hund muss doch sicher mal Gassi gehen. Auf geht's!«

Verständnislos sah Thorwald sie an.

»Raus mit euch, bevor der nächste Bus kommt!«

»Aber wie und wohin? Es schneit!«

»Wenn du schnell bist, kannst du zwischen den Flocken durchrennen. Wir müssen testen, wie lange es dauert, quer durch den Englischen Garten zur Bushaltestelle an der Thiemestraße zu kommen. Sieh es als Experiment. So etwas hält geistig fit, habe ich gehört. Ich sammle dich dort wieder ein.« Sie warf einen schrägen Blick auf Gustl. »Euch!«

»Aber mein Finder sagt doch, dass es zehn Minuten sind.«

»In moderatem Schritt, entlang der Wege. Unser Täter war adrenalingeladen und auf der Flucht. Renn einfach querfeldein durch den Englischen Garten.«

Sie langte über Thorwald zur Beifahrertür und stieß sie auf. Ehe er weiter protestieren konnte, schoss Gustl los. Wie eine Rakete stob der kleine Rauhaardackel in Richtung Chinesischer Turm. Thorwald beeilte sich, aus dem Auto zu springen und Gustl hinterherzulaufen. Er erwischte gerade noch die Leine, die der Hund im Schnee hinter sich her schleifte.

»In welche Richtung ist die Bushaltestelle von hier aus?«, rief Thorwald zurück zum Auto. Gustl zerrte an der Leine, er sprang und drehte sich um die eigene Achse, beim Versuch einzelne Schneeflocken zu schnappen.

»Frag deinen Finder!«

Rums. Clara zog die Beifahrertür zu und brauste davon.

Als Thorwald an der Bushaltestelle eintraf, saß Clara gemütlich im beheizten Auto. Sie hatte die Stoppuhr auf ihrem Handy laufen lassen. Ab und zu bediente sie die Scheibenwischer, um den frisch gefallenen Schnee von der Frontscheibe zu schieben.

So konnte sie die Lage im Blick behalten und sicherstellen, dass Thorwald sofort ihr wohlig warmes Grinsen sehen konnte, wenn er an der Haltestelle auftauchte. Es machte ihr nicht das Geringste aus, vierzig zu werden. Was sollten die blöden Anspielungen?

Thorwald und Gustl trabten an. Sie ließ die Seitenscheibe herunter. »Acht Minuten. Das ist ja eine Ewigkeit«, rief sie grinsend nach draußen.

»Der Hund hat mich aufgehalten. Hat überall sein Bein gehoben. Außerdem ist querfeldein nicht so ohne, ich wäre beinahe in den Eisbach gestürzt.« Mit hochrotem Kopf schickte Thorwald sich an, ins Auto zu klettern, behindert von Gustl, der sich zwischen seinen Beinen in den Fußraum drängte. Beide waren schneenass, doch der Hund schien aufgedreht, während Thorwald sich die Seite hielt und erschöpft auf den Beifahrersitz sackte.

»Du hast recht, die Sache mit den Experimenten ist toll. Yilderim hätte nicht genug Zeit gehabt. Genau wie die Bechterschwestern. Es sei denn, sie hätten irgendeinen Zirkustrick angewandt. Ich habe mit einem von der Brandermittlung gesprochen. Nach der Beschreibung, die der Busfahrer von der Entwicklung des Feuers abgegeben hat, geht er davon aus, dass der Täter das Auto vier bis fünf Minuten, bevor der Bus um die Kurve kam, angezündet hat. Keinesfalls früher.«

Thorwald schaute sauertöpfisch drein. »Wann hast du mit den Brandermittlern gesprochen?«

»Als du mit Fort Knox verhandelt hast.«

»Du lässt mich durch den Englischen Garten rennen, als wäre ich unzurechnungsfähig und das, obwohl du vorher schon wusstest, dass es nicht zu schaffen ist?«

»Ich habe es vermutet. Immerhin hat der Hund für heute genug Auslauf bekommen. Lust auf ein weiteres Experiment? Wir könnten testen, wie lange du zur Münchner Freiheit brauchst.« Sie grinste breit. »Okay, ich denke, wir können davon ausgehen, dass der zweite Mann es nicht annähernd rechtzeitig zur Münchner Freiheit geschafft hätte, um gechillt im Bus zu sitzen und wieder zum Tatort zu fahren.«

Thorwald zog die vollgeschneite Mütze vom Kopf und gab einen klagend langgezogenen Seufzer von sich.

12

Zurück im Revier, schloss Gustl sich Clara an, obwohl sie alles unternahm, um ihn Thorwald anzuhängen. Egal wo Clara hinging, der kleine Hund trottete mit. Und sobald sie am Schreibtisch saß, huschte er eilig darunter und machte es sich gemütlich. Ab und an legte er seinen Kopf auf einem ihrer Schuhe ab. Jedes Mal zog sie genervt ihre Füße unter seinem wuscheligen Haupt heraus.

Als die Einsatzbesprechung begann, wackelte Gustl nah an Clara gedrängt mit zum Besprechungsraum und es half kein bisschen, dass sie laut und wiederholt rief: »Willst du wohl! Husch! Geh zurück, du kommst hier nicht rein! Ksch!« Gustl drängte sich durch den Spalt der sich schließenden Tür und machte es sich wieder bei ihren Füßen gemütlich.

Thorwald nickte Clara mit einem aufmunternden Lächeln zu und hielt den Daumen nach oben. Dafür traf ihr Blick ihn so hart, als hätte der Donnergott Thor persönlich seinen Hammer nach ihm geworfen.

Iris hatte die Medienanlage gestartet und die bisher vorhanden Fakten aus der digitalen Akte im Fall Anna Schneider leuchteten von der Leinwand auf sie herab. Auf der Liste der Verdächtigen gab es bislang keinen Eintrag und die Berichte aus Rechtsmedizin und Spurensicherung standen noch aus.

Inzwischen hatte Lisa die Mutter von Anna Schneider aufspüren können, was nicht einfach gewesen war. Die Frau war mehrmals verheiratet und hatte in der Zwischenzeit vier verschiedene Nachnamen. Noch häufiger hatte sie ihren Wohnsitz gewechselt. »Sie ist so eine Art Mietnomadin gewesen. Hat monatelang in den Wohnungen gelebt, ohne die Miete zu bezahlen«, führte Lisa aus. »Wenn sie dann rausgeklagt wurde, ist sie heimlich nachts mit einem Koffer abgehauen. In den Wohnungen hat sie dabei ein messiemäßiges Chaos hinterlassen. Als Anna fünf Jahre alt war, hat ihre Mutter auch sie in einer solch verschmutzen Wohnung zurückgelassen.«

»Was für ein unglückliches Schicksal.« Thorwald, der aus einer wohlhabenden Familie stammte und zumindest immer eine Nanny im Haus gehabt hatte, konnte sich so etwas gar nicht vorstellen.

»Dann wurde Anna in verschiedenen Heimen und Pflegefamilien großgezogen, es gab immer wieder Probleme, bis sie mit sechzehn Jahren abgehauen ist und auf der Straße gelebt hat. Ihre Mutter wohnt jetzt in Neuperlach in einem Altenheim.«

»Okay, wir sollten sie so schnell wie möglich über den Tod ihrer Tochter informieren, sonst kommen uns noch Medien zuvor«, sagte Clara. Sie vereinbarten, dass Lisa und Iris die Mutter gleich nach der Einsatzbesprechung aufsuchen sollten.

Weitere Personen aus dem näheren Umfeld von Anna Scheider hatten sich nicht ermitteln lassen. Die Frau hatte ein recht einsames Leben geführt. Clara fasste noch einmal den aktuellen Sachstand zusammen. Zum jetzigen Zeitpunkt deutete alles auf ein Tötungsdelikt durch Erwürgen hin. Demirci hatte im Englischen Garten auf die Würgemale an der Leiche hingewiesen. Falls die Obduktion eine andere Todesursache ergeben würde, müssten sie ihren Kurs dementsprechend korrigieren.

Gelegentlich unterbrach Thorwald sie mit der einen oder anderen Ergänzung. Clara endete ihre Geschichte damit, dass die Personen aus dem Bus sich schwergetan haben dürften, zeitig genug zur Haltestelle zu kommen, um in den Bus einzusteigen, der direkt zum Chinesischen Turm gefahren war.

»Let's have a look auf die Rekonstruktion der Brandermittler. Sie haben eine Animation geschickt.« Iris startete die 3-D-Animation. Über dem Tisch baute sich die Szene aus dem Englischen Garten zu einer mittelgroßen Rund-um-Ansicht auf. Die Simulation lief im Zeitraffer ab und begann mit Anna Schneiders Wagen, der zu dem Zeitpunkt schon an der schräg gewachsenen Buche stand.

Das Feuer in der Rekonstruktion entzündete sich als Stichflamme zwischen Motorhaube und Autodach, von dort breiteten sich die Flammen aus. Den Angaben zufolge war der Spiritus hauptsächlich in den Spalt zwischen Scheibenwischer und Motorhaube eingegossen worden, was der Grund dafür war, dass es bei diesen Wetterbedingungen überhaupt zu so einem starken Brandgeschehen kommen konnte. Es musste vier bis fünf Minuten gebrannt haben, ehe die Scheinwerfer des Busses auftauchten.

Ein nur in Umrissen gezeichneter Busfahrer sprang heraus und rannte zum Auto. Er rüttelte an der Fahrertür und riss sie auf. Die Flammen langten von oben nach ihm und er hielt sich schützend die Unterarme vors Gesicht.

Dann bückte er sich tief ins Auto und zog an der Leiche, die nur als schwarzer Schattenriss dargestellt war. Nach circa einer Minute in Echtzeit hatte er die Tote aus dem Wagen gezerrt und legte sie zwei Meter vom Auto entfernt ab.

Während der ganzen Zeit hatte der Brand sich weiter entwickelt. Obwohl der Busfahrer die Autotür wieder zugeworfen hatte, begann es durch die Hitze nun auch im Inneren des Wagens zu brennen. In diesem Moment traf der erste Löschzug der Feuerwehr ein. Clara und ihr Team beobachteten den Ablauf der Löscharbeiten, bis der Brand in der Animation vollständig gelöscht war.

»Fünf Minuten, das reicht beim besten Willen nicht, um die Haltestelle in der Thiemestraße zu erreichen.«

»Und mit dem Rad?«, schlug Lisa vor, die fast jeden Weg mit ihrem Fahrrad zurücklegte und sich normalerweise nicht einmal von Schneeböen abhalten ließ. Nur ihrer Schwangerschaft wegen verzichtete sie derzeit darauf, bei Eis und Schnee zu fahren. »Wenn der Täter ein Rad dabei gehabt hat, rückt die Haltestelle in greifbare Nähe, oder?«

Nachdenklich wog Clara den Kopf hin und her. »Grundsätzlich wäre es möglich, aber bei dem Wetter ist der Zeitgewinn vermutlich gar nicht mal so groß. Außerdem sind wir dann wieder bei dem Thema, warum der Täter ausgerechnet in den Bus einsteigen sollte, der geradewegs zum Tatort fährt.«

»Na ja, wie Thorwald sagte, es ist vielleicht einer mit Selbstverratstendenz. Oder maybe ein Pyromane. Die verspüren nicht nur den Drang, Feuer zu legen, sie wollen es auch brennen sehen.«

»Pyromanie ist eine seelische Störung«, erklärte Thorwald. »Solche Täter lieben es, das Feuer zu sehen, zu riechen und zu hören. Aber hier wurde kein Feuer um des Feuers willen gelegt«, gab er zu bedenken. »Es sollte eine Leiche verbrannt werden, zum Zwecke der Spurenvernichtung. Ich meine, das wäre schon ein großer Zufall, wenn wir es hier mit einem krankhaften Pyromanen zu tun haben, der gleichzeitig ein eiskalter Killer ist.«

»Nichts ist unmöglich oder wie die Amerikaner sagen: The sky is the limit.«

»Okay! Wir checken auf jeden Fall, ob es bei dem Personenkreis aus dem Bus jemanden gibt, der schon einmal in Vorfälle mit Feuer verwickelt war. Insbesondere ob einer von ihnen Zeuge in einem ähnlichen Fall war.«

»Das kann ich übernehmen. Beim Backgroundcheck hat sich im Übrigen nichts ergeben. Keine Vorstrafen bei den Busgästen«, sagte Lisa.

»Und lass die Kollegen der Vollständigkeit halber auch überprüfen, ob bei der Bushaltestelle irgendwo ein Fahrrad herumstand oder lag. Wir wollen nichts übersehen.«

»Oder zwei Einräder vom Zirkus«, merkte Iris an.

Clara grinste bei der Vorstellung, wie die Bechterschwestern auf Einrädern durch den Schnee rasten. »Und frag bei den E-Scooter-Anbietern nach, ob am frühen Morgen da einer zurückgelassen wurde. Vielleicht haben sie das Teil schon zum Laden abgeholt.«

»Verdächtig finde ich es auch, dass Andy Wassmann, ihr Chef bei dem veganen Imbiss, nichts unternommen hat, nachdem Anna nicht mehr zur Arbeit erschienen ist«, sagte Thorwald.

»Schon, aber der hat ein Alibi. Er war heute Morgen nachweislich in der Großmarkthalle.«

»Er hat lediglich eine Rechnung über einen Einkauf.«

»In der Großmarkthalle kann nicht jeder einfach so einkaufen. Das geht nur mit Kundenkarte und Personalausweis.«

»Was machen wir mit den Bechterschwestern, Murat Yilderim und dem unwirschen Metzger Angermeier? Sollen wir die auf unsere Verdächtigenliste nehmen?« Iris schaute in die Runde.

»Haben wir die Freundin von Yilderim inzwischen erreicht?«

»Bisher nicht. Only Mailbox, wir haben um Rückruf gebeten. Aber es stimmt schon einmal, dass sie heute früh am Flughafen eingecheckt hat.«

»Warten wir auf ihren Rückruf. Wenn sie seine Geschichte bestätigt, gehört er definitiv nicht zu unseren Verdächtigen«, sagte Clara.

»Beim Metzger the same, da steht die Rückmeldung von seiner Angestellten noch aus. Wenn sie bestätigt, dass sie mit ihm das Catering vorbereitet hat, ist er auch fein raus.«

»Bei den Bechterschwestern gibt es schon mehr Verdachtsmomente«, sagte Thorwald nachdrücklich. »Wir sollten sie auf die Liste nehmen. Sie haben verschwiegen, dass sie unser Opfer kannten und sie hatten Streit mit ihr. Wir wissen nicht, wozu zwei kleine alte Damen fähig sind. Ich denke mit Gänsehaut an den Filmklassiker *Mit Arsen und Spitzenhäubchen*. Vielleicht ist der Englische Garten ihr Panamakanal.«

»Sie benehmen sich merkwürdig«, stimmte Clara ihm zu. »Doch sie hätten einen Kunstgriff gebraucht, um rechtzeitig zur Bushaltestelle zu kommen.«

»Mit einem Raketenrucksack wären sie in Nullkommanichts einmal durch den Englischen Garten gesaust. Vielleicht haben sie im Zirkus mit so etwas experimentiert. Solche Dinger gibt es immerhin schon seit den Sechzigerjahren. Und die Schwestern hießen Flying Victorias, das hört sich doch sehr nach Raketen an«, sagte Lisa.

»Aber im Bus hatten sie keinen Raketenrucksack dabei«, sagte Clara zweifelnd. »Wir behalten die Schwestern mal im Auge, aber so richtig zwingend ist das alles nicht. Dafür setzen wir Sybille Hambacher auf die Liste. Die Heimleiterin hat die Handgreiflichkeiten zwischen ihr und Anna mit keiner Silbe erwähnt. Morgen klopfen wir nochmal bei ihr an, mal sehen, wie sie sich da herausreden will.«

»Der Kioskbesitzer hatte ja auch ausgesagt, sie hätte Dreck am Stecken. Wenn Anna den Dreck aufwirbeln wollte, war das möglicherweise der Grund für den Streit. Und obendrein ein luzides Mordmotiv für die Hambacher«, fügte Thorwald hinzu.

»Damit startet Sybille Hambacher offiziell unsere Verdächtigenliste.« Iris zog den Namen auf die Liste in der digitalen Akte. Sie bekam eine Auswahl an voreingestellten Zusatzinformationen angezeigt und klickte *»vorangegangener Streit«* an.

»Was ist mit dem Mann, den Anna Schneider angeblich traf?« Lisa langte nach ihrer Teetasse. »Kann der sie getötet haben?«

»Der ist natürlich verdächtig. Wir müssen nur zuerst herausfinden, ob er überhaupt existiert.« Nachdenklich sah Clara auf die Medienwand. »Was habt ihr in der Wohnung des Opfers gefunden?«

»Leider nicht viel. Das eine Zimmer war schnell durchsucht«, antwortete Lisa. »Es haben sich daraus keine Anhaltspunkte ergeben.«

»Bescheiden eingerichtet«, übernahm Iris, »Bett, Tisch, Stuhl und auf dem Boden stand eine Obstkiste, in der sich in loser Reihenfolge einige Unterlagen und Dokumente befanden. Wir haben die ganze Kiste mitgenommen.«

»Der Kühlschrank war bis auf ein paar Joghurts und ein Tetrapack Milch leer. Handy haben wir auch keines gefunden. Aber wir haben die Nummer und beantragen einen Beschluss für die Freigabe ihrer Telefonprotokolle«, schloss Lisa das magere Ergebnis der Wohnungsdurchsuchung ab.

»Ist das die Kiste?« Clara nickte zu einer hölzernen Obstkiste, die neben der Tür des Besprechungsraumes stand. »Thorwald soll sie durchsehen, eine seiner Lieblingsaufgaben.« Thorwald hatte in seinem Literaturkurs am Fastreading-Programm teilgenommen und er war verdammt gut darin. Er war sogar Mitglied der deutschen Gesellschaft für schnelles Lesen.

»Der zweite Mann aus dem Bus, Lans Tausac, ist und bleibt verschwunden. Die Fahndung zur Feststellung seines Aufenthaltsorts läuft«, sagte Iris.

»Okay, er hatte zwar noch weniger Zeit, den Bus zu erreichen. Aber er ist ein Zeuge und irgendwas hat er zu verbergen, sonst hätte er keine falsche Adresse angegeben.«

»Wenn er ohne Aufenthaltsstatus in Deutschland lebt, wäre das auch ein Grund für die falsche Adresse. Die Leute sind very creative, wenn es darum geht, sich einen falschen

Namen einfallen zu lassen. Das klingt dann weltmännisch oder es ist ein Anagramm vom Namen einer berühmten Persönlichkeit.«

»Schon möglich.« Clara schrak kurz zusammen, als Gustl sie am Unterschenkel stupste. Sie zog ihr Bein zurück. »Aber ich möchte trotzdem die Gelegenheit bekommen, ihn zu befragen.«

Als Nächstes rief Iris die Bilder der Leiche im Schnee auf. Die Nahaufnahme von Anna Schneiders Gesicht zeigte deutlich an mehreren Stellen eine graubraune Verfärbung auf ihren Wangen.

»Ideen zum Gefrierbrand?«, fragte Clara. Doch sie sah nur fragend dreinblickende Gesichter um sich herum. »Wann und wo friert man denn überhaupt etwas ein?«

»Zum Haltbarmachen oder zum Kühlen.« Lisa zuckte mit den Schultern.

»Oder es war ein schiefgegangener Kryoschlaf. Es gibt doch diese Freaks, die sich einfrieren lassen, um später wieder aufgetaut zu werden«, sagte Iris.

»Das können wir hier mit tödlicher Sicherheit ausschließen«, erklärte Thorwald sofort. »Um einen toten Menschen zu kryonisieren, also eine Vitrifizierung in flüssigem Stickstoff vorzunehmen, werden Vorkehrungen getroffen, damit es eben nicht zu Gefrierbrand kommt. Zu allererst wird das Blut gegen Frostschutzmittel ausgetauscht. Und was meinst du überhaupt mit Freaks? Ich habe mir das auch überlegt. Es ist zumindest eine Alternative, die eine irgendwie geartete Zukunftsperspektive bietet. Ganz im Gegensatz zum Verwesen oder Verbrennen.«

»Okay, ich denke das können wir in diesem Fall wirklich ausschließen. Es ist vermutlich auch recht teuer, sich nach dem Tod einfrieren zu lassen.«

»Vielleicht wollte der Täter die Leiche zunächst behalten und hat es sich dann anders überlegt. Aber passt eine Leiche im Ganzen überhaupt in einen handelsüblichen Gefrierschrank?«, überlegte Lisa laut.

»Es gibt auch Tiefkühlzellen. Das ist so eine Art kleiner Gefrierraum. Die werden in der Gastronomie und in der Lebensmittelverarbeitung eingesetzt, aber auch in Privathaushalten erfreuen sie sich einer zunehmenden Beliebtheit«, sagte Thorwald.

»Demirci hatte am Fundort erklärt, dass sie mehrere Tage eingefroren gewesen sein muss. Das bedeutet, dass es kein Raum sein kann, der einer Belegschaft allgemein zugänglich ist. Eher keine Gastronomie. Jemand hätte sie zufällig finden können.« Clara zog ihren Fuß unter Gustls Kopf hervor, der ihn wieder als Kopfkissen missbraucht hatte.

»Eine große Tiefkühltruhe kann auch jeder bequem at home aufstellen. Ich selbst habe eine echt große im Keller. Da würden locker zwei Leichen reinpassen.«

»Hey, Iris, willst du uns was gestehen?«, feixte Lisa.

»Okay, gehen wir davon aus, sie lag in einer privaten Gefriertruhe. Warum zur Hölle hat der Täter sie wieder herausgeholt?«

13

Clara saß hinter ihrem Schreibtisch und Thorwald stand mit der Obstkiste von Anna Schneider daneben. Der Inhalt der Kiste hatte nichts Auffälliges zu Tage gebracht: der Mietvertrag für Annas kleine Wohnung, ihr Arbeitsvertrag, ein Haufen Rechnungen und jede Menge Kassenzettel.

Thorwald hatte sie alle nach Datum sortiert. Seit Wochen kaufte Anna Schneider nichts anderes als Joghurt, Milch und Scheibenkäse in günstigen Discountern ein.

»Doch auf dem letzten Kassenzettel habe ich etwas entdeckt.« Er reichte ihn Clara. Zwischen Blaubeerjoghurt und jungem Gouda war ein Lippenstift aufgelistet. »Das stützt die Aussage von ihrem Chef bei dem veganen Imbiss, dass Anna Schneider einen Mann kennengelernt hat.«

»Oder sie wollte sich ein wenig verändern in ihrem neuen Leben. Frauen kaufen nicht nur Lippenstift, um Männern zu gefallen.« Claras Blick hing noch auf dem Kassenzettel in ihrer Hand, als Iris zur Tür hereinkam.

»Yilderims Freundin hat zurückgerufen. Sie bestätigt, was er sagt. Sie war die ganze Nacht mit ihrem Boyfriend zusammen und um 4:50 Uhr in der Früh wurde sie von einem vorbestellten Uber abgeholt. Gemeinsam haben sie die Wohnung verlassen. Er zur Bushaltestelle, sie ins Uber. Damit ist Murat Yilderim raus.«

»Okay, und wie ist es bei Annas Schneiders Mutter gelaufen?«

»Let me say, da hätte ich auch lieber auf der Straße gelebt.«

»Konnte sie etwas zu unseren Ermittlungen beitragen?«

»Not really, den Tod der Tochter hat sie emotionslos aufgenommen. Hat sich nur dafür gerechtfertigt, dass sie das Kind damals zurückgelassen hat. Es wäre Annas Schuld gewesen. Im Grunde hat sie nur darüber geklagt, wie schwierig und aufmüpfig das Mädchen war und dass sie nicht mit ihr zurechtgekommen ist.«

»Und der Vater?«

»Der war ein Lüftlmaler auf Wanderschaft. Er hatte nur für ein paar Tage eine stürmische Affäre mit ihrer Mutter. Aber etwas Interessantes hat die alte Frau dann doch noch gesagt.«

»Na, raus damit!«

»Anna hat der Mutter bei ihrem letzten Besuch vor ungefähr zehn Tagen erzählt, dass sie einen Mann kennengelernt hat.«

»Na also!«, sagte Thorwald triumphierend.

»Okay, wissen wir, wie er heißt?«

»Leider nein.« Iris schüttelte den Kopf. »Nicht mal den Vornamen und ihre Mum hat auch nicht gefragt. Viel Interesse hatte sie nicht an der Tochter und deren Leben.«

»Haben wir schon die Telefonlisten? So müssten wir ihren Freund doch ausfindig machen können.«

»Wir warten noch auf den Beschluss«, sagte Lisa.

»Und was ist mit Lans Tausac, haben wir etwas über ihn herausgefunden?«

»Der wiederum existiert nicht.« Iris klickte eine Datei an, auf der Leinwand erschien ein Dokument der Meldebehörde. »Er hatte mal einen Wohnsitz angemeldet, unter der Adresse, die er angegeben hat, aber nur für ein Jahr. Weder davor noch danach gibt es eine offizielle Spur von ihm.«

»Sein Ausweisdokument war echt?«

»Der Kollege, der im Bus die Personalien aufgenommen hat, hatte keinen Grund daran zu zweifeln. Zu dem Zeitpunkt ging man allgemein noch von einem Unfall aus, so war er nicht misstrauisch. Eine kleine Diskrepanz ist ihm dennoch aufgefallen. Tausac ist laut Ausweis englischer Staatsbürger, aber sein Akzent war very südländisch. Das muss nicht unbedingt was heißen. Obwohl das meine Theorie stützen könnte, dass er sich illegal in Deutschland aufhält.«

»Okay, behalten wir ihn auf der Fahndungsliste. Er ist auf jeden Fall ein Zeuge.«

Wie aus dem Nichts materialisierte sich Reitmayer in einer Wolke aus Aftershave im Türrahmen und baute sich vor Claras Schreibtisch in seiner Wichtigtuer-Pose auf. Schultern straff nach hinten gedrückt und die Nase in die Luft gereckt.

Thorwald legte einen schnellen Ausfallschritt hin und schnappte sich die Handakte von Anna Schneider, die auf Claras Tisch lag. Er klemmte den grünen Pappordner so unter seinen Arm, dass Reitmayer den Aufkleber mit dem Namen des Opfers nicht lesen konnte. Dann schenkte Thorwald seine ganze Aufmerksamkeit der Smartwatch. Er friemelte an der Uhr herum, als ob er etwas einstellen würde.

»Was stimmt nicht mit Ihnen, Liebig? Ich hatte doch klar und deutlich gesagt, dass Sie den Fall dieser Obdachlosen ruhen lassen sollen. Nun kommt mir zu Ohren, dass Sie einen Beschluss beantragt haben für die Handydaten von Anna Schneider.«

»Schon, aber wir waren auch bei einem Metzger.«

»Bei einem Metzger? Wollen Sie mich verarschen?«

Zu gern hätte Clara genickt, doch sie wollte auf dem dünnen Eis keine Pirouette drehen.

»Sie hören unverzüglich auf, in dem Fall der Anna Schneider zu ermitteln und widmen sich mit voller Konzentration den vergifteten Fleischwaren. Haben Sie das diesmal verstanden?«

»Geklickt.« Clara nickte widerwillig und Reitmayer, der im Begriff war, aus dem Büro zu stolzieren, fuhr erschrocken zusammen beim Aufbranden der metallisch klingenden Stimme.

»Aus großer Kraft entsteht große Verantwortung« tönte es grässlich und laut aus der Smartwatch durch den Raum.

Als wäre ein wilder Stier hinter ihm her, zischte Gustl unter Claras Schreibtisch hervor und stürzte sich auf den Kommissariatsleiter.

Der zögerte eine Nanosekunde zu lange. Mit erstauntem Blick sah er der nahenden Katastrophe ins Auge, bevor er den Versuch unternahm, sich in Sicherheit zu bringen. Zu spät! Der kleine Hund erwischte den Hosenaufschlag von Reitmayers gutem Anzug. Der Dackel hing mit seinem ganzen Gewicht daran und ließ ein grollendes Knurren hören, das selbst einer Deutschen Dogge Respekt abgenötigt hätte.

Trotz heftiger Gegenwehr und pogotanzartiger Bewegungen schaffte Reitmayer es nicht, den wütenden Winzling von seinem Bein zu schütteln. Eine Szene wie aus einem Comedystreifen.

Thorwald, dessen Uhr den Schlamassel verursacht hatte und dessen Kopf inzwischen so rot war, wie eine ganze Schüssel Tomatensalat, rief und lockte Gustl, um ihn vom Hosenbein seines Vorgesetzten abzulenken.

Doch der entfesselte Kampfdackel ließ erst von Reitmayers Hose ab, als Thorwald zusätzlich zu seinen Lock- und Ruflauten die Schachtel mit den Hundekuchen kräftig schüttelte.

Der Kommissariatsleiter stand völlig entsetzt da. »Sehen Sie sich das an!« Ein breiter Riss klaffte an seinem Hosenbein entlang, fast bis zum Knie. »Was hat der verdammte Köter überhaupt hier zu suchen?«, polterte Reitmayer.

»Der Hund ist ein Beweisstück«, sagte Clara seelenruhig und versuchte nicht einmal ihre Schadenfreude zu verbergen. Sie lehnte sich im Stuhl zurück und genoss den Anblick von Reitmayers zerfetztem Hosenbein.

»Ein weiteres Beweisstück für die Liste Ihrer gesammelten Unverschämtheiten?«

»Ein Beweisstück im Mordfall Anna Schneider.«

»Das Tier verschwindet hier. Unverzüglich!« Und damit rauschte Reitmayer in Richtung Treppe davon.

Siegesbewusst mit dem Stummelschwanz wackelnd, kehrte Gustl zu seinem Platz bei Claras Füßen zurück. Laut knackend knusperte er einen Hundekuchen. Zwischendurch reckte er den Kopf stolz in die Höhe, wie ein Feldherr nach einer gewonnenen Schlacht.

»Na, du bist vielleicht doch ganz okay!«, sagte Clara zu dem Hund und betrachtete grinsend den Fetzen am Boden. »Trotzdem, wir müssen uns um diese Leberkas-Sache kümmern. Aber auf keinen Fall lassen wir den Mord unter die Fleischtheke fallen. Wir schaffen beides.«

»Oh Mann, der hatte es aber ganz schön auf Reitmayer abgesehen.«

»Ich glaube, es war die grausame Stimme aus deiner Uhr, die ihn so hochgebracht hat, und da kam der parfümierte Unsympath ihm gerade recht. Aber so oder so, es hat einem guten Zweck gedient«, sagte Clara und schmunzelte noch einmal bei dem Gedanken an Reitmayers Panikgesicht. »So schnell war der noch nie raus aus meinem Büro.«

»Dass der nach seiner Suspendierung so übergangslos Leiter des Kommissariats werden konnte, ist eh nicht zu fassen.« Iris zog sich den Stuhl heran und warf einen Blick auf das Tablet, das Clara ihr herübergereicht hatte. Die digitale Akte zum Leberkas-Skandal wies erst wenige Informationen auf.

»Beziehungen, genau wie du gesagt hast. Das hat Reitmayer sicher seinem Spezl Kämmerlein zu verdanken, jeder andere hätte nach so einem Fehltritt im hinterletzten Dorf Streifendienst tun müssen.«

Sie vertieften sich in die Berichte von Gesundheits- und Ordnungsamt. Überall in der Stadt gab es gleichartige

Fleischvergiftungen. Die Mitarbeiter des Gesundheitsamtes kamen gar nicht mehr hinterher mit dem Anlegen der Betroffenen-Akten und dem Auswerten der Fragebögen.

Allein in den letzten beiden Tagen hatten sich fünfzig neue Fälle angesammelt und es wurden stündlich mehr.

Mühsam arbeiteten sie sich durch all die Akten und Dateien voran. Sie folgten dem Weg der Betroffenen minutiös und suchten die Gemeinsamkeit. Nach ewig langen Recherchen hatten sie nur herausgefunden, dass alle Erkrankten in verschiedenen Geschäften eingekauft und in unterschiedlichen Restaurants oder Imbissstuben gegessen hatten.

Das Telefon von Iris summte und sie verließ den Raum, während sie das Gespräch annahm.

Clara gähnte und sah auf die Uhr, Zeit nach Hause zu fahren. Glücklicherweise waren die Vergiftungserscheinungen nur leicht bis mittelschwer und niemand schwebte in Lebensgefahr. Das nahm den Zeitdruck aus den Ermittlungen.

Mit hängenden Schultern kehrte Thorwald mit Gustl bei Fuß zurück in Claras Büro. »Es ist doch zu einem größeren Problem angewachsen, ich habe überall herumgefragt, aber keiner kann den Gustl heute Nacht mitnehmen. Zur Not bleibe ich mit ihm hier im Revier.«

Clara zog ihren Parka über. »Na komm, Hund, darfst diese Nacht bei mir schlafen. Hast es dir ehrlich verdient.« Clara schnalzte mit der Zunge und Gustl sprang ihr freudig entgegen. Sie ging zur Treppe und der Hund trottete neben ihr her, als hätte er nie woanders hingehört.

Thorwald sah ihnen mit hochgezogenen Augenbrauen hinterher. »Habe ich etwas verpasst?«

»So ein prächtiges Beweisstück muss doch anständig untergebracht werden«, rief Clara ihm über die Schulter hinweg zu.

14

Kriechende Schatten und schwere Schritte. Clara schreckte hoch und saß kerzengerade im Bett. Halb drei. Nicht viel mehr als zwei Stunden hatte sie geschlafen. Ihr Kopf war schwer, das Gehirn benebelt. Sie brauchte einen Moment, um sich aus der Umklammerung des Albtraums zu befreien.

Beinahe jede Nacht träumte sie von ihrem Vater. Ein aufrechter Polizist, der vor dreißig Jahren im Dienst erschossen wurde. Manchmal war er in ihren Träumen so real, fast greifbar und lebendig, gab ihr Tipps und verströmte Zuversicht.

Doch meist träumte sie von jener Nacht, wenige Tage vor Weihnachten. Noch keine zehn Jahre war sie damals alt. Dieser grausame Moment ließ sie nicht los. Sie hatten die schweren Stiefel ins Wohnzimmer poltern gehört, sie und ihr kleiner Bruder. Der Kollege des Vaters, der die Todesnachricht überbracht hatte und ein hochaufgeschossener Seelsorger mit müden Augen. Die Hand auf Mamas Schulter gelegt, hatte er neben ihrem Sessel gestanden und nach tröstenden Worten gesucht.

Diese Nacht, in der sie und ihr Bruder im Schlafanzug im Flur gestanden und die Szene durch den Spalt der kaum geöffneten Tür beobachtet hatten. Als ihr Bruder aufgeschluchzt hatte und ins Zimmer gerannt war, der Mutter in die Arme, war sie selbst wie festgewurzelt stehengeblieben. Im Schock und doch so klar wie nie zuvor. Schmerzlich hatte sie begriffen, dass ihre Kindheit, so wie sie war, vorbei sein würde.

Damals hatten sich ihre imaginären Puzzleteile zum ersten Mal zusammen gefunden. Sie hatte sich selbst als Erwachsene gesehen, in Polizeiuniform, wie sie den Mörder ihres Vaters verhaftet. Doch bis heute war derjenige, der ihn nachts in der Filserbräugasse mitten in der Altstadt erschossen hatte, nicht gefasst worden.

Weder von seinen Kollegen noch von Clara selbst, die seine Fallakte jahrelang immer wieder studiert hatte. Sie gab seinem Chef die Schuld. Ein junger Bursche, der damals mit viel Vitamin B in die Stelle des Vorgesetzten aufgestiegen war. Es hatte ihm an Erfahrung gemangelt und, was noch schlimmer war, auch an Leidenschaft für seinen Beruf. Er hätte den Vater nie alleine losschicken dürfen.

Ihre Mutter war seit jener Nacht nicht mehr dieselbe. Anneliese Feichtner nahm zwei Jobs an, war kaum zu Hause, schuftete von früh bis spät, um die Kinder und sich halbwegs anständig zu versorgen. Clara musste früh Verantwortung für sich und ihren Bruder übernehmen. Da hieß es immer vernünftig sein und funktionieren, der Mutter zuliebe. Doch bis heute wiegelte ihre Mutter jeden Versuch ab, über den Tod des Vaters und die Situation der Kinder zu sprechen.

Was wohl aus ihrem kleinen Bruder geworden wäre, wenn sie unbeschwert hätten aufwachsen können? Nun lebte ihr Bruder Mark in Lissabon am Rande der Alfama. Abends führte er Touristen durch die einst gefährlichen Viertel, um ihnen für ein paar Euro mit seinen Geschichten einen gepflegten Schauer in die Knochen zu jagen. Tagsüber knotete er Makramee-Taschen aus Garnresten, um sie als Souvenir zu verkaufen. Ob er glücklich war mit seinem Leben, ob er nachts schlafen konnte? Sie wusste es nicht. Er hasste ihren Job und bei den seltenen Gelegenheiten, zu denen sie sich sahen, hielten sie ihre Gespräche im seichten Fahrwasser der Belanglosigkeiten.

Clara war Polizistin geworden, denn alles, was sie seit dem Tod ihres Vaters wollte, war Gerechtigkeit. Für ihn und für jeden anderen Menschen, dem ein Gewaltverbrechen widerfahren war. Deswegen arbeitete sie stets so beharrlich an ihren Fällen, sie konnte nicht eher lockerlassen, bis die Schuldigen aufgespürt waren und zur Verantwortung gezogen wurden.

Trotz all dem hatte sie immer das Gefühl, nicht gut genug zu sein. Sie hatte es nicht geschafft, den Mord an ihrem Vater aufzuklären. Und vermutlich würde der Täter nie gefasst werden. Dieser Gedanke nagte sich durch ihre Seele. Doch sie musste stark sein, weiter funktionieren, wie sie es immer getan hatte. Raue Verbissenheit trieb sie voran, nur nachts gewannen ihre Dämonen die Oberhand.

Clara schlang die Decke fest um ihren Körper, bevor sie darin eingehüllt losstapfte, dem dringenden Impuls folgend, nach ihrer Tochter zu sehen.

»Mama?« Miriam regte sich im Bett, als Clara der Tochter die Bettdecke vorsichtig über die Schulter zog. Auch Gustl, der es sich am Fußende von Miriams Bett gemütlich gemacht hatte, hob den Kopf.

»Schlaf weiter meine Kleine, alles okay.« Ein Gefühl der Wehmut stieg in ihr auf darüber, wie schnell die Zeit verging. Ihre Tochter war schon so groß und selbstständig. Andererseits war das mit einer Polizistin als Mama fast nicht anders zu machen.

»Gute Nacht«, murmelte Miriam mit leicht gehobenem Kopf. Doch ehe Clara etwas erwidern konnte, hatte Miriam sich wieder fest in ihr Kissen geschmiegt. Clara hörte nur noch die regelmäßigen Atemzüge ihrer Tochter und das Rascheln der Bettdecke, als Gustl seinen Kopf wieder sinken ließ. Leise zog sie die Tür zu.

Sie schlurfte immer noch in die Bettdecke gewickelt zur Küche und langte im Kühlschrank nach einem Himbeerwackelpudding. Sie hatte beim Einkaufen für reichlich Nachschub gesorgt. Sechs Becher von ihrem Lieblingswackelpudding standen ordentlich aufgereiht im Kühlschrank. Nachdem sie einen davon genüsslich leergelöffelt hatte, fühlte sie sich besser und kroch zurück ins Bett.

Sie wälzte, drehte und rollte sich hin und her. Es gelang ihr nicht, in den Schlaf hinüberzugleiten. So entschied sie sich für eine Trainingseinheit in den E-Sportboxen des Paulanerdoms. Rasch schlüpfte sie in die Trainingsklamotten, zog den Parka über und steckte ihre Cybersportbrille ein.

Nach einer Stunde boxen, kicken und in die Luft schlagen war sie ausgepowert genug, um einen weiteren Schlafversuch zu wagen. Ein, zwei Stunden Erholung musste sie dringend noch rausholen. Trotz der deutlich spürbaren Erschöpfung fuhr ihr Gedankenkarussell im Bett sofort wieder los. Anna Schneider, der Noargal-Saufer und ein riesiger Leberkas wirbelten ihr im Kopf herum. Mehr als ein bisschen dösen war auch in dieser Nacht nicht drin.

Wieder einmal saß sie am Morgen lange vor Dienstbeginn am Schreibtisch im Revier. Der nächtliche Cyber-Sport hatte in zweierlei Hinsicht versagt. Erstens hatte es nicht zu einer Verlängerung ihres Schlafes beigetragen und zweitens hatte sie nach einigen trainingsfreien Nächten nun auch noch Muskelschmerzen.

Das Tierheim öffnete erst um neun. Gustl lag unter ihrem Schreibtisch und schnarchte im Halbschlaf vor sich hin. Ab und an zuckte eine Pfote, vermutlich träumte er von einem langen, wilden Auslauf. Als sie ihn vorhin leise gerufen hatte, war er freudig aus Miriams Bett gesprungen und hinter Clara her getrottet. Der Hund hörte aufs Wort oder vielleicht war er einfach nur gerne unterwegs.

Balthasar warf erst um halb sieben seine Kaffeemaschine an. So musste sie bis dahin mit dem mittelmäßigen Kaffee vom Revier vorliebnehmen. Sie spürte, wie Gustl seinen Kopf auf ihrem Schuh ablegte. Diesmal zog sie den Fuß nicht zurück. Clara öffnete den Schuhkarton mit Utes Habseligkeiten.

Auch wenn die Hambacher ihnen den Streit mit Anna verheimlicht hatte, mit den Sachen von Ute hatte sie recht gehabt. Es war nichts Außergewöhnliches darunter. Ein altes kleinformatiges Hochzeitsfoto in einer abgenutzten Plastikhülle. Ein rosafarbenes Gummischwein, den Bissspuren nach ein Spielzeug von Gustl. Daneben lagen eine Zahnbürste, eine halb ausgedrückte Zahnpastatube und drei gefaltete, frische Unterhosen. Als letztes zog sie einen kleinen, sorgfältig zugeknoteten Stoffbeutel heraus, in dem sich aber nur ein paar Handvoll Sonnenblumenkerne befanden. Die Schätze eines traurigen Lebens.

Clara warf Gustl das Schwein unter den Tisch und vertiefte sich in die Akte des Mordfalls. Der Hund bearbeitete das Spielzeug genauso konzentriert, wie Clara die einzelnen Dateien des Falls durchsah. Sie öffnete alle Anhänge, las die Kommentare und Querverweise. Sie wollte die Zeit so intensiv wie möglich nutzen, bevor Thorwald kam und sie sich um den Fleischskandal kümmern mussten.

In der digitalen Mordakte ploppte ein neuer Eintrag auf. Polizeimeisterin Gabler hatte die Mitarbeiterin des Metzgers, Silvia Kerner angetroffen. Diese hatte bestätigt, dass Metzgermeister Angermeier gestern schon ab fünf Uhr früh mit ihr in der Metzgerei gewesen war, um einen Cateringauftrag vorzubereiten. Weißwurstfrühstück für eine Betriebsfeier. Hundert Weißwürste vorbrühen und mit süßem Senf und Brezn für den Transport fertig machen.

Es überraschte Clara nicht, dass das Alibi des Metzgers standhielt. Obwohl er abweisend und unfreundlich zu ihnen gewesen war, hatte sie ihn nicht ernsthaft in Verdacht gehabt.

Die Bechterschwestern und auch Lans Tausac hätten es nur mit einem Kunststück schaffen können, rechtzeitig am Bus zu sein. Emily und Lisbeth Bechter hatten Jahrzehnte lang als Artistinnen gearbeitet. Und Thorwald hatte recht, das hinterließ neben einer gewissen Beweglichkeit und einer besseren Kondition im Alter sicher auch eine anständige Portion Kreativität.

Aber waren die beiden verrückt genug, wegen eines Streits um ein paar Euro einen Mord zu begehen? Der Wechselgeld-Mord Clara stellte sich die Schlagzeile vor, Mörder-Omas à la Arsen und Spitzenhäubchen töten für ihr Wechselgeld.

Da war der Verdacht gegen Sybille Hambacher schon realer. Sie hatte ihnen den Streit mit Anna Schneider vorsätzlich verschwiegen. Und wenn Anna handgreiflich geworden war, musste es in dem Streit um mehr gegangen sein. Der Hambacher würde Clara einen Mord glatt zutrauen. Aber für diese Theorie fehlten ihr bis jetzt belastbare Beweise. Sie mussten die Hambacher zuerst mit dem Streit konfrontieren. Clara rieb sich die Augen und gähnte, die Heizungsluft und der Schlafmangel forderten ihren Tribut.

Vielleicht konnte Lukas Demirci neue Erkenntnisse beisteuern. Sein Bericht war noch nicht in ihrem Posteingang. Aber der Rechtsmediziner war, genau wie Clara, immer früh im Dienst. Nach dem fünften Läuten ging endlich jemand an seinen Telefonanschluss im rechtsmedizinischen Institut – doch es war nicht Demirci.

Eine mürrische, tiefe Frauenstimme meldete sich und es klang fast wie ein Husten: »Dr. Brahl hier!«

»Wo ist der Demirci?« Mehr brachte Clara in der ersten Überraschung nicht heraus.

»Doktor Lukas Demirci hat sich für heute krankgemeldet. Ich bin die stellvertretende Leiterin des rechtsmedizinischen Instituts in Erlangen und seit heute Nacht vertrete ich die Geschicke des Herrn Doktor Demirci hier in München. Und wer sind Sie?«, hustete die Stimme ins Telefon.

»Die Geschicke?«, wiederholte Clara baff und unsicher, ob sie den lärmenden Text richtig verstanden hatte. »Hauptkommissarin Liebig, es geht um die Tote aus dem Englischen Garten, von gestern«, begann sie.

»Der vorgetäuschte Autounfall? Ja, Frau Kommissarin Liebig, ich bin im Bilde.«

»Dann schießen Sie mal los, Frau Rechtsmedizinerin Brahl.«

»Zu Ihrer Information es heißt Frau DOKTOR Rechtsmedizinerin Brahl. Sie haben recht lose Sitten hier, das muss ich schon sagen.«

»Meinetwegen. Haben Sie etwas für mich?«

»Verehrte Kommissarin …«

»Verehrte Hauptkommissarin heißt es. Die losen Sitten haben sich ja schnell ausgebreitet.« Clara sprach in einem freundlichen, fast heiteren Ton, um die militärisch anmutende Stimmung ein wenig aus dem Gespräch zu vertreiben. Doch die Resonanz von der anderen Seite klang so eisig wider wie der Schneewind, der draußen um die Häuser fuhr.

»Ihr Anliegen wird Zeit haben müssen bis nach meinem Frühstück, zu dem ich mich in diesem Moment begebe, nachdem ich bereits um vier Uhr mit der Arbeit begonnen habe. Falls Sie denken, dass Ihre die einzige Leiche ist, deren Ableben ich genauer untersuchen muss, dann irren Sie.«

»Schon klar, aber ich brauche es so schnell wie möglich.«

Ein Knacken in der Leitung.

Diese verbitterte alte Feige hatte doch tatsächlich aufgelegt. Clara seufzte. Lose Sitten!

Wie war das abgelaufen mit dem vorgetäuschten Unfall? Ihre Puzzleteile rückten wieder in den Fokus. Sie schloss die Augen und ließ die Teile auf sich wirken. Eines mit dem alten Auto darauf, eines mit dem Gesicht der Toten und eines mit einem heftigen Schneetreiben flossen ineinander.

Sie sah das Auto am Baum stehen und den schwarz gewandeten, maskierten Täter mit den leeren Augen. Es kam Bewegung in das Bild. Der Täter schob das Auto an der offenen Fahrertür von der Straße in Richtung Baum. Mühsam, langsam, dachte Clara und das Auto rollte gegen die schräg zum Bach stehende Buche hin. Eilig schüttete der Täter den Spiritus darüber und warf ein brennendes Streichholz darauf, bevor er durch die Baumgruppe in die undurchsichtige Schwärze des Englischen Gartens flüchtete.

Flammen stoben bis weit über das Autodach in die Höhe und Clara riss die Augen wieder auf. Ihr fiel ein, was Thorwald gesagt hatte, der Täter musste das Auto gefahren haben, denn Anna Schneider war zu dem Zeitpunkt bereits tot.

Er hatte auf dem Fahrersitz gesessen und die tote Frau später vom Beifahrersitz herübergezogen. Und verdammt noch mal, niemand konnte in einem Auto sitzen, ohne Spuren zu hinterlassen.

Sie brauchte jetzt etwas zum Arbeiten und wenn es nur eine Hautschuppe war oder wenigstens die Einstellung des Fahrersitzes. Das würde ihr immerhin etwas über die Körpergröße des Täters verraten.

Clara schnappte sich das Telefon wieder vom Schreibtisch, das nach dem unerfreulichen Gespräch mit der Vertreterin von Demirci zu leiden gehabt hatte und unsanft auf dem Tisch gelandet war.

Der heftige Schneefall hatte verhindert, dass das Auto schnell ausgebrannt war. Sie hätten womöglich nie herausgefunden, dass Anna Schneider getötet wurde, wenn sie bis zur Unkenntlichkeit verbrannt gewesen wäre.

Aber das Wetter und der öffentliche Nahverkehr waren auf ihrer Seite. Sie drückte die Kurzwahl der Spurensicherung.

»Hey, Malik. Das Auto aus dem Englischen Garten ..«

»Frau Hauptkommissarin Liebig, was für eine Überraschung.« Das konnte unmöglich schon wieder die Doktor-heißt-es-Brahl sein. Hatte sie die falsche Kurzwahl gedrückt?

»Hat es Ihnen die Sprache verschlagen oder telefonieren Sie immer so? Erst reinbrüllen und dann schweigen?«

»Nein, aber zu Ihnen wollte ich ganz sicher nicht.«

»Ach nein?«

Clara seufzte, als ihr das Ausmaß ihrer Unhöflichkeit bewusst wurde und sie vermutete, dass sich das nicht positiv auf die Geschwindigkeit auswirken würde, mit der ihre Anliegen von Doktor-heißt-es-Brahl bearbeitet wurden. »So meinte ich es nicht.«

»Dann lassen Sie mich Ihnen helfen«, bellte Doktor-heißt-es-Brahl ins Telefon. »Sie rufen überall in Rechtsmedizin und Spurensicherung an und wollen Informationen für Ihren Fall, der Ihrer Vorstellung nach Vorrang haben soll vor allen anderen. Und es macht ihnen nicht das Geringste aus, dass die Uhr erst sechs Uhr früh anzeigt und viele Menschen noch nicht einmal gefrühstückt haben. Nein, Sie wollen jetzt ihre Sachen haben, sofort. Liege ich mit meiner Annahme da ungefähr richtig?«

Ungefähr, war Clara versucht zu sagen, doch dann brachte sie etwas kleinlauter, als sie es vorgehabt hatte heraus: »Kann ich Doktor Weidmann sprechen?«

»Nein. Der Leiter der Abteilung Spurensicherung hat sich ebenfalls krankgemeldet. Ich habe aus Personalmangel der magenschwachen Münchner Kollegen auch dort die Interims-Leitung übernehmen müssen und …«

»Sagen Sie es nicht! Ich weiß, Sie wollen zuerst frühstücken. Dann rufen Sie mich doch freundlicherweise danach an.« Clara verdrehte die Augen.

»Auch wenn Sie vermutlich jetzt mit den Augen rollen.«

»Aber nein, aber nein – guten Appetit!« Beeilte sie sich in einem so wenig wie möglich genervtem Tonfall hinterherzuschieben und legte auf.

15

»Hast du mal darüber nachgedacht, schon um sechs zu öffnen, und nicht erst um halb sieben?« Clara klopfte an die Scheibe von Balthasars Foodtruck.

»Und du? Hast du schon mal darüber nachgedacht, morgens länger zu schlafen?« Balthasar schob das Thekenfenster auf und lächelte müde. »Hey, hast du jetzt einen Spürhund zum Fälle lösen?«, sagte er mit Blick auf den krummbeinigen Rauhaardackel neben Clara. Der schien zu merken, dass es um ihn ging. Gustl sah Balthasar aufmerksam an und wedelte mit dem Stummelschwanz.

»Darf ich vorstellen, das ist der Hund von Annas verschwundener Freundin. Gustl – Balthasar! Balthasar – Gustl!«

Balthasar nickte Gustl zu. Er war gerade dabei, das Wort *Leberkas-Brezen* von der Tafel zu wischen. »Tut mir leid, mein Freund, Fleisch gibt es heute nicht.«

Clara sah nur noch *Leb* und auch dieser Wortrest verschwand mit dem nächsten Wischer von der schwarzen Schiefertafel.

»Das Gesundheitsamt hat gestern Abend alles beschlagnahmt, was ich an Leberkas, Wurst und Dönerfleisch da hatte.«

»Bei dir?«

»Matthias scheint sich mit meinem Leberkas den Magen verdorben zu haben.« Balthasar schaute betrübt drein. »Sie nehmen es jedenfalls an, dass es an meinem Fleisch lag. Es gibt offenbar schon viele solcher Vergiftungsfälle in der ganzen Stadt. Habt ihr was über Annas Tod herausgefunden?«

»Verdammt, ich wusste nicht, dass Matthias sich bei dir den Magen verdorben hat.«

»Ich auch nicht. Bis gestern Abend, als die Leute vom Gesundheitsamt da waren.«

»Wo kaufst du dein Fleisch?«

»Bei der Abilag AG und der Sömmler GmbH. Die sind beide nicht gerade günstig, aber qualitativ hochwertig. Das dachte ich zumindest bis jetzt. Hoffentlich geht es Matthias bald wieder gut. Es macht mich ganz narrisch, dass es von meinem Essen kommt. Ich glaube, wir können heute beide einen extra starken Kaffee brauchen. Ich mache uns einen Himalaya-Bezwinger. Der macht Kopf und Sinne frisch.«

»Hallo?«, rief der Diensthabende am Infopoint empört, als Gustl sich neben ihm ordentlich ausschüttelte. Der Schneematsch spritzte in der Eingangshalle nur so umher.

»Ich glaube, hier drinnen sind gar keine Hunde erlaubt«, rief er Gustl verärgert hinterher. Der war mit seinen kurzen Dackelbeinen schon dabei, die Treppe zum ersten Stock hinaufzuhopsen. Clara hatte Mühe hinterherzukommen, mit dem Kaffeebecher in der einen und einer Tüte mit zwei bunt gestreuselten Donuts in der anderen Hand.

»Er gehört zu mir«, rief sie dem verdutzten Beamten zu, »Er ist ein Beweisstück«, setzte sie rasch hinzu, ehe sie hinter Gustl die Treppe hinauf jagte. Was für ein Fehler, ihn nicht an der Leine zu führen, Clara sah sich schon durch die ganze Kripo jagen, um den Hund wieder einzufangen. Gustl witschte durch Thorwalds Beine, doch der Dackel sauste nur direkt in Claras Büro und verschwand unter ihrem Schreibtisch.

»Wie schön, ihr seid richtige Freunde geworden.« Thorwald lächelte sie an.

»Das Tierheim hat noch geschlossen. Ist das für mich?« Clara nickte zu den Unterlagen in Thorwalds Hand.

»Ja, das ist die Analyse des Brandbeschleunigers. Wie schon vermutet, wurde handelsüblicher Spiritus eingesetzt, um das Feuer zu entfachen.« Er legte den Bericht auf ihren Schreibtisch.

»Wusstest du, dass Matthias auch eine Fleischvergiftung hat?« Clara wählte Matthias' Nummer.

Thorwald schüttelte den Kopf und wartete mit weiteren schlechten Nachrichten auf. »Demirci hat es auch erwischt. Er hat sich durch den Genuss einer Leberkas-Semmel vom Bahnhof eine Vergiftung zugezogen.«

Bevor Clara darauf reagieren konnte, meldete sich Matthias' Freundin am Telefon. Im Hintergrund hörte sie das Gebrabbel der einjährigen Tochter. Die Freundin konnte zum Glück Entwarnung geben. Es gehe ihm so weit gut, aber er schlafe die meiste Zeit. Sie werde ihm die Genesungswünsche gerne weitergeben.

»Weißt du, wie es Demirci geht?«, fragte Clara, nachdem sie ihr Telefonat beendet hatte.

»Nein, ich habe nur gehört, dass er sich krankgemeldet hat wegen einer Lebensmittelvergiftung. Einmal mehr zahlt es sich aus, vegetarisch zu leben. Nicht nur wegen der allgemeinen positiven Auswirkung auf Körper und Geist. Man kann sich auch nicht vergiften. Oder hast du schon einmal gehört, dass jemand sich mit einem Apfel vergiftet hat?«

»Schneewittchen!«

»Aber nein, das zählt nicht, das ist doch ein Märchen«, protestierte er. Doch Clara achtete gar nicht mehr darauf. Der Fleischskandal weitete sich aus und war keineswegs so trivial, wie sie es bei den depperten Ausführungen von Reitmayer zunächst vermutet hatte. Schon wieder war ihr ein Fehler unterlaufen, erst Anna Schneider und jetzt das.

Sömmler GmbH und Abilag AG, auch das Ordnungsamt hatte diese Namen ganz oben auf ihrer Liste von möglichen

Verursachern der Fleischvergiftungen aufgeführt. Die beiden waren aufgrund der bisherigen Fragebogenauswertungen eingekreist worden. Clara und Thorwald teilten sich auf.

Sie nahm sich die Sömmler GmbH vor und durchleuchtete jede Information, die sie dazu im Polizeicomputer, im Internet und auf deren Website fand, während Thorwald die gleiche Prozedur mit der Abilag AG durchackerte. Sie drehten jeden Hinweis um, in dem Bestreben hinter die Kulissen der Fleischbetriebe zu schauen.

Für beide Unternehmen hatten sie bald eine ausführliche Recherchedatei angelegt. Die Sömmler GmbH war ein Traditionsbetrieb, der seit sechzig Jahren als Familienunternehmen geführt wurde. Wohingegen die Abilag AG erst vor drei Jahren gegründet worden war. Der Geschäftsführer, Heli Abilag, hatte den Betrieb aus dem Nichts aufgebaut und konnte innerhalb der kurzen Zeit einen beträchtlichen Marktanteil gewinnen.

Offiziell etwas zu Schulden kommen lassen hatte sich bisher keines der Unternehmen. Die Sömmler GmbH war vor fünf Jahren allerdings in den Verdacht geraten, Separatoren-Fleisch ohne Kennzeichnung auf den Markt gebracht zu haben. Und bei der Abilag AG hatte es vor einem Jahr einen anonymen Hinweis darauf gegeben, dass Steuern hinterzogen wurden. In beiden Fällen gab es Untersuchungen. Es wurden jedoch keine Beweise zu Tage gefördert, die zu einer juristischen Konsequenz für eines der Unternehmen geführt hätten.

Clara überlegte, dass sie den beiden Unternehmen einen Besuch abstatten sollten, um sich einen persönlichen Eindruck zu verschaffen und die Verantwortlichen zu befragen. Sie hatte ihren Gedanken noch nicht zu Ende gedacht, als der Kommissariatsleiter schon wieder in ihrem Büro auftauchte. Diesmal hütete Reitmayer sich davor, unbedarft einzutreten. Er warf einen misstrauischen Blick unter Claras Tisch.

Gustl biss auf dem rosa Schwein herum und sah kurz auf, als merkte er, dass er beobachtet wurde. Reitmayer blieb vorsichtshalber im Türrahmen stehen. »Es ist eine Katastrophe. In der ganzen Stadt werden Menschen vergiftet. Nicht auszudenken, was das für die Gastronomiebetriebe bedeutet«, sagte er mit gedämpfter Stimme und äugte dabei noch einmal vorsichtig unter den Schreibtisch.

Insbesondere für deinen Spezl Kämmerlein mit seiner Fast-Food-Kette, dachte Clara.

»Wie weit sind wir mit der Aufklärung des Fleischskandals?«

»Es gibt zwei Unternehmen, die im Verdacht stehen, das vergiftete Fleisch in Umlauf gebracht zu haben. Wir sondieren derzeit die Sachlage.«

»Da sondieren wir jetzt nicht lange herum. Nehmen Sie alle verfügbaren Leute, zerlegen Sie diese Fleischbetriebe und verhaften Sie alle, die was zu sagen haben.« Noch einmal betonte er, dass das Essen von Leberkas und das Trinken von Bier ungefährlich sein müsse im bayerischen Freistaat. Wo komme man sonst hin? »Und Stadtrat Kämmerlein will wissen, warum wir noch niemanden verhaftet haben.«

Vor Clara tauchte ein Puzzleteil von Reitmayer auf, als König Ludwig. Zepterschwingend mit einer roten Robe aus Hermelinfell und einer schiefsitzende Krone auf dem pomadigen Haupt. Diesmal versenkte sie das zu einer beachtlichen Größe herangewachsene Puzzleteil gedanklich eigenhändig im Starnberger See.

Als Iris und Lisa eintrafen, machten die sich daran, die Auswertungen vom Gesundheitsamt durchzugehen. Die Symptome waren fast überall die gleichen. Plötzlich auftretender Schwindel, starke Übelkeit mit Erbrechen, Bauchkrämpfe und in einigen Fällen kam es zu temporärer Atemnot. Den Berichten zu Folge war gerade der letzte Punkt untypisch für eine Lebensmittelvergiftung. Auch, dass die Therapie mit Flüssigkeit und Elektrolyten nicht die gewünschte Erleichterung brachte, war alles andere als üblich.

Clara und Thorwald machten sich auf, den Fleischfabriken einen Besuch abzustatten. Gustl lief eilig zur Treppe und sah Clara treuherzig an. Doch sie schüttelte den Kopf. »Den Hund können wir jetzt nicht mitnehmen.«

»Passt schon, ich kümmere mich um ihn«, rief Lisa bereitwillig. »Na komm, Kleiner, willst du einen Hundekuchen?«, lockte sie ihn. Unschlüssig sah Gustl von Lisa zu Clara und entschied sich dann für die Hundekuchen.

»Auf geht's. Schauen wir mal, wer das Gammelfleisch auf den Markt wirft.«

16

Die Sömmler GmbH lag im Schlachthofviertel in der Lagerhausstraße, nicht weit von der Alten Utting, ein ausrangierter Ausflugsdampfer auf einer ehemaligen Eisenbahnbrücke, der jetzt als Restaurant, Café und Partyschiff diente. Mit Musik, Kulturprogramm, Rosmarinkartoffeln und Mangohühnchen war der Dampfer zu neuem, bunten Leben erwacht. Clara war schon oft mit Miriam dort gewesen, um die legendären Crêpes zu essen und die entspannte, gemütliche Atmosphäre zu genießen.

Das Gebäude der Sömmler GmbH strahlte das krasse Gegenteil dazu aus. Gläserne Fronten, hohe Fenster, klinische Reinheit und ein menschenleeres Foyer.

Es roch nach frischgebackenem Leberkas, als sie die Halle betraten. Eine junge Frau mit strengem Hosenanzug kam aus einem angrenzenden Raum. Nachdem Clara sich ausgewiesen hatte, zückte sie ihr Telefon und rief bei der Geschäftsleitung an.

Keine Minute später kam ein Mann die Treppenstufen herunter auf sie zu. Clara erkannte ihn sofort. Der Prokurist Jonathan Fürst, er war der charmant lächelnde Typ aus dem Onlinebericht, in dem es um die Investitionen für die neue KI-Technik beim Fleischverpacken gegangen war.

Er trug einen schicken blauen Zweireiher und konnte kaum älter als dreißig Jahre sein. Freundlich lächelnd stellte er sich vor und schaute ihnen mit offenem Blick entgegen. Das Porträtfoto in dem Online-Magazin wurde dem Mann in keiner Hinsicht gerecht. Im wirklichen Leben sah er noch um einiges ansprechender aus. Seine Stimme hatte einen tiefen sonoren Klang und passte perfekt zu seiner gesamten Erscheinung. »Polizei im Haus? Was können wir für Sie tun?«

»Wir haben ein paar Fragen an die Geschäftsleitung.« Clara hatte ihren Dienstausweis noch einmal vorgezeigt, doch Jonathan Fürst hatte keinen Blick drauf geworfen, sondern in ihre Augen gesehen. Er ging vorweg, um sie in das Büro der Geschäftsführerin zu bringen.

Der hohe Raum wirkte wie ein Museum. Die weiß lackierten Möbel trugen nicht zur Behaglichkeit bei. Genauso wenig wie die Geschäftsführerin selbst. Isa Gottwald fügte sich mit ihrem porzellanfarbenen Teint und dem akkurat hochgesteckten weißen Haar perfekt ins Bild. Clara schätzte sie auf Anfang siebzig. Auch wenn ihr Gesicht erstaunlich glatt aussah, ihre Hände taten es nicht.

Sie bot ihnen an, vor ihrem riesigen Schreibtisch auf einer hellen Sitzbank Platz zu nehmen. Sie selbst ließ sich hinter dem Tisch, dessen hochglanzpolierte Platte völlig leer war, auf einem weiß strahlenden Bürosessel nieder.

Der Prokurist Jonathan Fürst stellte sich neben die Geschäftsführerin und legte seine Hand auf der Rückenlehne ihres Sessels ab.

»Sie haben sicher schon gehört, dass sich in München Fälle von Fleischvergiftungen häufen«, eröffnete Clara die Befragung.

»Da sind Sie bei uns an der falschen Adresse. Waren sie schon bei der Abilag AG? Nehmen Sie sich lieber mal diese Verbrecher vor.« Isa Gottwald redete nicht, sie sprach. Sie saß auch nicht, sondern thronte auf ihrem weißen Sessel. Und ihre Mimik veränderte sich beim Sprechen kein bisschen.

»Wir ermitteln in alle Richtungen. Aber danke für den Hinweis.«

»Isa, also Frau Gottwald, hat es nicht so gemeint. Wir respektieren unsere Konkurrenz«, nahm Jonathan Fürst die

Schärfe aus dem Gespräch. Mit dem dunklen, lässig nach hinten gekämmten Haar, den braunen Augen und seinem jungenhaften Charme erinnerte er Clara an den Schauspieler Ryan Reynolds. Doch sie war nicht so sicher, dass seine Aussage die volle Zustimmung der Geschäftsführerin fand. Anzusehen war Gottwald leider nichts bei der fehlenden Mimik im Gesicht.

»Bei uns läuft alles nach Vorschrift.«

»Lief es vor fünf Jahren auch nach Vorschrift, als der Verdacht aufkam, dass sie ungekennzeichnetes Separatoren-Fleisch in den Handel bringen?« Clara beobachtete die beiden.

Nun gelang es Gottwald sogar, der Gesichtsstraffung entgegen die Augenbrauen ein wenig zusammenzuziehen. »Das ist alles Unsinn. Wir würden unserem Fleisch niemals vermahlene Knochenreste oder Schlachtabfälle untermischen.«

»Ich habe vor fünf Jahren gerade erst hier angefangen«, ergänzte Jonathan Fürst. »Aber ich versichere Ihnen, dass so etwas hier nicht passiert. Wir kennzeichnen unsere Waren ordnungsgemäß.«

Sie verständigten sich darauf, dass die Sömmler GmbH ihnen die Dokumentation ihrer Verarbeitungen zukommen lassen würde.

Bei der Abilag AG wurden sie weniger komfortabel begrüßt. Ein Fabrikmitarbeiter musste den Geschäftsführer erst zu Hause anrufen, da er gar nicht vor Ort war. Heli Abilag hatte nicht einmal ein eigenes Büro in dem Unternehmen und auch keinen Empfangsbereich.

Im Durchgang zur Produktionshalle war mit Sperrholzplatten ein Besprechungscontainer hochgezogen worden, dessen Plexiglas-Front sofort offenbarte, ob er besetzt war. Der wortkarge Mitarbeiter parkte die beiden Kommissare dort drin und zog sich wieder zurück. In der Mitte des behelfsmäßigen Besprechungsraums stand ein langer Holztisch, dessen Oberfläche schon einige Gelage in einer bayerischen Wirtsstube hinter sich gehabt haben könnte. Darauf stand ein Glas, mit rosaroten Lollis gefüllt. Die Sitzbank war ungemütlich und in der Ecke befand sich ein Kaffeeautomat.

Nach zehn Minuten kam Heli Abilag zur Tür herein. »Wir haben Glück, der Besprechungsraum ist frei.« Das war der Satz, mit dem Abilag sie begrüßte. »Sie haben nichts zu trinken. Hat Ihnen niemand gesagt, dass Sie sich hier kostenlos einen Kaffee ziehen können? So was Unhöfliches.«

»Okay, passt schon. Wir haben nur ein paar kurze Fragen«, sagte Clara, die zwar gern einen Kaffee getrunken hätte, sich aber nicht länger als nötig aufhalten wollte. Sie hatte noch andere Pläne.

»Schießen Sie los. Also das meinte ich nicht wörtlich.« Abilag lachte laut über seinen eigenen Scherz und fuhr sich mit der Hand über den Drei-Tage-Bart. Dann zog er seine dicke Wolljacke aus, darunter trug er einen grauen Hoodie, auf dem sich ein grinsender Schweinskopf über seinen plauzigen Bauch spannte, mit der Aufschrift Abilag AG. Offenbar sein Firmenlogo. Clara nahm an, dass er um die dreißig Jahre alt war. Sein Haar trug er schulterlang, offen und fettig.

»Sie haben vielleicht mitbekommen, dass es in den letzten Tagen zu Vergiftungsfällen durch Schweinefleisch gekommen ist.«

»Und da haben Sie gleich an mich gedacht?« Er grinste wieder und fischte einen Lolli aus dem Glas. »Ich höre gerade mit dem Rauchen auf.«

»Sehr vernünftig«, bestätigte Thorwald.

»Naaa, ich mache es nicht wegen der Vernunft, sondern wegen meiner Freundin.« Wieder lachte er zu laut für die sensible Akustik im Raum. »Also was wollt ihr? Hat die Alte von Sömmler euch zu mir geschickt?« Er steckte sich den Lolli in den Mund.

»Wir besuchen alle Fleischbetriebe, die betroffene Supermärkte und die Gastronomie beliefert haben.«

»Und was wollen Sie jetzt genau von mir?«

»Kurz gesagt wollen wir wissen, ob Sie etwas damit zu tun haben.« Clara konnte den Mann nicht einschätzen, der eine gewisse Kneipenatmosphäre verbreitete und hatte beschlossen, direkt vorzugehen. Das kam Abilag offenbar entgegen.

»Kurz geantwortet nein.« Wieder gab er sein raues Lachen von sich. »Wenn ihr wollt, könnt ihr hier überall schauen.«

Thorwald sah sich in dem Sperrholzraum um. »Ich frage mich, wie Sie die Fleischverarbeitung dokumentieren? Haben Sie kein Büro? Keine IT-Abteilung?«

Abilag zog zwei Smartphones aus der Hosentasche seiner Jeans und legte sie auf den Tisch. »Hier, mein Büro und meine IT-Abteilung.«

Die beiden Kommissare wussten nichts darauf zu erwidern und starrten die Handys an, als würden die sich jeden Moment in ein Büro und einen Computerraum verwandeln.

Abilag lachte und klopfte mit dem Finger auf eines der Displays, kurz leuchtete das Licht am Handy auf. »Hier ist alles drin, was ich brauche. Ich kann da drin abwickeln, was ich will. Ich kaufe und verkaufe alles hierüber. Ich mache Werbung, ich vernetze mich, ich mache fette Aktiendeals und ich dokumentiere, was ich dokumentieren muss. Papierloses Büro! Ich mache alles voll korrekt, Bro, und dabei bin ich den ganzen Tag zu Hause, hier gleich um die Ecke. Nur Rauchen darf ich dort nicht.« Sein Lachen hallte von den kahlen Wänden wider.

»Und was war mit dem Vorwurf der Steuerhinterziehung letztes Jahr?«

»Ach, nichts! Ich arbeite korrekt. Ich glaube, das war die Alte von Sömmler, die mich angeschwärzt hat. Die hasst es, dass ich Geld damit verdiene. Weil ich kein alter Schweineadel bin. Ist ihr ein Dorn im Auge, verstehst?« Er nahm eines der Handys vom Tisch und deutete darauf. »Was braucht ihr? Ich schicke euch alles aufs Phone.«

Damit war Clara zufrieden, auch wenn sie keineswegs sicher war, dass Abilags Dokumentation so vollkommen war, wie er behauptete.

»Und jetzt«, sagte Clara, als sie die Abilag AG verließen, »nehmen wir uns noch einmal die Hambacher vor. «

17

»Sie schon wieder?« Sybille Hambacher stand vor ihnen, umarmte einen Stapel Papiere und sah Thorwald und Clara grimmig an. »Ich muss gleich ins Meeting. Supervision, das ist äußerst wichtig. Ich habe Ihnen gestern schon alles gesagt, was ich weiß.«

»Ich glaube, Sie haben da etwas ausgelassen.«

»Sicher nicht, und wie gesagt, ich habe keine Zeit für Sie.«

»Möchten Sie lieber mit uns einen Ausflug aufs Revier unternehmen?« Clara hatte die Faxen dicke. »Ein Mensch ist gestorben, da werden Sie sich die Zeit, um ein paar Fragen zu beantworten, schon nehmen müssen.«

»Herrje! Dann lassen Sie mich die Unterlagen eben an meine Assistentin weitergeben, damit sie die Handouts schon einmal verteilen kann«, sagte Hambacher genervt. Auf ihren Anruf hin kam eine junge Frau herein mit Latzhose und fröhlichen Augen.

»Sabrina, bitte lege die Handouts schon einmal aus, ich komme gleich nach.« Und mit einer Handbewegung bedeutete sie der Assistentin, dass sie sich beeilen soll. Dann wandte Hambacher sich an Clara und Thorwald. »Und was ist jetzt so dringend?«

»Ein Mord ist von Haus aus dringend oder nicht?«

Hambacher sah Clara mit mühsam unterdrückter Wut an und zögerte einen Moment. »Sicher«, presste sie dann hervor. »Doch das Leben geht weiter und ich habe zu tun.«

Wieder rupfte sie ihr seidenes Tuch zurecht, was es auch dieses Mal nicht nötig gehabt hätte.

»Dann kommen wir gleich zur Sache, warum haben Sie uns angelogen? Sie hatten einen hässlichen Streit mit Anna Schneider.«

»Ich habe nicht gelogen.« Sie brauchte einen Moment, um sich auf die neue Situation einzustellen, bevor sie mit versöhnlicher Stimme hinzusetzte: »Das war kein hässlicher Streit. Ich habe doch gesagt, sie war bipolar. Anna Schneider war ein schwieriger Mensch, unberechenbar in ihren Launen.«

»Fakt ist, dass Frau Schneider Sie geschlagen hat und da waren Sie kein bisschen sauer?«

»Woher wissen Sie das?« Hambachers Gesichtszüge entgleisten für den Bruchteil einer Sekunde und genauso schnell hatte sie sich wieder unter Kontrolle.

Doch es war Clara nicht entgangen.

»Das hatte nichts zu bedeuten. Das war nicht persönlich.« Hambacher sah von einem zum anderen und zuckte mit den Schultern. »Die war halt so.«

»Und weil sie so war, lassen Sie sich schlagen und reagieren kein bisschen darauf?«

»Ich opfere mich hier für jeden auf, egal, wie gestört und undankbar. Da kommt es schon einmal zu einem Streit. Und dass im Zuge dessen auch mal kleinere Handgreiflichkeiten geschehen, ist eine Folge der schlechten Sozialisation dieser Frauen.« Hambachers Wangen waren jetzt so gerötet, als hätte sie inzwischen ein paar weitere Ohrfeigen verpasst bekommen.

»Wenn das alles so normal ist, warum haben Sie uns nichts von dem Streit erzählt?«

»In Ordnung, das war möglicherweise ein Fehler. Ich hatte befürchtet, dass Sie das in den falschen Hals bekommen. Aber der Streit war ohne Bedeutung.«

»Und worum ging es?«

»Um Ute – natürlich.«

Wieder registrierte Clara dieses kurze Zögern, das sie schon zuvor bei der Frage nach dem Streit an der Heimleiterin beobachtet hatte.

»Anna Schneider ist durchgedreht«, fuhr Sibylle Hambacher fort. »Sie hat mir Vorwürfe gemacht und einen Aufstand hier veranstaltet, weil Ute weg war. Anna war überzeugt, dass ein Obdachloser aus dem Englischen Garten Ute etwas angetan haben musste. Es gibt da so einen aufdringlichen Mann. Und sie fand, dass ich mich darum hätte kümmern müssen, dass dieser Mensch sie ihn Ruhe lässst.«

»Gehört es denn nicht zu Ihren Aufgaben, sich um die Frauen zu kümmern und darauf zu achten, dass ihnen nichts zustößt?«, fragte Thorwald.

»Natürlich, und genau das tue ich. Glauben Sie mir!« Sie seufzte tief und sah Thorwald mit einem dramatischen Augenaufschlag an. »Aber die Frauen sind erwachsen und müssen für sich selbst Verantwortung übernehmen. Sie können nicht erwarten, dass die Gesellschaft alles für sie erledigt. Ich kümmere mich um sie, solange sie sich hier im Heim befinden. Schließlich kann ich nicht jeder Einzelnen draußen hinterherlaufen. Ich tue, was in meiner Macht steht. Ich bin hier die Gute!«

Daran hatte Clara den einen oder anderen Zweifel, doch sie hatte keine Lust, sich die Selbstbeweihräucherung der Hambacher weiter anzuhören. »Wer war der aufdringliche Mann? War das der Noargal-Saufer, der Ute belästigt hat?«

Hambacher nickte erstaunt. »Felix, den Noargal-Saufer nannte Ute ihn. Den Nachnamen kenne ich nicht. Er war im Übrigen heute Mittag schon wieder hier vorm Haus.« Hambachers Finger fuhren auf und ab an ihrem Tuch entlang. »Ich habe ihm die Leviten gelesen und ihn davon gescheucht.«

»Ein bisschen spät für diesen selbstlosen Auftritt.« Thorwald sah ihr fest in die Augen.

Clara wusste, wie sehr er es verabscheute, wenn privilegierte Leute wie die Hambacher über andere, weniger vom Glück bedachte Menschen geringschätzig sprachen. Doch solche Äußerungen waren nicht zielführend für die Ermittlungen. Private Emotionen hatten bei einer Zeugenvernehmung keine Rolle zu spielen.

Doch Hambacher reagierte gelassen auf seine Spitze.

»Sie irren sich in mir. Dieses Heim ist ein Unternehmen, das geleitet werden muss. Und ich bin diejenige, die alles hier im Griff hat. Und das hilft den Frauen mehr, als wenn ich ihr Händchen halte.«

Thorwald sah sie unschlüssig an, als fiele ihm keine passende Erwiderung dazu ein.

»Anstatt Ihre Zeit mit mir zu verschwenden, sollten Sie lieber mal diesen Noargal-Saufer befragen. Mit dem hat Anna sich bestimmt auch angelegt.« Hambacher nickte aus dem Fenster.

»Und wo finden wir den?«

»Der treibt sich beim Chinesischen Turm im Englischen Garten herum. Ute sagte, er hätte sich für den Winter ein Zelt hinter der Exedra aufgebaut.«

»Exedra?«

»Das ist die steinerne Bank«, sagte Thorwald. »Der große Halbkreis, von Leo von Klenze einst erbaut. Errichtet auf dem Platz, auf dem zuvor der hölzerne Apollotempel stand. Man findet sie am einfachsten, wenn man vom Hofgarten kommend in den Englischen Garten geht, vorbei an der Harmlosskulptur, dann bis zum Monopteros und über den Oberstjägermeisterbach. Nicht weit entfernt von der Stelle, wo Anna Schneiders Auto in Brand gesteckt wurde.«

»Ich wusste nicht, dass die Bank Exedra heißt.« Clara überlegte, was wohl die Harmlosskulptur sein könnte.

»Wo ihr wallet ...«, begann Thorwald.

Und Hambacher ergänzte in getragenem Ton: »... da war nur Wald einst und Sumpf.« Sie lächelte ihn gewinnend an.

In seinen Augen spiegelte sich Erstaunen, dann formten seine Lippen sich zu einem feinen Lächeln. »Ja, das ist die Inschrift auf der Rückenlehne der steinernen Bank.«

Clara konnte zuschauen, wie seine ablehnende Haltung Sybille Hambacher gegenüber davon schmolz. Die beiden standen da, wie bei einer Theateraufführung von Shakespeares *Romeo und Julia*.

»Und wo waren Sie gestern Morgen gegen fünf Uhr?«, durchbrach Clara die lauschige Stimmung.

Hambacher warf ihr einen feindseligen Blick zu. »Was soll die Frage? Ich habe mit dem Tod von Anna Schneider nicht das Geringste zu tun.« Wieder zupfte die Heimleiterin ihr Seidentuch zurecht und sah Thorwald mit großen Augen hilfesuchend an.

»Wir können die Frage genauso gut in Ruhe auf dem Revier klären. Ich habe Zeit«, setzte Clara hinzu.

»Ich war zu Hause und habe geschlafen. Reicht das?«

»Kann das jemand bezeugen?«

»Nein, ich wohne allein.« Sie blinzelte Thorwald verstohlen an, dessen Wangen jetzt eine Spur mehr Röte zeigten, als es durch das eisige Wetter draußen zu erklären gewesen wäre.

»Ich halte fest, Sie haben kein Alibi für die Zeit, in der Anna Schneiders Leiche im Englischen Garten verbrannt werden sollte.«

»Ich brauche kein Alibi, ich habe mit der Sache nichts zu tun«, stieß Hambacher hervor und klammerte sich regelrecht an ihr seidenes Tuch.

»Dann brauchen Sie sich gar keine Sorgen zu machen.« Thorwald lächelte und nickte beruhigend zu ihr hinüber und kassierte dafür einen missbilligenden Blick von Clara.

Dann wandte sie sich noch einmal an Sybille Hambacher. »Wir brauchen die Videos der Überwachungskamera aus dem Eingangsbereich.«

Clara ließ sich auf den Fahrersitz gleiten. »Was sollte das Gesäusel bei der Vernehmung?« Sie knallte die Autotür zu. »Machen Sie sich keine Sorgen? Seit wann beruhigen wir Verdächtige bei einer Befragung? Natürlich soll sie sich Sorgen machen. Die war nervös wie ein Sack Zitteraale. Und Anna Schneider hat dem Kioskbesitzer doch erzählt, dass die Hambacher Dreck am Stecken hat.«

»Ich habe nur gesagt, wenn sie mit der Sache nichts zu tun hat, braucht sie sich keine Sorgen zu machen. Und das ist die Wahrheit.«

»Die hat uns total angelogen, siehst du sowas nicht?«

»Das weißt du nicht sicher.«

»Verdammt noch mal, das sieht doch ein Blinder. Und du flötest, ach, keine Sorge, gnädige Frau.«

»So habe ich das nicht gesagt. Sie war sehr aufgebracht. Und dass es bei den traumatisierten und schwierigen Frauen mal zu einem Streit kommt, ist gar nicht so abwegig. Sybille Hambacher scheint eine kultivierte Frau zu sein ...«

»Oh, Grüß Gott, Sie sind ja so kultiviert, dann sind Sie ja sicher keine Mörderin.« Clara war verärgert, dass Thorwald sich hatte so leicht einwickeln lassen.

»Du drehst einem aber auch das Wort im Munde herum.« Thorwald sah aus dem Seitenfenster.

»Erst wolltest du noch wissen, warum sie sich nicht anständig um ihre Schützlinge kümmert, und dann verbrüderst du dich mit der, weil sie zitieren kann, was auf einer depperten alten Parkbank steht.«

»Die Bank ist nicht deppert, das ist ein Kulturgut und ich wollte nur etwas Freundlichkeit und Bürgernähe zeigen.«

»Ach, auf Bürgernähe bist du bei der aus?« Clara stieß einen empörten Grunzlaut aus. »So hat Reitmayer das sicher nicht gemeint. Reicht ja wohl, dass du uns vor lauter Bürgernähe den Hund ans Bein gebunden hast.«

»Der Hund scheint sich bei dir aber ganz wohlzufühlen.«

»Versuche lieber mal herauszufinden, was die uns sonst noch alles verschweigt, die kultivierte Frau Hambacher.«

Vor sich hin grantelnd startete Clara das Auto. Sie bemühte sich, ihre Puzzleteile zu sehen, doch in der angestochenen Stimmung tauchte nichts vor ihr auf. Sie überlegte, ob der Noargal-Saufer etwas mit Anna Schneiders Tod zu tun hatte. Oder würde diese Spur sie nur ein Stück weiter auf den Holzweg führen?

18

Der Obduktionsbericht von Doktor-heißt-es-Brahl war auch bis zum Abend nicht eingetroffen. Und die Spurensicherung hatte bislang keine Informationen zum Auto hochgeladen.

Alles staute sich an dieser Brahl. Verdammt, warum hatten sie ausgerechnet so eine lahme Gurke als Vertretung bekommen? Morgen würde sie der Alten mal ordentlich Dampf unter ihrem Rechtsmedizinerhintern machen. Unvermittelt stand eine junge Kollegin, der Lisa den Gustl zum Gassi gehen anvertraut hatte, mit dem Hund an der Leine vor ihrem Schreibtisch.

»Soderle, hier ist der kleine Kerl wieder. Ich habe jetzt Schichtende. Zweimal war ich mit ihm draußen. Leider hat der Kollege, der die Schicht übernimmt, eine Hundehaarallergie.«

Gustl zerrte an der Leine und verschaffte sich die Freiheit, wieder unter Claras Schreibtisch schlüpfen zu können. Über der ganzen Leberkas-Geschichte und der Sache mit der Hambacher hatte sie komplett vergessen, den Hund ins Tierheim zu bringen. Ausgelassen strich er um ihre Unterschenkel und beschnüffelte ihre Schuhe, dann rollte er sich zusammen und legte den Kopf auf ihren Fuß. Sie würde ihn heute noch einmal mit nach Hause nehmen müssen. Clara seufzte. Immerhin würde Miriam sich darüber freuen, wenn sie den Hund noch einmal mitbrachte.

Nach Demircis erster Zusammenfassung am Tatort musste die Leiche einige Tage tiefgefroren gewesen sein, bevor sie in das Auto verfrachtet wurde. Zuletzt war Anna am

Freitag vor einer Woche lebend gesehen worden. Danach verlor sich ihre Spur.

»Ich bin dann mal weg, ist schon spät und ich bin doch recht k. o.«, verabschiedete Lisa sich.

Clara schielte auf die Uhr am PC. »Oh Mann, ich muss auch los.« Sie fuhr den PC runter und sprang vom Stuhl hoch. »Meine Mutter hat Geburtstag. Miriam und ich wollen sie schön bekochen.«

»Darüber würde ich mich auch freuen. Oder wir.« Lisa strich gedankenverloren über ihren Babybauch. »Leider bin ich auf mich selbst gestellt. Mein Freund ist schon seit zwei Monaten in Indonesien und er kann auch die nächsten Wochen nicht bei uns in Deutschland sein.«

Lisas Freund war indonesischer Diplomat und inzwischen wieder in seiner Heimat im Einsatz. »Immerhin kann ich mich an Weihnachten auf Kartoffelgröstel und Wiener Würstchen bei meinen Eltern freuen.«

»Sebastian ist auch wieder irgendwo auf geheimer Mission in der Weltgeschichte unterwegs. Weihnachten fällt für Miriam papa-technisch ins Wasser. Aber er hat versprochen, Silvester da zu sein. Schauen wir mal.« Sie zog ihren Parka vom Garderobenhaken.

Sebastian, der Ex-Mann von Clara und Vater ihrer Tochter, war bei einer Spezialeinheit des Mobilen Einsatzkommandos und ständig unterwegs. Sie überlegte, ob die Beziehung von Lisa mit ihrem Diplomatenfreund ein ähnlich ungutes Ende nehmen würde wie ihre eigene Ehe.

Seit der Scheidung kämpfte sie Jahr für Jahr darum, dass Sebastian an den wichtigen Terminen wie Weihnachten oder Schulfesten Zeit für seine Tochter aufbrachte. Aber irgendeine Mission war immer vordringlicher.

Sie verspätete sich. Die kleine Geburtstagsgesellschaft, die nur aus ihrer Mutter, ihrer Tochter und deren Freund Jorge bestand, war komplett versammelt. Im Auto war ihr eingefallen, dass sie vergessen hatte, das Geschenk einzupacken.

Im Grunde genommen schaffte sie es kaum besser, ihr Leben zu organisieren als ihr Ex-Mann, über den sie sich aufregte. Ständig blieb ihr Privatleben auf der Strecke, wenn sie in einer Ermittlung steckte.

Anneliese Feichtner stand mit dem Rezept in der einen und einem Schälmesser in der anderen Hand wie eine Dirigentin mitten in der Küche. Lautstark, um die Dunstabzugshaube zu übertönen, gab sie Anweisungen an Miriam und Jorge weiter. »Jetzt die Zwiebeln im heißen Fett goldbraun anbraten.« Die beiden arbeiteten brav die Aufträge ab, die sie erhielten.

Gustl raste begeistert in die Küche, in der so viel los war und es alles Mögliche zu erschnüffeln gab. Wie erwartet freute Miriam sich darüber, dass der kleine Gast seinen Aufenthalt verlängerte.

Schnell zog Clara den Flacon mit Kölnisch Wasser aus ihrem Rucksack. »Herzlichen Glückwunsch zum Geburtstag.« Sie umarmte die Mutter und nahm ihr das Schälmesser aus der Hand. Dann schob sie die alte Frau hinüber an den Küchentisch. »Lass mich das machen, Mama. Ich hatte dir ja ein Geburtstagsessen versprochen.« Clara lächelte Miriam und Jorge dankbar zu, die schon einiges für das Abendessen vorbereitet hatten.

»Ach, danke mein Kind. Das wäre doch nicht nötig gewesen, halte du dein Geld lieber zusammen.« Lächelnd öffnete sie die kleine Parfümflasche und sprühte sich links und rechts einen kräftigen Stoß über die Schulter. Eine wohlbekannte Geruchsmischung erfüllte die Küche. Ein Duft, der nach Claras Kindheit roch, angebratene Zwiebeln und Kölnisch Wasser.

Nach dem Essen saßen sie alle um den Wohnzimmertisch herum und lauschten den alten Geschichten von früher, die Anneliese Feichtner zu erzählen wusste. Von ihrer Schulzeit, von den seltenen Urlauben früher und dem knappen Geld. Nur den Vater sparte sie wie immer aus. Für Jorge waren die

Storys immerhin neu. Es schien, als interessierten sie ihn, zumindest war er höflich genug, um sich nichts Gegenteiliges anmerken zu lassen.

Clara zog einen abgepackten und ziemlich zerdrückten Kuchen aus ihrem Rucksack. Bedauernd zuckte sie mit den Schultern. »Den habe ich ganz vergessen.«

Trotzdem ließen sie sich die süßen Stücke oder besser gesagt die Brocken schmecken. Miriam packte das Scrabble aus, das ihre Oma so gerne spielte und Gustl kuschelte sich eng an Claras Füße. So spielten sie einige Runden mit dem Buchstabenspiel. Bis Miriam und Jorge sich in Miriams Zimmer zurückziehen wollten.

Clara räumte rasch die Scrabble-Buchstaben zusammen, dabei griff sie nach den Plättchen, die Jorge zuletzt gelegt hatte und über die es eine wilde Diskussion gegeben hatte, Eigenname oder nicht: *Santa Claus*. Doch Clara sah mehr als die neunzehn Punkte, die Jorge am Ende damit rausholen konnte. Verwundert sortierte sie die Buchstaben um. Aus Santa Claus wurde *Lans Tausac*. Ein Anagramm. Halb lachend stieß sie die Luft aus. Iris hatte recht, der Mann war wahrscheinlich illegal in Deutschland und hatte Kreativität gezeigt beim Aussuchen eines falschen Namens. Sie ließ die zehn Buchstabenplättchen in die Handytasche ihres Rucksacks gleiten.

»Wollt ihr nicht noch ein bisschen mit uns zusammensitzen? Es ist doch so nett gerade«, sagte Annelise Feichtner.

»Ach, Oma, Jorge fährt morgen nach Spanien zu seiner Familie und bleibt dort die ganzen Ferien. Dann sehen wir uns fast zwei Wochen nicht.« Miriam schluckte.

»Könnt ihr noch schnell mit dem Hund Gassi gehen? Ich glaube, der muss mal raus.«

»Na klar!« Miriam schüttelte den traurigen Moment ab und tätschelte den krummbeinigen Rauhaardackel. »Können wir Gustl nicht behalten? Er ist sooo süß!«

»Nein, er gehört ja wem.«

»Und wenn die Besitzerin nicht mehr auftaucht?«

»Auch dann, um so ein Tier muss man sich richtig kümmern.«

Miriam hatte keine Zeit, weiter zu verhandeln, denn Jorge war mit Gustl schon hinaus in den Flur gegangen.

Clara saß mit ihrer Mutter eine Weile schweigend im Wohnzimmer. Es dampfte aus ihren Tassen mit Glühwein, die auf dem niedrigen Glastisch vor ihnen standen, und die Hälfte des bröseligen Kuchens war auch noch übrig.

»Ich denke oft an Papa.«

»Clara, hör doch auf damit.«

»Das sagst du immer. Aber das kann ich nicht. Ich schlafe schlecht und träume fast jede Nacht von ihm. Warum bin ich nicht so ein guter Mensch und Polizist wie er? Er hätte Anna Schneider nicht weggeschickt.«

»Niemand ist nur gut.« Ihre Mutter hielt den Blick unbeweglich ins Dunkel draußen vor dem Fenster gerichtet.

»Papa schon. Der hätte der armen Frau geholfen. Ich habe sie weggeschickt und nun ist sie tot.«

»Das ist nicht deine Schuld.«

Clara nahm einen vorsichtigen Schluck vom Glühwein und verbrannte sich die Zungenspitze.

»Du hast doch keine Ahnung, was damals war.«

»Dann erklär es mir doch«, gab Clara grantig zurück. Immer wiegelte ihre Mutter ab, wenn es um den Vater ging. Ihre alten Geschichten gab sie gern zum Besten, doch über den Vater schwieg sie sich aus.

»Ich sage dir nur so viel, dein Vater war vielleicht nicht der Mensch, für den du ihn hältst.«

»Was?«

»In der Nacht sagte sein Kollege, dein Vater sei da in etwas verwickelt gewesen. Und dass er damit aufgeflogen sei, könne der Grund dafür sein, dass er erschossen wurde.«

Clara sprang auf, dabei stieß sie den Becher mit dem dampfenden Glühwein um, das heiße Gebräu ergoss sich über den Tisch, spritzte auf die Hosenbeine ihrer Jeans und lief am Tischbein hinunter auf den cremefarbenen Teppich. »Das glaube ich nie im Leben.«

»Sieh nur, was passiert ist. Alles ist auf deinem neuen Teppich gelandet.« Anneliese Feichtner kniete sich mühevoll hin und rieb mit einer Serviette auf dem Teppich herum.

»Scheiß auf den Teppich! Das kann unmöglich dein Ernst sein!«, rief Clara.

»Kindchen, diese alten Sachen. Das sollte man ruhen lassen.«

»Ruhen?« Clara sah ihre Mutter fassungslos an.

»Alles in Ordnung bei euch?« Miriam zog sich die Mütze vom Kopf und betrachtete mit großen Augen die Sauerei im Wohnzimmer. Ihr Freund Jorge sagte nichts, so wie es seine Art war. Er stand neben Miriam und lugte vorsichtig hinter seinen langen Haaren hervor, die sein halbes Gesicht verdeckten.

Gustl, noch nass vom Spaziergang, drängelte sich durch alle Beine hindurch und stürzte sich in die Glühweinpfütze auf dem Teppich.

»Alles okay, Miri. Sorry, es ist alles okay.« Clara stellte den Becher, der auf dem Tisch lag wieder auf und schob Gustl beiseite, von der Pfütze weg.

»Was ist damals passiert?«, fragte Clara in sachlichem Ton, als sie mit ihrer Mutter wieder allein war. Mit feuchten Tüchern und auf allen vieren schrubbten die beiden den Glühwein aus dem hellen Teppich und Gustl strich aufgeregt um Clara herum. »Was meintest du damit, dass Papa in etwas verwickelt war?«

»Ich weiß es nicht. Da waren Andeutungen von Papas Kollegen, dass vielleicht Schmiergeld im Spiel war.«

»Was für Andeutungen? Der kann von mir aus andeuten, was er will. Papa war ein guter Polizist.«

Anneliese Feichtner atmete tief durch und blickte zu Boden, bevor sie anhob: »Dein Vater hat immer mal überraschend ein paar Hunderter mehr mit nach Hause gebracht. Mal Geld zu deiner Einschulung, mal zusätzliches Urlaubsgeld und an den Weihnachtsgeschenken brauchten wir auf einmal auch nicht mehr zu sparen.«

»Was meinst du damit?«

»Kind, es ist möglich, dass dein Vater einen Fehler gemacht hat, einen, der ihn das Leben gekostet hat.«

»Du denkst, er hat sich schmieren lassen?« Der Glühweinfleck verblasste langsam. Gustl wich ihr nicht von der Seite, und auch wenn er sie beim Putzen behinderte, schob sie ihn diesmal nicht weg.

Anneliese Feichtner erhob sich schnaufend und ließ sich in die Polster des Sofas fallen. »Kind, geht es dir gut?« Sie sah ihre Tochter mit sorgenvollem Blick an.

»Glaubst du, dass es mir gut gehen kann mit dem, was du gerade erzählt hast?« Clara lehnte sich auf dem Boden sitzend ans Sofa.

Ihr Handy summte. Thorwald war dran, jemand war an den Folgen einer Fleischvergiftung gestorben. Jetzt ging es um mehr, als um Körperverletzung und Betrug. Der Einsatz war gestiegen!

19

Clara ließ Gustl am nächsten Morgen gleich bei der jungen Kollegin am Empfang zurück. Die versprach, beizeiten mit ihm Gassi zu gehen. Clara hätte sie bitten können, den Hund ins Tierheim zu fahren. Doch irgendwie brachte sie es nicht über sich. Sie würde es selbst tun, sobald sie Zeit dafür fand.

Das Team war schon im Besprechungsraum versammelt und zur Verstärkung hatten sich die »Olsen-Zwillinge« in die Runde um den langen Tisch eingereiht. Zwar waren sie keine echten Zwillinge, aber jeder nannte sie so, weil sie groß, blond und gutaussehend waren, wie die berühmten Schwestern Mary-Kate und Ashley Olsen aus Amerika.

Der Tote im Fleischskandal war ein alter Mann namens Gustav Huber. Auf dem Besprechungstisch lag eine Printausgabe des Münchner Tagblitz. Ein dünnes Boulevardblättchen, bei dem die Gerstner ihre fantasievollen Geschichten in Print und online verbreiten durfte. Trotz aller reißerischen Überschriften wurde das Blatt in der Kulturstadt München gerne gelesen. Die heutige Schlagzeile war kaum dazu angetan, Claras Stimmung zu heben:

Toter im Fleischskandal! Münchner Kripo im Winterschlaf?

Thorwald fasste die bisher bekannten Fakten zusammen. Die Ermittlungsergebnisse und Erkenntnisse waren so dünn wie die Sperrholzplatten aus Abilags Besprechungsraum. Iris hatte die Medienanlage eingeschaltet und projizierte ein Foto von Gustav Huber an die Wand. Einundachtzig, Witwer, kaum mehr Haare auf dem Kopf. Er sah sie mit ernstem Gesicht aus seinem biometrischen Passbild heraus an. Vor drei Tagen hatte er eine Leberkas-Semmel gegessen, die er bei einem Imbiss der Kämmerlein-Kette gegenüber seiner Wohnung im Stadtteil Milbertshofen gekauft hatte.

Seinem Enkel Daniel Huber zufolge gehörte es zu seinen festen Gewohnheiten, sich zweimal in der Woche selbst etwas zu essen zu holen, damit er nicht einrostete. Und nun war er gestorben.

Thorwald berichtete, dass der Allgemeinzustand von Huber zwar recht gut gewesen sei, doch durch seine Vorerkrankungen seien die Abwehrkräfte letztlich nicht in der Lage gewesen, der Vergiftung zu trotzen. Sein Enkel hatte ihn gestern Morgen am Boden des Badezimmers gefunden und sofort den Notarzt gerufen. Aber es hatte keine Rettung mehr für Gustav Huber gegeben, er war noch am Abend im Krankenhaus gestorben, ohne das Bewusstsein wiedererlangt zu haben. Die Fleischvergiftung wurde als Ursache für seinen Tod ausgemacht, nachdem seine Blutwerte untersucht worden waren.

»Wir können ziemlich sicher sein, dass entweder die Sömmler GmbH oder die Abilag AG Verursacher der Fleischvergiftungen sind«, schloss Thorwald seinen Vortrag.

Clara nahm ihre Kaffeetasse vom Tisch, der heiße Schluck tat ihr gut und doch half er nicht wirklich gegen die chronische Müdigkeit und schon gar nicht gegen ihr schlechtes Gewissen. Sie hatte sich von ihrer Abneigung gegen Reitmayer verleiten lassen, dem Fleischskandal nicht sofort die nötige Aufmerksamkeit zu schenken. Auch wenn sie Gustav Huber damit nicht mehr hätte retten können, fühlte sie sich schuldig.

»Und ich soll euch Grüße von Matthias ausrichten«, sagte Thorwald. »Zwar ist er noch nicht wieder ganz auf dem Damm, aber seine Freundin meinte, er ist schon fit genug, um dämliche Witze zu reißen und sie freut sich darauf, dass er bald wieder zur Arbeit gehen kann.« Ein kurzes erleichtertes Lachen ging durch den Raum.

»Da geht es ihm besser als unserem Demirci. Der ist heute Nacht wegen der Lebensmittelvergiftung ins Schwabinger Krankenhaus eingeliefert worden«, sagte Lisa. »Ein Dr. Brahl hat eben eine Nachricht per Voicemail geschickt. Demircis Zustand ist ernst, aber offenbar so weit stabil.«

Allgemein war das Entsetzen groß, dass es Lukas Demirci so schlecht ging. Immerhin, so lautete der Tenor, war er jünger und kräftiger als der alte Herr Huber und hatte sicher nichts zu befürchten.

Clara dachte an den sonst so fröhlichen Rechtsmediziner. Sie nahm sich vor, ihn im Krankenhaus zu besuchen, sobald die Ermittlungen ihr ein bisschen Luft dafür ließen. »Doktor Brahl ist eine Frau. Auch wenn sie am Telefon nicht so klingt.« Mit Unbehagen fielen ihr die zwei kurzen Telefonate ein, bevor sie fortfuhr: »Wir müssen so schnell wie möglich herausfinden, wer von den beiden Unternehmen das Gammelfleisch in Umlauf gebracht hat.«

»Können wir das nicht anhand der Auswertungen vom Gesundheitsamt sehen? Es hat doch bestimmt nicht jeder Fleisch von beiden Großhändlern gekauft?«

»Die meisten Restaurants und Supermärkte haben bei mehr als einem Lieferanten eingekauft. Das Gesundheitsamt ist dran, alle Channels zu verfolgen und die Kunden zu connecten, die von Sömmler und Abilag Fleisch gekauft haben. Das Problem ist, dass erst einmal bei den Erkrankten geklärt werden muss, in welchem Restaurant oder Imbiss sie gegessen haben oder durch welches Supermarktfleisch sie sich die Vergiftung zugezogen haben. Dann erst können sie bei den Restaurants, Imbissketten und Supermärkten nachforschen. Die Leute vom Gesundheitsamt arbeiten hart am Limit.«

»Es muss auf jeden Fall ein Mitarbeiter von einer der Fleischfabriken darin verwickelt sein, wahrscheinlich sogar in einer gehobenen Position oder von der Geschäftsleitung«, sagte Lisa nachdenklich. »Jemand, der in so einer Fleischfabrik jederzeit ein- und ausgehen kann, ohne Verdacht zu erregen.«

»Okay, sehr gut. Bei den Mitarbeitern setzen wir an. Vorstrafen und Unregelmäßigkeiten, mal sehen, ob wir da was finden.«

Iris flog mit den Fingern über die Tastatur. »Das sind insgesamt knapp dreihundert Personen. Ich kümmere mich darum.«

Alle arbeiteten fieberhaft daran, den Verursacher des Fleischskandals auszumachen. Reitmayer, der mit viel Aftershave und seinen Schimpftiraden auftauchte, hielt sie damit nur von der Arbeit ab.

Schließlich war es Lisa, die zuerst etwas fand. Sie hatte die Nachweislisten der Sömmler GmbH durchforstet. Dabei war ihr eine Differenz aufgefallen zwischen den Fleischrückläufern, die wegen überschrittenem Verbrauchsdatum vernichtet werden sollten und den tatsächlich vernichteten Fleischwaren. Die Summen stimmten nicht überein. Erhebliche Fleischmengen waren auf dem Weg zur Verbrennung verschwunden. Nach Abstimmung mit dem Gesundheitsamt sollte unverzüglich eine Durchsuchung der Sömmler GmbH stattfinden.

Sobald sie den Beschluss in den Händen hielten, fuhren Clara und Thorwald los. Zwei Busse mit Uniformierten hielten direkt hinter ihnen. Das fünfköpfige Team vom Gesundheitsamt erwartete sie bereits vor der gläsernen Fassade der Sömmler GmbH. Geschäftsführerin Isa Gottwald und der Prokurist Jonathan Fürst standen wie ein Empfangskomitee in der weitläufigen, gläsernen Eingangshalle und beobachteten, wie die Polizei sich draußen formierte. Dann ging es los, sie zeigten ihren Durchsuchungsbeschluss, der sich auf die gesamte Fabrik, alle Produktionshallen und Nebengebäude erstreckte.

Der Leiter der Tagschicht, Peter Rottenbach, wurde vom Prokuristen angewiesen, das uniformierte Einsatzteam zu den Produktionsräumen zu bringen. Die Leute vom Gesundheitsamt strebten in Richtung der Kühlanlagen, um Temperatur und Lagerbedingungen zu prüfen.

Clara und Thorwald folgten der Geschäftsführerin, die durch die riesige Halle stolzierte, als würde sie ihren Offizieren die Parade abnehmen. Fürst eilte mit besorgtem Gesicht hinterher ins Büro seiner Chefin.

»Es ist unglaublich, dass Sie uns in so etwas verwickeln«, sagte die Geschäftsführerin zornig. »Ich habe vor fünfunddreißig Jahren diesen Betrieb von meinem Vater übernommen. Bei uns hat es noch nie Beanstandungen über Lagerung und Kühlung gegeben. Der Name Sömmler steht für Qualität und Zuverlässigkeit. Es ist skandalös, wie Sie hier aufmarschieren und uns wie Verbrecher behandeln. Sie beschädigen damit unseren guten Ruf.« Mit beiden Händen stützte sie sich auf ihrem Schreibtisch ab, der eine passende Bühne für ihre vehemente Vorstellung bot.

»Wir verwickeln Sie in gar nichts. Wir sind hier, weil es Unstimmigkeiten in Ihrer Dokumentation gibt.«

Isa Gottwald sah so erbost, wie es ihr gestrafftes Gesicht zuließ, zu Clara hinüber.

»Was Frau Gottwald sagen will ist, dass wir Sie in jeder Hinsicht unterstützen.« Er lächelte der Geschäftsführerin beschwichtigend zu. »Ich bin sicher, es handelt sich um ein Missverständnis. Es wird sich alles aufklären. Isa, setz dich doch.« Es gelang dem Prokuristen, die Wogen der Aufregung mit seinem Lächeln zu glätten. Sein Umgangston war wie auch beim ersten Besuch um einiges angenehmer als der seiner Geschäftsführerin. »Wir haben dieses Jahr weitreichende Automatisierungsprozesse eingeführt und eine Million Euro investiert«, fügte er hinzu. »Probleme können wir uns gerade jetzt nicht leisten. Bitte verstehen Sie die Besorgnis unserer Geschäftsführerin.«

Bevor Clara die erste Frage formulieren konnte, öffnete sich die Tür und Rechtsanwältin Antonia Engelhardt trat ein. Oder besser gesagt trat auf. Mit wehendem blonden Haar und einem langen schwarzen Wintermantel. Fehlte nur noch, dass sie in ihrer Robe hereingeschneit wäre.

Clara stöhnte innerlich, sie hatte schon mit ihr zu tun gehabt und diese wenigen Male waren nicht gerade von einer respektvollen Zusammenarbeit geprägt gewesen. Außerdem war Engelhardt verdammt gut in dem, was sie tat und das erschwerte Clara und ihrem Team die Arbeit.

»Frau Liebig, Sie wollen es doch nicht zur üblen Angewohnheit werden lassen, Vernehmungen ohne mich anzufangen?« Sie hatte ihr Anwaltslächeln aufgesetzt und wirkte souverän wie immer, auch wenn sie noch ein bisschen außer Atem war.

»Anwältin Engelhardt, na da schau her.«

»Meine Mandanten geben Ihnen gern umfangreich und lückenlos Einblick in ihre Geschäftsunterlagen. Sie kooperieren in vollem Umfang. Die Sömmler GmbH hat sich nichts zu Schulden kommen lassen. Ich habe hier alle Berichte über die sorgfältigen Kontrollen und Nachweise des letzten halben Jahres.«

Der Prokurist wandte sich an Clara. »Bitte entschuldigen Sie, aber konfrontiert mit derartigen Vorwürfen, schien es Frau Gottwald und mir unvernünftig, Ihnen ohne Anwalt gegenüberzutreten. Wir müssen das Wohl der Firma immer im Auge behalten.«

Erneut setzte Clara an, um mit der Befragung zu beginnen, als die Tür nach einem kurzen Klopfen geöffnet wurde. Mit einem Kopfnicken kam Polizeimeisterin Gabler herein, ging geradewegs auf Clara zu und überreichte ihr einen Zettel. Clara überflog die Nachricht.

»Es tut mir leid.« Clara meinte es ehrlich. »Aber das Gesundheitsamt hat entschieden, Ihren Betrieb vorübergehend stillzulegen.« Sie sah die Enttäuschung in Fürsts Augen und

Gottwald blaffte wütend los: »Aber was soll das? Wir haben nichts verbrochen.«

»Isa, bitte beruhige dich. Die Polizei muss das tun. Diese Sache muss aufgeklärt werden, wir wollen doch nicht, dass jemand wegen uns zu Schaden kommt.« Er tätschelte ihre Schulter und warf Clara einen entschuldigenden Blick zu.

»Was meinen Sie denn bei meinen Mandanten gefunden zu haben, was eine sofortige Stilllegung rechtfertigt oder ist das hier nur Polizeischikane?«

»Frau Engelhardt, wir tun, was die Polizei verlangt. Wir legen den Betrieb still. Es muss völlig sichergestellt sein, dass unsere Produkte in Ordnung sind. Das hat für uns oberste Priorität.« Jonathan Fürst sah zu Clara hinüber. »Ich bin sicher, das ist ein Missverständnis.«

Auch die Geschäftsführerin hatte zu ihrer Contenance zurückgefunden und gab sich geschlagen. »Gut, gut. Wir kooperieren in vollem Umfang, tun Sie, was immer nötig ist. Aber tun Sie es schnell!«

Antonia Engelhardt stellte ihren Aktenkoffer ab. »Sie haben uns noch nicht aufgeklärt, aus welchem Grund die Produktion stillgelegt werden soll.«

»Wir haben etwas gefunden, das offensichtlich darauf hinweist, dass alte Ware umetikettiert wurde und das in größerem Stil.«

»Das ist unmöglich. Was meinen Sie mit offensichtlich?« Isa Gottwald war noch weißer geworden als ihre glänzend weiße Schreibtischplatte. Jonathan Fürst ließ seine Hand nun fest auf der Schulter seiner Geschäftsführerin ruhen und das hatte eine beruhigende Wirkung auf sie.

Antonia Engelhardt schaltete sich ein. »Frau Gottwald, lassen Sie mich das erledigen.« Und an Clara gewandt sagte sie: »Was meinen Sie mit offensichtlich?«

»Genau das, was ich gesagt habe. Es existiert ein Kellerraum im Zwischengeschoß, der nicht auf den Plänen, die Ihre Mandanten uns überlassen haben, verzeichnet ist. Dort stehen Etikettier- und Verpackungsmaschinen. Wir haben auch alte Fleischverpackungen gefunden.« Clara sah Polizeimeisterin Gabler an.

Die trat einen Schritt vor. »Wir gehen davon aus, dass abgelaufenes Fleisch in neue Verpackungen umgepackt und mit gefälschten Etiketten und neuem Verbrauchsdatum versehen, von hier aus auf den Weg gebracht wurde.«

»Meine Mandanten haben dazu im Moment nichts weiter zusagen. Ich möchte mit Frau Gottwald und Herrn Fürst alleine sprechen.«

20

Beim Verlassen der Fleischfabrik sah Clara aus dem Augenwinkel die letzte Person, der sie jetzt begegnen wollte. Die aufdringliche Journalistin Helga Gerstner. Auch mit ihr war Clara in verschiedenen Fällen schon aneinandergeraten. Und das war ausnahmsweise nicht ausschließlich Claras Schuld, auch wenn Diplomatie nicht zu ihren Stärken zählte. Gerstner war eine penetrante Zeitgenossin. Mit der Wahrheit und mit dem Pressekodex nahm sie es nicht so genau.

Clara duckte sich weg, um unbemerkt zum Auto zu kommen. Doch bei ihrer Größe war das ein frommer Wunsch. Und schon hatte die kleine Journalistin, die ihr nur bis zur Schulter reichte, sie erspäht und hielt auf sie zu. Kurz vorm rettenden Auto erwischte sie Clara.

»Hallo, Frau Liebig! Hier scheint ja mächtig was im Argen zu liegen. Haben Sie schon Erkenntnisse? Handelt es sich bei der Sömmler GmbH um den Verursacher des Fleischskandals? Haben die den armen Rentner auf dem Gewissen? Aber vermutlich wissen Sie mal wieder nichts, das gleiche Trauerspiel wie immer. Polizei fischt in trüber Fleischbrühe – wie wäre die Schlagzeile?«

»Kein Kommentar! Wenden Sie sich an unsere Pressestelle.« Clara hatte sich fest vorgenommen, nicht auf die Provokationen von Gerstner zu reagieren.

»Oder das hier: Polizei kocht im eigenen Fleischsud und merkt mal wieder nicht, was vor sich geht.«

»Gehen Sie mir aus dem Weg. Sie schmieren doch eh in ihr Märchenblatt, was sie wollen.« Im gleichen Augenblick ärgerte sie sich darüber. Wieder hatte sie es nicht geschafft, sich zurückzuhalten.

Freudig sprang Gustl an ihr hoch, als sie ins Revier zurückkehrte. Sie tätschelte unbeholfen seinen Kopf. Eng bei Fuß trabte er mit in ihr Büro. Morgen würde sie ihn ganz sicher ins Tierheim bringen. Er wäre dort auch viel besser aufgehoben, als hier immer von Büro zu Büro geschoben zu werden.

Doktor-heißt-es-Brahl hatte endlich Anna Schneiders Obduktionsbericht geschickt. Die Todesursache war angegeben mit Sauerstoffmangel durch Kompression der Halsgefäße und des Kehlkopfs. Die typischen Petechien, die Einblutungen in den Augen, waren deutlich ausgeprägt. Anna Schneider war erwürgt worden, so wie Demirci es schon vermutet hatte. Die Fotos der Würgemale zeichneten ein erschütterndes Bild. Die Abdrücke waren klar umrissen. Der Täter hatte nicht losgelassen. Es konnte bis zu fünfzehn Minuten dauern, einen Menschen mit bloßen Händen zu erwürgen, dabei entstanden normalerweise unregelmäßig angeordnete Druckstellen, Schürfungen und Hautblutungen. Denn es brauchte viel Kraft dafür. Und in aller Regel wurde der Hals beim Erwürgen immer mal wieder losgelassen, um neu zu greifen. Häufig sagten solche Täter hinterher aus, dass sie überrascht gewesen seien, wie lange es gedauert hatte. Doch der Mörder von Anna Schneider hatte kaltblütig und empathielos zugedrückt, während er ihr fünfzehn Minuten lang in die Augen gesehen hatte. Clara schauderte.

Brahl hatte den Fall als Tötungsdelikt eingestuft, was nicht anders zu erwarten gewesen war. Genau wie die Tatsache, dass sich keine Kohlenmonoxid-Einatmung in Luftröhre und Lunge befanden und es keine Rußflocken an Mund und Nasenöffnung gab.

Die Situation am Auffindeort und der Gefrierbrand hatten eine eindeutige Sprache gesprochen. Anna Schneider war tot gewesen, bevor das Auto in Brand gesetzt wurde. Doch mit dem, was sie dann las, hatte Clara nicht gerechnet. Es war das Wort *Chlorbleiche,* über das sie gestolpert war. Dieses Detail kam unerwartet.

Der Körper der Toten musste damit übergossen, ja regelrecht damit geduscht worden sein. Die Substanz war in die Körperöffnungen vorgedrungen. In der Nase und sogar im Inneren des Ohrs hatte Brahl Chlorbleiche nachweisen können. Da hatte jemand ganz bewusst DNA-Spuren vernichtet. Clara glaubte immer weniger, dass Felix, der Noargal-Saufer, den Mord an Anna Scheider begangen haben konnte. Zu strukturiert und zu geplant war der Täter vorgegangen. Hambacher passte ihrer Ansicht nach eher in das Täterprofil. Durch die Tiefkühlung war es unmöglich, den exakten Todeszeitpunkt zu bestimmen. Ausgehend vom Allgemeinzustand der Leiche und dem Ausmaß des Gefrierbrands schloss Brahl darauf, dass sie zwischen vier und sieben Tagen in der Kühlung gelegen haben musste.

Außerdem hatte sie kurz vor ihrem Tod Sex gehabt. Der Vaginal-Abstrich hatte Spuren von Maisstärkepuder aufgewiesen, wie er bei der Produktion von Kondomen verwendet wird. Brahls Vermutung nach hatte es sich um einvernehmlichen Verkehr gehandelt. Es gab keine typischen Wunden oder Abwehrverletzungen an der Leiche. Vermutlich hatte sie mit ihrem ominösen neuen Freund geschlafen. Eine Beziehungstat kam hier durchaus infrage. Das würde die fehlenden Abwehrverletzungen erklären. Doch ihn zu ermitteln, gestaltete sich schwierig, Anna Schneider hatte kein persönliches Umfeld, mit dem sie private Dinge ausgetauscht hatte. Niemand wusste wirklich etwas über sie.

Thorwald und Iris kamen gemeinsam herein. Iris hatte gute Nachrichten dabei, was die Überprüfung der Mitarbeiter in den Fleischbetrieben betraf. »Es gab einen Treffer. Die Recherche im Strafregister hat ergeben, dass Peter Rottenbach von der Sömmler GmbH eine Vorstrafe hat.«

Sie hielt Clara und Thorwald das Tablet hin, auf dem das Polizeifoto von Rottenbach zu sehen war. »Wegen Unterschlagung. Vor sieben Jahren ist er zu einer zweijährigen Bewährungsstrafe verurteilt worden.«

Thorwald sah sich das Bild an und nickte. »Das ist der Leiter der Tagschicht.«

»Rottenbach war scheinbar mal really big im Finanzbereich tätig und jetzt kümmert er sich um die angemessene Kühlung von Schweinehälften bei der Sömmler GmbH. Dürfte ein ganz schöner Abstieg für ihn gewesen sein. Finanziell und gesellschaftlich.«

»Okay! Dann nehmen wir uns den Rottenbach gleich morgen als Erstes vor.« Clara gähnte. »Machen wir Schluss für heute. Und kannst du dich morgen um einen Beschluss für seine Finanzen kümmern? Ich will wissen, ob er mehr Geld hat, als er bei Sömmler verdient.«

21

Schon von Weitem sahen sie das flackernde Blaulicht, das sich in der Glasfront der Sömmler GmbH spiegelte. Sie trafen fast gleichzeitig mit dem Streifenwagen vor der Fleischfabrik ein. Bevor Clara sich einen Überblick verschaffen konnte, bog von der anderen Seite ein Rettungswagen in die Straße ein. Er hielt hinter dem Polizeifahrzeug. Sie parkten auf der anderen Straßenseite, stiegen aus und versuchten, zu ergründen, was hier los war.

Polizeimeisterin Gabler lief auf dem Gehsteig, sie hielt ihre blaue Polizeimütze auf dem Kopf fest und floh vor dem schneidenden Wind in Richtung Eingang.

»Hey, Kollegin, was ist da los?«, rief Clara ihr hinterher.

»Wir sind auch gerade erst eingetroffen. Selbstmordversuch hat es geheißen.«

Die beiden Sanitäter sprangen aus ihrem Wagen und liefen auf Gabler zu. »Wo geht's lang?«

Sie deutete auf Fürst, der in der Eingangshalle stand und sie heranwinkte. Die Sanitäter rannten hinter Fürst den Gang entlang. Die kleine Gruppe bestehend aus Clara, Thorwald, Gabler und ihrem Kollegen Stiller trabte durch die weiß getünchten Gänge im Erdgeschoss hinterher in Richtung Produktion.

Es herrschte eine Atmosphäre wie in einem verlassenen alten Krankenhaus, mit den hohen grifflosen Fenstern und den Geräuschen der schweren Schuhtritte, die von allen Seiten widerhallten. Nur der Geruch nach Leberkas passte nicht so recht zu dem gruseligen Szenario. Im nächsten Gang sahen sie nur noch Fürst vor einer offenen Tür stehen.

Als Clara und Thorwald ihn erreicht hatten, kamen die Sanitäter ihnen wieder entgegen. Der Ältere von beiden schüttelte den Kopf. »Nichts mehr zu tun für uns. Da hat die Leichenstarre schon eingesetzt«, sagte er bedauernd und klopfte seinem jungen Kollegen aufmunternd auf die Schulter. »Wir ziehen wieder ab. Der Patient gehört euch.«

Clara ging ein paar Schritte in den Raum hinein. Doch was sie sah, ließ selbst die erfahrene Kommissarin zögern.

Ein riesiger Bottich aus Stahl stand mitten im Raum. Aus seinem Inneren ragten zwei menschliche Beine heraus. Weiße Jeans mit hellen Turnschuhen.

»Es ist Herr Rottenbach.« Fürst war dicht hinter ihr geblieben. Und auch die Übrigen der kleinen Gruppe rückten zu ihnen auf. Peter Rottenbach, Leiter der Tagschicht, steckte mit dem Kopf voran bis zur Hüfte in einem riesigen Fleischkutter. Der Bottich reichte Clara bis zum Bauchnabel. Eine riesenhafte, silberblitzende Rührschüssel, die bis zum Rand mit Leberkasmasse gefüllt war. Die seitlichen Rührmesser steckten teilweise in Rottenbachs Körper und ragten zum anderen Teil spitz aus der Fleischmasse heraus. Feine rote Linien durchzogen den beigefarbenen Brei.

Clara rückte ganz nah an die Schüssel heran, ohne sie zu berühren. »Todgemixt!«

Thorwald, der ebenfalls in die Schüssel spähte, drückte sich umgehend sein mit Menthol getränktes Taschentuch, das er für solche Fälle immer bei sich trug, auf Mund und Nase. »Ich rufe mal besser die Spurensicherung und die Rechtsmedizin«, näselte er. Clara nickte und erleichtert eilte er hinaus.

Sie sah sich um. Der Raum war mit weißen Kacheln und Fliesen ausgestattet. Außer dem überdimensionalen Mixer in der Mitte standen ein metallener Ablagetisch und ein silberfarbener Roboterwagen an der Seite. In den Fächern des Wagens stapelten sich kleine weiße Kanister. Auf dem Tisch lag ein halbes Blatt Papier mit schmierigen Leberkas-Spuren daran. Clara zog einen Handschuh über, nahm das Papier mit zwei Fingern und las.

Ich schäme mich! Ich wollte nie, dass jemandem etwas zustößt. Ich habe mich mit dem abgelaufenen Fleisch bereichert und nun trage ich die Schuld am Tod eines Menschen. Damit will ich nicht leben!

Fürst schaute über ihre Schulter auf den Brief. »Das ist grauenvoll. Was für eine furchtbare Art, sich umzubringen.«

»Sind Sie sicher, dass es Rottenbach ist, der da drin steckt? Das Papier hier ist nicht unterschrieben.«

»Das sind zumindest die gleichen Turnschuhe, die er gestern Abend trug.«

»Okay, bitte sorgen Sie dafür, dass Ihre Mitarbeiter nicht in die Nähe des Fundorts kommen, wir möchten so wenig wie möglich Verunreinigungen riskieren.«

»Natürlich, es ist sowieso nur die Verwaltung im Haus, die Produktion ist stillgelegt. Doch ich fürchte, ich habe schon etwas verunreinigt. Ich habe seinen Abschiedsbrief angefasst, ich war so geschockt und habe automatisch danach gegriffen.«

»Ja, danke, wir geben die Info weiter an die Spurensicherung.« Wie deppert, dachte Clara. »Und was machen Sie eigentlich hier?«

»Wir halten uns selbstverständlich an die Vorgaben des Gesundheitsamtes. Aber unsere Arbeit in der Verwaltung erledigen wir trotzdem weiter. Frau Gottwald und ich haben uns heute hier zur Krisensitzung zusammengesetzt. Gestern Abend hatten wir ein Meeting mit Herrn Rottenbach. Die Sache mit dem toten Mann hat ihn sehr mitgenommen. Jetzt ist klar, warum. In dem Brief gibt er seine Schuld zu.«

»Und was hat Rottenbach heute hier gemacht?«

»Er hatte gar nichts zu tun hier. Er muss nur gekommen sein, um sich das Leben zu nehmen. Und auf was für eine fürchterliche Weise.« Langsam schüttelte Fürst den Kopf, sein Gesicht war blass und er sah müde aus.

»Sie haben ihn gemeinsam mit Frau Gottwald gefunden?«

»Beim Betreten der Fabrik haben wir den Leberkas gerochen und die Geräusche aus dem Produktionsteil gehört. Wir sind ihnen gefolgt, weil wir uns gewundert haben. Da ragte er aus dem Kutter. Die Maschine war an, die Messer steckten tief in seinem Leib und hatten sich in ihm verhakt. Seine Beine wurden hin und her gerüttelt. Ein grausamer Anblick. Es war ein Schock für Frau Gottwald, für uns beide.«

»Wo ist Ihre Geschäftsführerin jetzt?«

»Sie wird oben in ihrem Büro medizinisch betreut. Isa hat durch den Schock einen Zusammenbruch erlitten. Ich habe ihre Hausärztin verständigt.«

»Sie haben die Maschine ausgeschaltet?«

»Ich habe sofort den Notstop ausgelöst, um die Messer im Kutter zum Stillstand zu bringen. Dann habe ich den Abschiedsbrief gesehen und ohne zu überlegen danach gegriffen. Isa ist zusammengebrochen und ich habe sie ins Büro gebracht. Dann habe ich Notarzt und Polizei angerufen.«

»Okay, vielen Dank. Und jetzt darf ich Sie bitten, den Raum ebenfalls zu verlassen.« Sie begleitete ihn hinaus vor die Tür.

Zwei Kollegen von der Spurensicherung, die Clara nicht kannte, und Demircis Assistent, der junge Rechtsmediziner Robert Funkenstein, trafen gleichzeitig ein. Funkenstein war schon in seinen Ganzkörperanzug geschlüpft und folgte Clara in den mit Polizeiband abgesperrten Produktionsraum.

»Schön, dass wir einen Innentatort haben bei dem Scheißwetter«, begrüßte er sie. Und als er die Leiche sah, pfiff er durch die Zähne. »Ja, sag einmal! Was ist denn das?«

Sie warteten, bis die Kollegen von der Spurensicherung ihre Fotos und Videos von der Auffindesituation geschossen hatten.

Dann machte Funkenstein sich an die Arbeit. Er mühte sich ab, einen 3-D Scan von dem Toten anzufertigen. Die Anwendung der neuen Methode erwies sich jedoch als schwierig, weil der Scan durch den Bottich gestört wurde. Funkenstein ließ sich nicht so leicht entmutigen und probierte es einige Male.

Bislang hatte Clara mit dem jungen Rechtsmediziner keine gemeinsame Fallbearbeitung gehabt. Und obwohl sie froh war, dass nicht Doktor-heißt-es-Brahl selbst hier aufgeschlagen war, sehnte sie sich danach, dass Demirci wieder fit und im Dienst war.

»Das nenne ich mal einen verrückten Abtritt, oder was?« Funkenstein grinste sie an. Er stand am Bottich und zog seine Handschuhe schnappend über. »Ist total skurril, oder was? Ich plane ein Buch über meine Erfahrungen in der Rechtsmedizin zu schreiben, aber erst wenn ich eine Abteilung leite. Verkauft sich dann besser. Funkensteins furchtbare Fälle. Eine coole Alliteration, oder was?« Er giggelte vor sich hin und öffnete seinen mehrstöckigen schwarzen Rollkoffer.

Clara dachte, dass die Alliteration weniger cool als furchtbar war.

»Wir müssen ihn da jetzt rausholen, sonst kann ich seine Körpertemperatur nicht messen. Packen Sie mal mit an.«

Thorwald schaute ihm mit weit aufgerissenen Augen entgegen. Er murmelte etwas von einer Leberkas-Allergie und von einem Anruf, den er jetzt sofort und dringend machen müsse, während er sich im Rückwärtsgang wieder davon machte. Funkenstein hatte die Messer seitlich zurück geschoben, um den Toten befreien zu können. Clara und einer der Kollegen von der Spurensicherung banden sich Plastikschürzen um und halfen Funkenstein dabei, die Leiche aus dem Bottich zu ziehen. Es war Peter Rottenbach. Sie legten ihn auf den am Boden ausgelegten, geöffneten Leichensack. Funkenstein nahm die Temperatur. Er setzte dazu einige Sensoren auf Stirn, Brust, Bauch und Oberschenkel des Opfers an. Das Ganze war eine äußerst schmierige Angelegenheit. »Welche Temperatur hat der Leberkas da im Bottich?«, rief er nach draußen, wo Fürst wartete.

»Die Masse muss immer auf zwölf Grad gehalten werden«, schallte es von draußen zurück.

Funkenstein gab die Temperatur des Leberkas und einige zusätzliche Parameter in sein Messgerät ein. Dann startete er die Berechnung. Nur zwei Minuten später drang ein schriller Piepton durch den Raum. »Der Gute ist ziemlich genau um drei Uhr heute Nacht abgetreten.« Zufrieden packte Funkenstein sein Messgerät wieder ein. »Ein wahrlich perfekter Fall für mein Buch, schade, dass es so unverkennbar ein Selbstmord ist. Morde kommen in Büchern viel besser an. Aber ich könnte das Kapitel *Der Leberkas-Suizid* nennen«, sinnierte er weiter und deckte die Seiten des Leichensacks über Rottenbach. Dann holte er sein Tablet heraus.

»Ich kann nicht glauben, dass jemand, der sich umbringen will, keine humanere Methode findet, als sich in einen Riesenmixer mit Leberkas zu stürzen.« Clara hatte die Plastikschürze ausgezogen, zusammengerollt und sah sich nach einer Möglichkeit um, Schürze und Handschuhe zu entsorgen.

Funkenstein deutete auf einen blauen Müllsack, der neben seinem Koffer am Boden lag. »Ja, das ist ein wirklich verrückter Suizid.«

»Ich würde es noch nicht eindeutig als Selbstmord abhaken. Es ist komplizierter, als es aussieht.«

»Unsere verehrte Frau Liebig, immer auf der Suche nach Unstimmigkeiten und verdeckten Morden! Wer einen Suizid durchführen möchte, hält sich nicht lange mit dem Vergleichen von Methoden auf. Das können Sie mir glauben. Das sind Verzweiflungstaten in Ausnahmesituationen, da wird genutzt, was vorhanden ist. Und wenn es eine Schüssel mit Leberkas ist, dann eben die.«

»Okay, aber wissen Sie, was ich denke?«

»Das ist das Problem. Sie denken viel zu viel, hören Sie lieber zu: Wenn es aussieht wie ein Suizid, wirkt wie Suizid und ein Abschiedsbrief vorhanden ist, ist es in den allermeisten Fällen auch ein Suizid. Zwei mal zwei ist ja schließlich auch vier, oder was?« Er grinste Clara an. »Aber Sie bekommen garantiert so schnell wie möglich den Bericht der rechtsmedizinischen Obduktion. Bei der klaren Sachlage wird eine virtuelle Autopsie sicher ausreichen, dann brauchen wir ihn nicht einmal aufzuschneiden. Geht schneller dann. Sobald Frau Doktor Brahl Zeit dafür hat, sich um einen Selbstmord zu kümmern. Versteht sich ja von selbst.«

»Wir führen in dieser Firma Ermittlungen durch und Rottenbach war ein Verdächtiger.«

»Das macht es doch nur noch wahrscheinlicher, dass er sich umgebracht hat, oder was? Er hat kapiert, dass Sie ihm auf der Spur sind und dann – Abflug, kopfüber in den Mixer.«

»Ich brauche die Ergebnisse der Virtopsy so schnell wie möglich.« Clara war genervt von seinem oberlehrerhaften Tonfall.

»Wie gesagt, da werden Sie sich mit Frau Doktor Brahl abstimmen müssen. Aber hier haben wir es eindeutig mit einem Suizid zu tun, vertrauen Sie mir, ich bin vom Fach. Auch wenn Sie gern einen Mord hineininterpretieren möchten, lassen Sie sich gesagt sein, in den allermeisten Fällen ist es genau das, wonach es aussieht.«

»In den meisten Fällen bedeutet nicht in allen Fällen. Und glauben Sie mir, es gibt mehr unentdeckte Morde, als unentdeckte Selbstmorde«, antwortete Clara und verließ den Raum.

Der Fleischskandal hatte mit Rottenbach bisher schon zwei Leben gekostet und Clara hoffte, dass es nicht noch mehr Tote geben würde. Den Rest des Tages verbrachten sie damit, im Umfeld von Rottenbach zu recherchieren.

Der Check seiner Konten ergab, dass er Zahlungseingänge in beträchtlichem Umfang zu verzeichnen hatte. Das überstieg sein Monatsgehalt bei der Sömmler GmbH bei Weitem.

Dennoch war es eine Sackgasse. Die hohen Beträge waren allesamt Überweisungen von einer Briefkastenfirma auf den Cayman Islands in der Karibik. Unmöglich herauszufinden, wer sich dahinter verbarg. Mit seiner Telefonliste verhielt es sich ähnlich undurchsichtig. Es gab eine Nummer, die häufig auftauchte. Der Name war abgekürzt mit SB. Leider gehörte die Nummer zu einem Wegwerfhandy, das inzwischen deaktiviert worden war.

Clara war fast sicher, dass SB der Kontakt sein musste, über den Rottenbach das alte Fleisch an den Mann oder besser gesagt in die Imbissstuben gebracht hatte. Doch auch hier war sie auf einem toten Gleis, ohne Anhaltspunkt war es unmöglich herauszufinden, wofür diese Abkürzung stand.

Clara spürte diesen Druck im Bauch. Sie war überzeugt, mit Rottenbachs Selbstmord stimmte etwas nicht. Doch der Abschiedsbrief bot Reitmayer Grund genug, die Schließung der Akte zu beantragen. Dass auf dem Brief die Unterschrift fehlte, war eine Sache, aber dass Rottenbach eine so wichtige Nachricht nur auf einer halben Seite schmutzigen Papiers hinterlassen haben sollte, passte nicht ins Bild. Ein Mensch, der tief bereute, völlig zerstört war und der Welt eine Entschuldigung hinterlassen wollte. Würde der das wirklich auf ein schmutziges Stück Papier schreiben, noch dazu ohne Unterschrift?

Doch Reitmayer hatte es eilig, die Akte zu schließen und folgte der Argumentation von Funkenstein. Der hatte nochmals versichert, dass ein solch seelischer Aufruhr dazu führen konnte, dass Menschen unlogisch agierten. Immerhin hatte Clara erreichen können, dass die endgültige Schließung der Akte aufgeschoben wurde, bis das Ergebnis der Virtopsy vorlag.

Ein Puzzleteil von Rottenbach tauchte vor ihr auf, stürzte sich in den Fleischkutter und versank langsam in zwölf Grad kühler Leberkasmasse. Konnte ein Mensch wirklich so verzweifelt sein, dass er sich auf diese bestialische Weise das Leben nahm oder steckte doch mehr dahinter?

22

Die Sicherheitsvideos vom Obdachlosenheim waren eingetroffen und Thorwald war noch nicht zurück im Büro. Clara schnappte sich ihren Kaffeebecher und setzte sich in den Videoraum. Gustl kämpfte neben ihren Füßen mit seinem rosafarbenen Schwein. Sie sah auf die Uhr. Wieder hatte sie es nicht geschafft, ihn vor zwölf Uhr ins Tierheim zu bringen. Doch diesmal ärgerte sie sich gar nicht darüber. Sie würde es eben morgen tun.

Die Aufnahmen der Videoüberwachung zeigten den Eingangsbereich und durch die Glastür konnte man einen kleinen Teil des Gehsteigs draußen erkennen. Das ewige Glotzen auf die immer gleiche Einstellung war einschläfernd und Clara hatte Mühe konzentriert zu bleiben. Mit großen Schlucken Kaffee kämpfte sie gegen die Müdigkeit an.

Frauen gingen hinein und hinaus, alle hatten dicke Mäntel an, meist Mützen auf und waren für Clara schwierig zu unterscheiden. Ab und zu blieben Passanten für einen Moment auf dem Gehsteig vor der Glastür stehen und unterhielten sich, andere eilten nur vorbei.

Doch Clara fokussierte sich auf das Foyer. Mehrmals stelzte die Hambacher durchs Bild und dann sah sie Anna Schneider hineingehen. Das passte zu dem Datum, an dem sie den Streit mit der Heimleiterin gehabt hatte und deckte sich mit deren Aussage.

Clara merkte, wie die Aufnahmen vor ihren Augen verschwammen. Sie stoppte das Video und wollte sich beim rollenden Hirsch einen anständigen Kaffee und etwas zu Essen holen. Da schneite Thorwald herein, im wahrsten Sinne des Wortes.

»Hey, was machst du im Videoraum?« Er schüttelte wieder einmal den Schnee von seiner Mütze direkt neben ihr aus.

»Die Videos vom Frauenobdach sind da. Bisher habe ich rein gar nichts entdeckt, was uns weiterbringt.«

»Das ist ja interessant«, sagte Thorwald mit einem Blick auf den Bildschirm. »Was macht Jonathan Fürst denn dort?«

»Was?«

»Da steht er draußen vor der Tür auf dem Gehweg und schaut hinein.«

Clara betrachtete das Standbild eingehend. Da war ein Mann draußen auf dem Gehsteig vor der Tür. Er hatte eine stylische schwarze Zipfelmütze auf, trug eine dunkle Jacke und hatte eine bei dem trüben Winterwetter albern wirkende Sonnenbrille auf. Er stand am äußersten rechten Bildrand und sah in Richtung des Heims. Nur die Hälfte seines Körpers war auf der Aufnahme zu sehen.

Sie ließ das Video vorlaufen. Aber er stand nur da, sonst passierte nichts. Nach drei Minuten bewegte er sich aus dem Sichtfeld der Kamera heraus. Sie konnten nicht sehen, ob er weiter dort stehen geblieben oder in Richtung Leopoldstraße davon gegangen war. Auf den folgenden Bildern war der Mann nicht mehr zu sehen.

»Du meinst, das ist Jonathan Fürst, der Prokurist der Sömmler GmbH?«

»Meine ich nicht. Meinen hieße, dass es eine subjektive Annahme von mir wäre, die sich auf Vermutungen stützt. Ich sehe ja, dass er es ist.«

»Wie?«

»Das Phänomen des Super-Recognizing ist noch nicht abschließend erforscht, aber die Wissenschaft geht davon aus, dass die Fähigkeit angeboren ist, wenn Menschen Gesichter so gut erkennen können, wie ich es tue.«

»Nein, ich meine, woran machst du fest?«

»Mithilfe der Gesichtskonturen und der logischen Ergänzung der teilweise sichtbaren Schädelform und in seinem Fall im Besonderen an den markanten Wangenknochen.«

Sie schaute den Mann auf der Videosequenz genau an. Die Aufnahmen waren leicht krisselig. Sie vergrößerte das Standbild. War das Fürst? Und wenn ja, was hatte das zu bedeuten? »Bist du sicher?«

»So sicher wie die Anziehungskraft der Sonne die Erde in ihrer Umlaufbahn hält.«

Clara druckte das unscharfe Bild aus und rief auf ihrem Handy das Foto von Fürst aus dem Onlineartikel auf. »Ich schätze, es ist sinnvoller, wenn du die Videos weiter sichtest. Gib mir sofort Bescheid, falls du Ute, Anna Schneider oder Fürst noch einmal darauf siehst.«

Das war ein Job nach Thorwalds Geschmack. Er konnte solche Videos extrem schnell durchsehen. Durch seine erhöhte Aufmerksamkeit entging ihm trotzdem kein Detail. Er hängte seinen Mantel über den freien Stuhl, stellte die Ablaufgeschwindigkeit um das Doppelte hoch und versenkte sich in den Bildschirm.

Iris und Lisa standen um Clara herum und schauten sich die Fotos an, um herauszufinden, ob es sich bei dem sonnenbebrillten Mann um Fürst handeln konnte. Nach einer kurzen Betrachtungszeit kamen beide Frauen zu dem gleichen Schluss. Unmöglich zu sagen, ob das Fürst war.

»Wenn Thorwald sagt er ist es, dann ist er es.«

»So unscharf wie das Foto ist, könnte es auch Arielle die Meerjungfrau sein, mit Mütze und Jacke.« Iris und Lisa tauschen Blicke und kicherten.

»Thorwald hat sich bisher nie geirrt, wenn es darum ging, ein Gesicht zu erkennen«, beharrte Clara. Sie hatte die Erfahrung schon gemacht, dass er auch dann richtig lag, wenn eine Gesichtserkennung durch Computertechnik nicht möglich war.

»Dann ist das eben sein erster Fail. Einer muss ja mal der erste sein.«

Thorwald kam herein, die letzten Worte hatte er gehört und sah beleidigt in die Runde. »Das ist Fürst.«

»Oder die Eiskönigin mit Sonnenbrille«, flüsterte Iris in Lisas Richtung. Wieder kicherten die beiden.

Thorwald überging den hämischen Kommentar. »Es war nichts weiter auf den Aufnahmen zu sehen. Anna Schneider kam wieder heraus und auch da deckt sich die zeitliche Abfolge mit der Aussage von Sybille Hambacher.«

»Ich habe die Baupläne vom Grundbuchamt bekommen. Es gibt sonst keine Abweichung«, wechselte Lisa das Thema. »Der geheime Raum im Zwischengeschoss, in dem die Etikettiermaschine stand, ist hier als Gerätekammer verzeichnet.«

Clara holte die zehn Buchstaben des Scrabble Spiels aus ihrem Rucksack und schob sie auf den Tisch.

»Hast du uns was zum Spielen mitgebracht?«, fragte Iris neugierig, während Thorwald schon begonnen hatte, die Plättchen in eine sinnvolle Reihenfolge zu legen. In wenigen Sekunden hatte er *Santa Claus* gelegt. »Das sind neunzehn Punkte für mich.« Er lächelte erfolgssicher.

Clara mischte die Buchstaben wieder und schob sie zu Lans Tausac zusammen. »Und ein Volltreffer für mich.«

»Ahhh, ich wusste doch, dass der nur illegal in Deutschland ist.« Iris lachte. »Und Humor hat er auch. Aber da werden wir wenig Chance haben, ihn aufzuspüren. Jetzt heißt er sicher schon wieder anders.«

Als Clara mit Thorwald allein war, kam sie auf Fürst zurück. »Was wollte Fürst vor dem Frauenobdach und das genau zu dem Zeitpunkt, zu dem Anna Schneider sich dort aufgehalten hat. Das ist doch kein Zufall. Wir sollten ihn dazu befragen.«

»Du glaubst mir, dass es Fürst ist?«

»Ja.«

»Iris und Lisa glauben, ich liege falsch. Warum glaubst du mir?«

»Das ist so ein Teampartnerding. Hat mit Vertrauen zu tun. Du sagst, du bist sicher, dann glaube ich dir.«

»Immer?«

»Bis das Gegenteil bewiesen ist.« Clara grinste und Thorwald nickte bedächtig.

»Also dann, Partner, auf geht's, klopfen wir den Fürst mal ab und schauen, was er da zu suchen hatte.«

23

Diesmal empfing Jonathan Fürst sie in seinem eigenen Büro. An Kälte und klinischer Sauberkeit stand es dem Büro von Isa Gottwald in nichts nach. Es war ein bisschen kleiner, vermutlich um der hierarchischen Ordnung Genüge zu tun.

Ein goldgerahmtes Foto hing hinter seinem Stuhl an der Wand. Darauf waren eine Frau und ein Mann zu sehen und zwei Jungen, die beide eine Schultüte im Arm hielten. Die Jungs sahen sich zum Verwechseln ähnlich. Das Bild war das einzige Detail im Raum, das nicht hierher passte. Die Gesichter waren unbekümmert, die Schultüten bunt, das ganze Bild war zu fröhlich für diesen Raum.

»Kannten Sie Anna Schneider?«

»Nein, bedaure. Sollte ich?«

»Ute Pichler?«

»Sie verwirren mich. Hat das was mit Herrn Rottenbachs Selbstmord zu tun?«

»Ich frage, weil Sie sich Freitag vor einer Woche vor dem Frauenobdach in der Werneckstraße herumgedrückt haben.«

Er legte den Kopf schief und lächelte sein Ryan Reynolds Lächeln. »Clara – ich darf doch Clara sagen? –, ich kann Ihnen versichern, dass ich mich grundsätzlich nicht herumdrücke und ganz sicher nicht vor einem Frauenobdach.« Er lehnte sich in seinem Stuhl zurück und sah ihr offen ins Gesicht. Der Mann zeigte keinerlei Zeichen von Nervosität oder Unbehagen, er schien die Wahrheit zu sagen.

»Das Frauenobdach in der Werneckstraße sagen Sie? Es gehört zu den Empfängern großzügiger Spenden, die die Sömmler GmbH zu Weihnachten stets tätigt. Aber ich habe keinen persönlichen Bezug zu dem Heim.« Wieder schenkte er ihr ein kraftvolles Lächeln und Clara wehrte sich dagegen, in seinen braunen Augen zu versinken.

»Sie sind auf den Videos der Überwachungskamera«, sagte Thorwald nachdrücklich.

»Aber das ist nicht möglich, denn ich war nie dort.«

Clara legte das ausgedruckte Standbild der Videoaufnahme auf seinen Schreibtisch.

Fürst zog das Blatt zu sich heran und schüttelte den Kopf. »Das bin ich nicht. Solche Kleidung besitze ich gar nicht. Und was sollte ich dort tun?«

»Das will ich von Ihnen wissen«, fragte Clara, die ihre Stimme wiedergefunden hatte.

»Dieser Typ auf dem Bild hat unter Umständen eine gewisse Ähnlichkeit mit mir, was Statur und Größe angeht.« Noch einmal besah er sich den Ausdruck. »Ich hoffe, ich sehe für Sie nicht so ungepflegt aus wie der Mann auf dem Foto. Das würde mich beschämen.« Und wieder ließ er dieses unwiderstehliche Lächeln aufblitzen. »Es enttäuscht mich ein wenig, dass Sie denken, ich wäre dieser merkwürdige, düstere Typ hier. Wie kommen Sie nur darauf?«

Clara sah Thorwald an, der nickte nachdrücklich. »Wir haben unsere Methoden«, antwortete sie ausweichend.

»Dann haben Ihre Methoden in diesem Fall versagt.«

»Kennen Sie Sybille Hambacher?«

»Nur vom Telefon, sie leitet das Heim an der Werneckstraße, an das wir spenden. Wie im Übrigen auch an viele andere gemeinnützige Einrichtungen in München. Wir sind uns unserer sozialen Verantwortung bewusst und denken an die, denen es weniger gut geht.« Sein Satz hörte sich an wie auswendig gelernt. Aber das Lächeln in seinem Gesicht war so überzeugend, dass sie eine seltsame Verbundenheit mit ihm spürte. »Wo waren Sie gestern Nacht gegen drei Uhr, als Herr Rottenbach starb?«

»Da war ich mit Isa Gottwald zusammen.«

»Die ganze Nacht?«

»Ja, wir haben unseren Krisenplan aufgestellt und durchgesprochen und gemeinsam bei Frau Gottwald zu Abend gegessen. Auch Rottenbach war dabei. Er ist gegen elf Uhr gegangen. Isa und ich haben weiter gearbeitet.«

»Sind Sie nicht nach Hause gefahren?« Clara sah ihn erstaunt an.

»Wir haben eine Million Euro an Investitionskapital da drin. Und wir haben sieben nervöse Investoren, die alle auf eine andere Weise beruhigt und informiert werden müssen. So blieb uns nichts anderes übrig, als die ganze Nacht durchzuarbeiten. Bei der Ausgangslage war an einen ruhigen Schlaf sowieso nicht zu denken.«

»Wissen Sie, was mich wundert?«

Fürst sah sie erwartungsvoll an und er schien ehrlich interessiert.

»Sie sind die rechte Hand von Frau Gottwald, bei Ihnen laufen alle Fäden zusammen und Sie sind rund um die Uhr für die Sömmler GmbH im Einsatz. Und trotzdem haben Sie von Rottenbachs groß angelegten Betrügereien nichts mitbekommen?«

Er hatte weiterhin sein smartes Lächeln aufgesetzt, doch er antwortete nicht.

»Haben Sie Ihren Laden nicht im Griff?«, versuchte Clara ihn aus der Reserve zu locken.

Jetzt lachte er laut auf. »Ich mag Ihre Art zu denken!« Er machte eine kurze Pause, bevor er fortfuhr: »Aber ich war genauso überrascht wie alle anderen.«

Kaum aus der Tür schoss es aus Thorwald heraus. »Ich habe noch nie versagt. Der Mann lügt.«

»Die Frage ist: Warum?« Clara schlug ihre Kapuze hoch und stapfte durch den Schnee in Richtung Auto.

»Ich glaube, Jonathan Fürst hat seine Finger bis zu den Ellenbogen mit in dem Leberkas-Skandal.« Clara saß mit ihrem Team im Besprechungsraum. Sie hatte auch Wolfram Reitmayer dazu gebeten, und das nicht ohne Hintergedanken. Gustl hatte sie dafür extra der jungen Kollegin aufs Auge gedrückt, damit der Kommissariatsleiter in entspannter Stimmung bei ihnen sitzen konnte. »Ich bekomme den Griff noch nicht an die Tasse, aber Fürst hängt irgendwie da drin, da bin ich sicher. Und er hat bestritten, vor dem Frauenobdach gewesen zu sein, obwohl Thorwald ihn zweifelsfrei identifiziert hat.«

»Na ja, jeder hat doch so seine kleinen Geheimnisse. Vielleicht steckt gar nichts Großes dahinter« Reitmayer lächelte und setzte sich neben Lisa, nachdem er sich mit einem schnellen Blick unter den Tisch versichert hatte, dass der Hund nicht im Raum war.

Weder Lisa noch Iris waren davon überzeugt, dass Fürst der Mann auf dem Video war. Doch in Anwesenheit von Reitmayer behielten sie es für sich. Lisa sah zur anderen Seite aus dem Fenster, um den Blick von Reitmayer nicht auffangen zu müssen, und Iris saß mit Pokerface und verschränkten Armen da.

»Und ich halte es für schwer vorstellbar, dass Rottenbach diese Fleischsache allein durchgezogen hat«, fuhr Clara unbeirrbar fort. »Wie hätte er das logistisch stemmen sollen?«

»Er hatte ja außerhalb jemanden, der sich um die Verteilung an die Händler gekümmert hat. Den geheimnisvollen SB, den wir bei seinen Handykontakten gefunden haben«, brach Iris ihr Schweigen.

»Von der Geschäftsleitung muss jemand gewusst haben, was da lief. Fürst weiß doch sonst alles, was sich in dieser Fabrik abspielt. Er arbeitet Tag und Nacht für dieses Unternehmen. Und er hat uns angelogen, was seine Anwesenheit vor dem Heim anging. Ich finde, wir sollten ihn mal genauer anschauen. Sein Haus und seine Finanzen.«

Dann sah sie zu Reitmayer hinüber. »Aber dazu brauchen wir Ihre ausgezeichneten Kontakte zur Staatsanwaltschaft. Ich gebe zu, die Hinweise sind nicht zwingend und die Fingerabdrücke auf dem Abschiedsbrief hat er im Vorhinein bravourös erklärt. Aber ich spüre, da steckt mehr dahinter. Vielleicht hat er sogar bei Rottenbachs angeblichem Selbstmord die Finger im Spiel gehabt.«

»Na, na, jetzt übertreiben Sie mal nicht. Rottenbach hat sich selbst gerichtet. Schuldgefühle sind eine starke Motivation und der Rechtsmediziner Funkenstein hat es zweifelsfrei bestätigt. Auch der Abschiedsbrief stammt von der Hand des Toten. Wer schreibt denn seinen eigenen Abschiedsbrief, um sich dann ermorden zu lassen?«

»Okay, das Gesamtbild hat noch die eine oder andere Unschärfe. Aber ich bin sicher, wenn wir Fürst genauer unter die Lupe nehmen, bricht seine smarte Fassade zusammen. Wir brauchen nur einen Beschluss.«

»Die Anschuldigungen stehen nicht gerade auf einem breiten Fundament, andererseits hat Ihr Bauchgefühl uns schon oft auf den richtigen Weg gebracht.« Reitmayer nickte gedankenverloren. »Und Stadtrat Kämmerlein ist an einer lückenlosen Aufklärung des Fleischskandals interessiert. Wenn wir ihm einen Komplizen präsentieren können, wird das sicher zu unserem Vorteil sein. Gut, dann schauen Sie sich den Herrn Fürst und sein Haus mal genauer an.«

Zu deinem Vorteil, dachte Clara, doch da sie sich das Go für den Durchsuchungsbeschluss nicht vermasseln wollte, behielt sie ihren Kommentar für sich.

»Ich rufe Staatsanwältin Eckmann an. Sie ist mir äußerst gewogen.« Er lächelte versonnen. »Morgen früh haben sie den Beschluss.«

»Ein Durchsuchungsbeschluss? Clara, das hätten Sie doch nicht gebraucht. Sie dürfen sich jederzeit bei mir umsehen.« Fürst stand im Morgenmantel auf der Türschwelle seines

Hauses. Den Gürtel hatte er nur locker um seine Hüften geschlungen. Und Claras Blick fiel auf seine schwarzen Shorts, die muskulösen Oberschenkel und seine nackte, durchtrainierte Brustpartie. Trotz der Kälte machte er keine Anstalten, den Morgenmantel zu schließen.

»Danke, aber es soll alles seine Richtigkeit haben«, sagte Clara.

Fürst trat einen Schritt beiseite und ließ sie und Thorwald eintreten. Vor seinem Haus standen zwei Polizeibusse und hinter Clara und ihrem Team hatten sich einige uniformierte Polizisten in Zweiergruppen zusammengetan.

»Seine Richtigkeit«, wiederholte Fürst in einem leicht amüsierten Tonfall und lächelte Lisa an, die ebenfalls eintrat. Mit einer einladenden Handbewegung bat er auch Iris herein. »Spielt Ihre Chefin immer die harte Polizistin?«, fragte er und fügte lächelnd hinzu, »Die Mütze sieht wunderhübsch aus zu Ihren bezaubernden roten Locken.«

»Oh ja, meine Chefin ist immer so taff.« Sie sah auf Fürsts nackte Brust und dann in seine samtbraunen Augen. »Und tragen Sie immer so wenig am Morgen?« Iris kicherte.

Blitzartig drehte Clara sich zu ihr um »Wir sind nicht zum Kichern hier, sondern zum Suchen. Und Sie«, sagte sie drohend an Fürst gewandt, »halten sich zurück. Einflussnahme auf die durchsuchenden Beamten ist nicht gestattet.«

»Zu Befehl, Frau Kommissarin. Muss ich jetzt draußen im Schnee warten, bis Sie mich verhaften oder darf ich weiter Frühstücken in meiner Küche? Ich werde auch ganz brav sein. Versprochen.« Er lachte in einem tiefen, warmen Tonfall. »Und vielleicht möchten Sie auch einen Kaffee? Ihre Kollegen sind ja reichlich an der Zahl, sie werden eine Weile ohne Sie suchen können, oder nicht?«

»Ich bin im Dienst«, gab Clara betont abweisend zurück.

»Früh am Morgen bereite ich meinen Kaffee immer ohne Alkohol zu, noch ein Versprechen.« Er grinste jetzt breit, ging ein paar Schritte in die Küche hinein und tippte die hochmoderne Kaffeemaschine an, um eine zweite Tasse zu füllen.

»Okay!« Sie folgte ihm und lehnte sich in der Küche an die Anrichte.

Fürst reichte ihr die Tasse, dabei berührten sich ihre Fingerspitzen wie unabsichtlich, sein Blick war fest in ihren geheftet. »Setzen Sie sich doch zu mir. Bitte!«

»Leute, vergesst die Garage und das Auto nicht«, rief Clara in den Gang hinaus und ließ sich langsam ihm gegenüber auf den Stuhl sinken. Sie zog den Reißverschluss ihres Parkas nur bis zur Brust auf.

»Warum sind Sie eigentlich so versessen darauf, mir etwas anzuhängen?« Fürst tauchte sein Croissant in den Milchkaffee und biss genüsslich hinein.

»Ich bin nicht versessen. Ich bin gründlich.« Wieder blieben ihre Blicke für den Bruchteil einer Sekunde zu lange ineinander. Um sie herum wurden Schubladen aufgezogen, stampften schwere Einsatzstiefel und ab und zu rief jemand nach einem Kollegen.

»Warum waren Sie vor dem Frauenobdach?«

Jonathan Fürst schmunzelte und schob eine weiße Porzellandose auf dem Tisch in ihre Richtung. »Zucker? Oder mögen Sie es nicht süß?«

Clara schob die Porzellandose zurück in seine Richtung »Ich bin eher der herbe Typ.«

Süffisant lächelnd lehnte Fürst sich im Stuhl zurück. »Das dachte ich mir.« Der Gürtel seines Morgenmantels versagte vollends den Dienst und gab den Blick auf sein tadelloses Sixpack über den Boxershorts frei.

»Wollen Sie sich nicht etwas überziehen?« Clara stellte ihre Tasse vor sich auf dem Tisch ab.

»Wollen Sie, dass ich mir etwas überziehe?«

»Ich will wissen, warum sie vor dem Frauenobdach gewesen sind.« Clara bemühte sich, bei der Sache zu bleiben. Fürst hatte etwas Aufregendes an sich und er schien sich kein bisschen Gedanken über die Durchsuchung in seinem Haus zu machen. Hatte sie sich geirrt?

»Abgeschlossene Tür, Ebene null. Müsste der Keller sein«, schallte es aus dem Gang in die Küche.

Clara sprang auf und sah Fürst an »Schlüssel!«

Fürst nickte zum Magnetboard neben dem zweiflügligen Kühlschrank. Ein kleines mattsilbernes Board mit zwei identischen Schlüsselbünden und einigen Transpondern daran hing auf Claras Augenhöhe.

Sie probierte die Schlüssel. Gleich der zweite drehte sich butterweich im Schloss. Mit einem Ruck riss sie die Kellertür auf. Ein leicht modriger Geruch, gemischt mit synthetischem Blumenduft, schlug ihr von unten entgegen. Unbehagen erfasste sie, der Druck, der in ihrem Magen lag, begann nach oben zu steigen und sich bis zum Hals auszubreiten. Ihr Bauchgefühl war wach und geschärft, mit diesem Mann stimmte etwas nicht. Ihr Gefühl war real, ihr Argwohn berechtigt und unten im Keller würde sie die Wahrheit finden. Sie drückte auf den Lichtschalter, doch nichts passierte.

»Ich fürchte, das Licht ist kaputt.«

Clara schrak zusammen. Fürst war zu ihr aufgerückt und berührte sie am Arm, nur so leicht, dass es nicht unangenehm war. Er stand ganz nah hinter ihr, sie konnte seinen warmen, nach Kaffee duftenden Atem riechen.

»Ich muss es bei Gelegenheit mal austauschen.«

»Bleiben Sie zurück! Iris, begleite Herrn Fürst in die Küche«, sagte Clara und trat demonstrativ einen Schritt zur Seite, um Abstand zwischen sich und Fürst zu schaffen.

»Ist mir ein Vergnügen.« Iris wies in Richtung Küche und Fürst folgte ihr barfüßig.

Ein Kollege des Einsatzkommandos drückte Clara eine Taschenlampe in die Hand und hielt sich dicht hinter ihr. Sie beleuchtete die Kellertreppe. Steinerne graue Stufen führten hinab ins Dunkel. Schritt für Schritt tastete sie sich die schmale Treppe hinunter. Die Stufen waren sauber und glatt. Der blumige Duft verstärkte sich. Solche Gerüche eigneten sich ausgezeichnet zum Überdecken verdächtiger Ausdünstungen. Sie atmete flach und stand am unteren Treppenabsatz.

Der Raum war unerwartet groß, karg und überwiegend leer. Sie ließ den Lichtkegel von Ecke zu Ecke wandern. Ein dreitüriger Wandschrank, eine Waschmaschine, ein Wäschetrockner. Keine Gefriertruhe, kein Hinweis auf einen Kampf. Hastig riss sie die Schranktüren auf, eine nach der anderen. Die ihr nachgefolgten Polizisten blieben hinter ihr stehen.

Es roch nach Kornblumen, duftig, weich, aber der Unterton war synthetisch. In den Schränken lag ordentlich gefaltet edle weiße Tisch- und Bettwäsche, die den intensiven Geruch nach Weichspüler verbreitete. Sonst nichts. Es war nichts zu finden hier unten im Keller.

Und genauso verhielt es sich mit dem Rest des Hauses. Sie fanden nichts, was Jonathan Fürst mit dem Frauenobdach oder wenigstens mit den Machenschaften von Rottenbach in Verbindung brachte.

Nach nur einer Stunde erklärte der Einsatzleiter die Durchsuchung für abgeschlossen. »Ich habe selten ein Haus gesehen, das so ordentlich und übersichtlich ist wie dieses«, war sein abschließender Kommentar. Die Polizisten zogen allesamt ab. Nach wenigen Minuten zeugten nur noch die Spuren im Schnee davon, dass hier ein Polizeieinsatz stattgefunden hatte.

Iris lehnte am Türrahmen der Küche und warf ihrer Chefin einen fragenden Blick zu. Clara, die mit Thorwald als einzige noch im Gang stand, schwankte zwischen Enttäuschung und Verwirrung. Sie war so sicher gewesen, dass sie etwas Belastendes finden würden.

Das Adrenalin hatte sie vorangetrieben, doch jetzt, wo die Anspannung nachließ, spürte sie nur dumpfe Kopfschmerzen an ihren Schläfen aufsteigen. Hatte Thorwald sich getäuscht mit dem Video?

Fürst kam auf sie zu. »Darf ich jetzt wieder raus aus der Küche?« Er lächelte. »Über diese ganze Suchaktion ist ihr Kaffee kalt geworden. Wollen wir es noch einmal zusammen versuchen – mit einem heißen Kaffee?«

Clara blieb die Antwort schuldig. Sie musste nachdenken, grußlos marschierte sie an ihm vorbei nach draußen, eilig gefolgt von Thorwald, der Fürst ebenfalls keines Blickes würdigte. Iris zog bedauernd die Schultern hoch und winkte Jonathan Fürst zum Abschied. Doch mehr als ein mildes Lächeln schenkte er ihr nicht. Sein Blick folgte Clara.

24

»Ich begreife das nicht. Ich war so sicher, dass wir etwas finden. Wir müssen was übersehen haben. Eine Falltür im Keller oder einen versteckten Dachboden. Oder vielleicht haben sie in der Garage nicht richtig gesucht«, sagte Clara aufgebracht. Sie saß bei ihrem Team im Büro auf der Fensterbank und schüttelte ungläubig den Kopf.

»Wir haben sein Haus auf links gedreht. Glaubst du, das Einsatzteam besteht aus einem Haufen Deppen? Die wissen, wie Beweise aussehen, die mit einem Verbrechen in Verbindung stehen könnten«, sagte Lisa. »Das ist nicht die erste Durchsuchung, die sie vorgenommen haben. Lass uns lieber etwas Sinnvolles tun und die Handyprotokolle von Anna Schneider durchgehen.«

»Ich glaube, Fürst hat 'nen Crush auf dich.« Iris grinste. »So wie der dich angeschaut hat.« Sie setzte einen schmachtenden Blick auf und klimperte Clara an. »Und trotz der Durchsuchung und den ganzen Cops im Haus ist er really cool geblieben und hat echt nice mit mir geplaudert.«

»Ja«, stimmte Lisa zu. »Ich fand ihn auch sehr höflich. Er hat mir sogar alles Gute gewünscht mit dem Baby.«

»Der benimmt sich nicht normal. Ich bin sicher, er verbirgt etwas vor uns.« Doch so fest, wie vor der Durchsuchung, klang Claras Stimme nicht mehr.

»Genaugenommen hat Jonathan Fürst kaum was vor uns verborgen. What a body! Gib doch zu, dass er dir auch gefällt. Ich habe gesehen, wie du nach seinem Sixpack gelinst hast.«

»Mag sein, dass er gut aussieht, aber glaub mir, mit dem Mann stimmt etwas nicht.«

»Ich würde sagen, mit dem Mann stimmt alles. Wenn du dich nicht selbst davon überzeugen konntest da in der Küche, solltest du dir vielleicht eine Brille zulegen, my dear.« Iris stupste Clara freundschaftlich mit dem Ellenbogen an.

»Ein paar Bauchmuskeln bringen dich gleich so aus der Fassung?«, schaltete Thorwald sich in die Diskussion ein. »Ich bin Claras Meinung. Es stimmt etwas nicht mit Fürst. Es ist ausgesprochen ungewöhnlich, dass jemand so völlig unbeteiligt und gelassen bleibt. Eine Hausdurchsuchung ist emotional mit einer Extremsituation gleichzusetzen. Ein bisschen so, als hätte man einen Unfall erlitten. Stressbeladen. Aber er hat nicht die geringste Regung gezeigt. Die Durchsuchung hat ihn in keiner Hinsicht beunruhigt. Ich würde sogar behaupten, er hat Clara signalisiert, dass er ihr auf eine erotische Weise näherkommen möchte«, sagte Thorwald nachdenklich.

»Auf eine erotische Weise?« Iris lachte laut auf. »Thorwald, du drückst dich immer so clumsy aus, wenn es um Sex geht. Er hat heiß mit Clara geflirtet. So what?«

Doch Thorwald ließ sich nicht beirren. »Menschen reagieren normalerweise bei einer Durchsuchung gestresst. Er hingegen hat sogar für mich erkennbar den Versuch unternommen, sich Clara aufzudrängen.«

»Er ist halt 'ne coole Socke und bist du schon mal auf die Idee gekommen, dass er nur deshalb so ruhig geblieben ist, weil er nichts zu verbergen hat? Clara scheint ihm zu gefallen.« Iris schmunzelte immer noch über die umständliche Art, mit der Thorwald die einfachsten Dinge im Leben beschrieb.

»Es spielt gar keine Rolle, ob er etwas zu verbergen hat oder nicht, das ist kein adäquates Verhalten«, beharrte Thorwald.

»Eifersüchtig?« Iris warf ihm eine Kusshand zu.

»Wie bitte, was? Ich bin doch nicht eifersüchtig.« Thorwald presste die Lippen aufeinander und schwieg.

»Aber mein Bauchgefühl«, sagte Clara, die kein bisschen auf die Neckereien von Iris einging.

»Dein Bauchgefühl sagt dir vielleicht nur, dass du übermüdet und frustriert bist.« Lisa sah sie bekümmert an. »Du hast ein schlechtes Gewissen, weil du Anna Schneider nicht ernst genommen hast, und jetzt willst du den Fall so unbedingt lösen, dass du dich in etwas verrennst. Aber du hast nicht wissen können, dass sie ermordet wird. Nichts hat darauf hingewiesen, dass sie in Gefahr ist.«

Und damit hatte Lisa es auf den Punkt gebracht. Claras Gewissen setzte ihr zu. Doch das wollte sie hier vor den anderen nicht offen zugeben. Damit kam sie schon alleine klar. Sie schüttelte Frust und Verwirrtheit ab und machte sich an die Arbeit.

Die Handyprotokolle von Anna Schneider waren zunächst wenig ergiebig. Leider hatte sie keinen Messenger genutzt und in der SMS-Funktion ihres Handys fanden sich keine Nachrichten. Selbst Anrufe waren kaum verzeichnet, mal ein früher Call von ihrem Aushilfsjob in der Occamstraße, mal ein zweiminütiges Gespräch mit der Betreuungsstelle vom Sozialamt.

Doch in der letzten Woche vor ihrem Verschwinden hatte sich das geändert. Anrufe von einer bestimmten Nummer tauchten ein paar Mal auf und es wurde bis zu fünfzehn Minuten gesprochen. Doch die Nachverfolgung ergab nur, dass die Nummer zu einem nicht zurück verfolgbaren, ausländischen Handy gehörte. Clara war sicher, dass es sich dabei um das Telefon von Annas Freund handeln musste. Sie mussten diesen Mann unbedingt aufspüren. Er konnte Zeuge oder Täter sein.

Verdammt, sie hatten gar nichts in der Hand. Eine Handynummer ins Nirgendwo und eine blamable Durchsuchung bei Fürst, mehr hatten sie nicht erreicht. Wo war der Ansatzpunkt? Wo war die eine Bruchstelle, an der sie sich festhängen konnte? Clara stützte den Kopf auf die Hände und heftete ihren Blick auf den Bildschirm. Sie war so unendlich müde.

Der Einzige, der diesen Tag ausgiebig genoss, war Gustl. Der lag zufrieden unter Claras Tisch. Ab und zu schmiegte er seinen Kopf auf ihren Schuh und wenn er etwas rascheln hörte, sah er nach, ob sich ein Leckerli abstauben ließ oder jemand Zeit hatte, ihn ein bisschen hinter den Ohren zu kraulen.

Clara streckte sich und gähnte. »Ich geh auf einen Sprung zu Balthasar.« Gustl stand schon mit dem Stummelschwanz wedelnd an der Tür, als Clara ihre Jacke vom Garderobenhaken zog. Thorwald schloss sich den beiden an.

Seit Balthasar vor einigen Monaten die von Thorwald erdachte Teemischung als *Thorwälders Teacup* in sein Sortiment aufgenommen hatte, war Thorwald häufiger zu Gast beim rollenden Hirsch.

»Na, da sind ja meine Lieblingskommissare, und den Gustl habt ihr auch mitgebracht.« Balthasar kramte in der Schublade unter der Kasse und warf einen Hundekuchen über die Theke. Der plumpste in den Schnee und hinterließ ein kreisrundes Loch an der Stelle, an der er versunken war. Gustl sprang aufgeregt darauf zu und buddelte sich leidenschaftlich mit dem Leckerli in den Schnee.

»Du hast jetzt Hundefutter im Sortiment?«

»Freilich, wenn ihr mit einem Polizeihund daherkommt.« Er grinste zu Gustl hinunter, der immer noch angeregt im Schnee scharrte. »Ich habe gehört, es läuft nicht so gut? Nichts Neues über Annas Mörder?«

»Ich fürchte, wir waren nie weiter entfernt von der Aufklärung dieses Falls. Außerdem kann ich nicht glauben, dass unser Selbstmörder im Leberkas-Fall ein Alleintäter war. Aber weder hier noch da haben wir was Gescheites in der Hand.«

»Genieß erst mal deinen Bluebay-Starter. Du wirst der Sache schon noch auf die Spur kommen. Vertrau deinem Bauchgefühl. Das hat dich doch immer ans Ziel geführt.« Dienstleistungsorientiert richtete er sich an Thorwald: »Teacup für dich?«

Im Moment vertraute Clara leider kein bisschen auf ihr Bauchgefühl. Und auch ihre Puzzleteile wollten sich nicht blicken lassen. Dafür wanderte Jonathan Fürst in ihrem Kopf herum, und zwar nicht nur als Verdächtiger. Doch das wollte sie auf keinen Fall zugeben. Schon gar nicht, wenn Thorwald daneben stand. Sie zog den Kaffeebecher zu sich herüber.

»Das wird schon.« Balthasar drückte ihr die Tüte mit einem Stück Käsekuchen und einem schokoglasierten Donut in die Hand. »Du musst nur dranbleiben. Du bist doch sonst nicht so leicht von der Fährte abzubringen.« Er zog die Teetasse unter dem elektrischen Samowar hervor. »Sackradi, entschuldige Thorwald, ist nur Wasser in der Tasse.«

Balthasar goss das Wasser in die Spüle »So ein Mist, verreckter. Ich habe seit ein paar Tagen eine Aushilfe. Ein junger Bursche, der sollte sich eigentlich um den Teezubereiter kümmern. Aber er hat gestern wohl keine neuen Teeblätter vorbereitet. Echt sorry, Waldi!«

»Macht doch nichts, dann nehme ich ein Zitronenkracherl.«

»Ich sag's euch. Wenn man nicht alles selber macht, dann wird es nicht richtig erledigt.« Er reichte Thorwald die Zitronenlimonade und eine Butterbreze.

Clara nahm einen kräftigen Schluck Kaffee und fühlte sich gleich ein bisschen besser. Die Kaffeeauszeit bei Balthasar war immer wohltuend für sie. Auch wenn sie vermutete, dass es nicht nur an den Kaffeespezialitäten lag, sondern auch an Balthasars unkomplizierter Art, seinem stets offenen Ohr und den guten Tipps, die er parat hatte. »Wenn man nicht alles selber macht«, wiederholte Clara gedankenverloren. Beim Hinaufgehen fragte sie Thorwald beiläufig: »Hast du heute Nacht schon etwas vor?«

Thorwald sah sie überrascht an. Aber Clara achtete gar nicht darauf, sie drehte den Verschluss ihres Kaffeebechers fest zu. »Ich möchte das Haus von Fürst observieren. Wenn wir etwas übersehen haben, dann wäre heute Nacht für ihn die Gelegenheit, es wegzuschaffen. Mit der Durchsuchung haben wir ihn aufgeschreckt. Möglich, dass er jetzt auf die Schnelle Beweise verschwinden lassen will.«

»Ach so. Natürlich, ich habe nichts vor. Obwohl das nicht natürlich ist, meine ich. Es wäre durchaus möglich gewesen, dass ich etwas vorhabe.«

Gustl blieb bei Fuß und schielte nach der Tüte mit Kuchen und Donut. Eng an Claras Beine gedrückt lief er die Treppe hinauf und leckte sich mit der Zunge übers Maul. Doch Thorwald hatte Clara eingeschärft, dass Hunde keine Süßigkeiten essen durften. Sie vertrugen es nicht, zumindest war das die Quintessenz des Vortrags, den er ihr über die Ernährung von Hunden gehalten hatte, nachdem sie Gustl ein winziges Stück Schokolade ins Maul geworfen hatte.

Im Büro angelangt nahm sie noch einen Schluck aus dem Becher. Sie spürte, wie der Kaffee warm und aufmunternd durch ihren Körper floss und ihren Geist belebte. Sie würde dranbleiben, Balthasar hatte recht: Wenn man nicht alles selbst machte.

25

Es war kurz nach Mitternacht, als sie nach vier ereignislosen Stunden die Observation schon fast abbrechen wollten. Clara hatte Gustl vorher zu Miriam nach Hause gebracht, die sich erwartungsgemäß darüber gefreut hatte. Dann war sie mit Thorwald zum Haus von Fürst aufgebrochen.

Nach stundenlangem Warten mit einer Thermoskanne, die inzwischen genauso leer war wie ihre Gedanken, wollte Clara nur noch nach Hause ins Bett. Trotz Standheizung im Auto begann sie zu frieren. Offenbar hatte sie sich schon wieder geirrt. »Machen wir Schluss«, sagte sie zu Thorwald.

Doch genau in dem Moment öffnete sich die Haustür von Jonathan Fürst. Schneeflocken säuselten in der Luft herum und im Kegel der automatischen Außenbeleuchtung konnten sie Fürst genau erkennen.

Er schleppte einen eingerollten Teppich zur Tür heraus, stellte ihn an der Hauswand ab und betätigte die Fernbedienung für die Garage. Surrend fuhr das Rolltor hoch.

»Ruf Verstärkung! Wir haben ihn.« Clara sprang aus dem Auto. »Halt. Keine Bewegung!«, schrie sie über die Straße hinweg noch im Laufen. Mit ihrer Dienstpistole im Anschlag stürmte sie auf Fürst zu. Thorwald stolperte mit der Taschenlampe hinterher und gab seinem Finder die Anweisung, Verstärkung zu schicken.

»Clara, was machen Sie denn hier? Mitten in der Nacht?« Fürst sah sie lächelnd an, Thorwald streifte er lediglich mit einem Seitenblick.

»Ich nehme Sie fest!«

»Weil?«

»Vorsätzliches Vernichten von Beweismaterial. Zunächst. Und mal sehen, was wir hier gleich noch finden. Los, rollen Sie den Teppich aus!« Mit funkelnden Augen stand Clara da und streckte ihm ihre Dienstwaffe entgegen. Der kalte Hauch ihres Atems bildete eine kleine Dampfwolke vor ihrem Gesicht.

»Sie müssen sich schon entscheiden, keine Bewegung oder den Teppich ausrollen? Auch wenn ich zugegebenermaßen eine Frau mit Revolver in der Hand durchaus erregend finde, möchte ich doch ungern erschossen werden.«

»Den Teppich, los!« Clara trat mit dem Fuß so heftig dagegen, dass der Teppich umfiel.

»Was für ein Temperament. Können wir es vielleicht drinnen machen? Ich möchte nicht, dass der Teppich beschmutzt wird. Es ist eine Brücke aus Keshan Seide und entsprechend kostbar.«

»Ausrollen, sofort!« Unsanft stieß Clara erneut mit dem Fuß gegen die am Boden liegende Seidenbrücke und Fürst machte sich daran zu tun, was sie verlangte.

»Clara, ehrlich, das ist ein Missverständnis. Und ich würde es bevorzugen, wenn Sie die Waffe herunter nähmen. Ich kooperiere doch in vollem Umfang.« Er versuchte, mit dem Teppich möglichst unter dem kleinen Vordach zu bleiben.

Im Teppich war nichts, und soweit sie im schwachen Schein des Eingangslichtes gemischt mit dem Strahl der Taschenlampe erkennen konnte, gab es nicht einmal eine Verschmutzung darauf.

»Ist das in Ordnung für Sie?« Jonathan Fürst sprach sanft und leise.

»Was hatten Sie mit dem Teppich vor? Warum wollten Sie ihn entsorgen?« Claras Stimme zitterte und ihre Gedanken wirbelten durcheinander. Es musste etwas dran sein an dem Teppich. Was passierte hier?

»Ich wollte den Teppich nicht entsorgen. So eine Brücke ist um die zweitausend Euro wert. Ich wollte ihn Isa vorbeibringen. Frau Gottwald.«

»Um Mitternacht? Schmarrn! Sie wollten Beweise vernichten. Los, schaffen Sie den Teppich in mein Auto!«

»Clara, Sie sind doch nicht etwa hier, um mir einen Teppich zu stehlen?« Er lachte.

»Sie finden das hier lustig?«

»Es entbehrt nicht einer gewissen Komik, denken Sie nicht?« Vorsichtig rollte er den Teppich wieder zusammen.

Flackerndes Blaulicht kündigte die Kollegen an, die mit zwei Streifenwagen zur Verstärkung angerückt waren.

Zwei der Polizisten blieben bei Fürst vor der Tür stehen, nachdem sie den Teppich in Claras Dienstwagen gelegt hatten. Clara stürmte ins Haus und Thorwald folgte ihr mit den beiden anderen Beamten. Sie riss alle Türen auf. Sah sich in jedem Zimmer um.

Enttäuscht konnte sie nur feststellen, dass sich nichts verändert hatte. Was hatte sie sich gedacht? Dass er die Beweise für seine Mittäterschaft hier auf dem Boden ausgebreitet hätte? Oder dass sie fände, was das Durchsuchungskommando heute früh nicht gefunden hätte?

Der Leiter hatte recht gehabt. Selten waren sie in einem Haus gewesen, das so minimalistisch eingerichtet und so übersichtlich gestaltet war wie das von Jonathan Fürst. Hier gab es keinen einzigen überflüssigen Gegenstand.

Sie stand in seinem Schlafzimmer und stierte auf das riesige Futonbett, das aufgerollt und ordentlich gebunden vor ihr lag. Sie ertappte sich dabei wie sie überlegte, für wie viele seiner Errungenschaften sich dieser Futon wohl schon geöffnet hatte. Im gleichen Moment schämte sie sich für den Gedanken.

Thorwald legte seine Hand auf ihre Schulter. »Was sollen wir jetzt tun?«

»Wir suchen. Wenn es sein muss, drehen wir hier jedes Futonteil um.«

»Ich sage es nur ungern, aber der Beschluss ist nicht mehr gültig. Wir bräuchten einen neuen.«

»Scheiß auf den Beschluss! Niemand schafft nachts einen Teppich einfach nur so aus seinem Haus.« Clara stob an Thorwald vorbei, hinunter vor die Haustür zu Fürst, der immer noch unter dem kleinen Vordach stand.

»Und was machen wir jetzt?«, fragte er in ähnlichem Tonfall wie Thorwald eben.

»Wir reden.«

»Großartig, reden wir. Wollen wir dazu hineingehen? Wir könnten das mit dem Kaffee jetzt in Ruhe nachholen. Sie trinken doch zu jeder Tages- und Nachtzeit Kaffee oder schätze ich Sie falsch ein?«

»Und Sie, schleppen Sie zu jeder Tages- und Nachtzeit Teppiche aus dem Haus?«

»Touché!« Er lachte. »Ich habe Kopi Luwak – wussten Sie, dass das der teuerste Kaffee der Welt ist?«

»Und er wird von Affen ausgeschissen.«

Fürst grinste breit. »Vom asiatischen Fleckenmusang um genau zu sein, bizarr nicht wahr. Wie ich sehe, finden Sie die Welt da draußen ebenso sonderbar wie ich.«

»Sonderbar finde ich Leute, die nachts Teppiche rausschleppen.«

»Ach, Clara, wir sind uns ähnlicher, als Sie denken.« Seine Augen blitzten. »Harte Schale, weicher Kern. Lassen Sie mich teilhaben an ihren Gedanken, öffnen Sie sich mir. Was ist Ihnen zugestoßen, dass Sie so hart sind?« Sein Blick bohrte sich so intensiv in ihren, dass ihr die Gänsehaut den Nacken hochkroch. Er zog sie in seinen Bann und umspülte mit einem Lächeln ihren Verstand.

Doch sie spürte den Druck im Magen, dieses dumpfe Gefühl, das ihre Alarmglocke läuten ließ, wie die Sturmglocke eines in Seenot geratenen Schiffs. Ein Puzzleteil von Fürst, wie er das Auto an den Baum schob, segelte an ihr vorbei. Darauf blitzten seine Augen erregt und lustvoll. Es war der gleiche Blick, mit dem er Clara gerade tief in die Augen sah.

»Frau Liebig!« Antonia Engelhardt trat unvermittelt neben sie in den Schnee. »Sind Sie wieder mal ohne mich am Werk und befragen meinen Mandanten?«

»Aber nein, Frau Liebig hat mir keine Fragen gestellt. Wir haben nur geplaudert.« Er lehnte sich an den Türrahmen und sein Lächeln gab ihr wieder diesen elektrischen Impuls, der ihre Magengrube belebte, wie ein Schluck Kaffee von Balthasar. »Ich habe mir erlaubt, meine Anwältin dazu zu bitten, das ist nur fair. Sie haben immer Ihren« er machte eine kurze Pause, in der er zu überlegen schien, wie er Thorwald am besten bezeichnen sollte, »Ihren Sancho Panza an der Seite.«

»Da Sie meinen Mandanten erneut belästigen, haben Sie sicher neue Beweise, die das rechtfertigen. Und kann ich mal den Durchsuchungsbeschluss sehen?«

»Wann haben Sie Ihre Anwältin angerufen?« Clara sah Fürst an. Dann riss sie den Kopf herum und herrschte die beiden uniformierten Kollegen an: »Hat er telefoniert?«

Beide schüttelten den Kopf.

»Wann hat er telefoniert?« Clara war wie besessen. »Verdammt noch mal, ich will wissen, wann er telefoniert hat!«, schrie sie den Kollegen entgegen.

Die beiden Beamten sahen sie erstaunt an. Doch bevor Clara noch ein weiteres Mal die gleiche Frage hinausschleudern konnte, schritt Antonia Engelhard ein.

»Schluss jetzt! Das Spiel hier ist vorbei.« Engelhardt sah in die betretenen Gesichter ringsum. »Sie verschwinden hier sofort, und zwar alle. Sie haben keine Befugnis, hier zu sein. Oder sind Sie scharf auf eine Dienstaufsichtsbeschwerde?«

Die beiden Streifenbeamten, die Clara so unbeherrscht angeblafft hatte, brauchten keine zweite Aufforderung und vergewisserten sich auch nicht bei Clara, ob sie abrücken sollten. Einer der beiden anderen Polizisten hob in Richtung Thorwald die Augenbrauen und der nickte ihm knapp zu.

»Aber der Teppich!«, rief Clara.

»Mein Mandant kann seinen Teppich hinbringen, wo er will und wann es ihm zeitlich passt, oder haben Sie Einwände dagegen, Frau Liebig?«

»Da stimmt was nicht!«

»Sehr schön. Dann kommen Sie wieder, wenn Sie das beweisen können, und bringen Sie einen gültigen Durchsuchungsbeschluss mit. Und jetzt verlassen Sie bitte das Grundstück meines Mandanten. Ach, und wo ist der Teppich?«

»Schon gut, Antonia. Ich danke Ihnen für Ihren Einsatz, aber wenn die Polizei meinen Teppich für ihre Ermittlungen braucht, bin ich gerne bereit, ihn ihr zu überlassen. Leihweise, versteht sich. Sie werden doch sanft mit ihm umgehen?« Er lächelte in Claras Richtung.

Am liebsten hätte Clara den Teppich aus ihrem Kofferraum gezerrt und ihm vor die Füße geworfen. Aber ihre Hoffnung, dass sie darauf etwas Belastendes finden würden, war so groß, dass sie die Chance nicht verspielen wollte. Sie wollte den Teppich behalten.

Im Labor würde sie jede Teppichfaser mit allen erdenklichen technischen Möglichkeiten untersuchen lassen. Sie spürte in ihrem ganzen Körper, dass etwas mit Fürst nicht stimmte. Und sie würde herausfinden, worin er verwickelt war, koste es, was es wolle!

26

Am nächsten Morgen saßen Clara und Thorwald trotz der langen Nacht schon früh mit Iris und Lisa im Besprechungsraum. »Er hat seine Anwältin angerufen, bevor wir ihn hochgenommen haben. Nachdem wir in sein Haus rein sind, waren die Kollegen die ganze Zeit mit ihm zusammen vor der Tür. Da hatte er keine Gelegenheit, unbemerkt zu telefonieren«, berichtete Clara von ihrer nächtlichen Aktion. »Und dann kreuzte die Engelhardt auf und sie wusste genau, dass es um den Teppich geht. Das stinkt doch zum Himmel. Wie kann er vorher wissen, dass er seine Anwältin braucht?«

»Die naheliegende Vermutung ist, dass er uns im Auto sitzen sah und mit Antonia Engelhardt telefonierte, bevor er zu uns herauskam«, sagte Thorwald.

»Aber wozu das alles? Warum ist er nicht in aller Seelenruhe in sein riesiges Futonbett gekrabbelt? Warum ist er zu uns rausgekommen?«

»Keine Ahnung.« Thorwald sah ehrlich ratlos aus. »Er hat uns hereingelassen, war geduldig und hat uns sogar den Teppich zur Verfügung gestellt. Wenn an dem Teppich etwas Verdächtiges wäre, hätte er ihn uns nie im Leben überlassen. Der Mann ist kein Idiot. Vielleicht müssen wir die Möglichkeit in Betracht ziehen, dass er unschuldig ist.«

»Du hast doch selbst gesagt, er ist der auf dem Video.«

»Und genauso ist es. Aber er muss deswegen kein Mörder sein, es gibt harmlosere Erklärungen dafür, dass er vor dem Frauenobdach war.«

»Aber warum lügt er und sagt, er sei noch nie dort gewesen?«

»Er könnte eine amouröse Beziehung mit Frau Hambacher unterhalten, die er verheimlichen will. Aus irgendwelchen Gründen scheint er auf die Damen dieser Welt ausgesprochen anziehend zu wirken. Seine Anwältin nannte er auch schon beim Vornamen«, sagte Thorwald mit Widerwillen in der Stimme.

»Gar nicht mal so abwegig.« Clara sah Thorwald anerkennend an. »Wenn er mit der Hambacher verbandelt ist, können wir sicher mit ihrer Hilfe etwas über ihn rausfinden. Wir unterhalten uns noch einmal mit ihr.« Sie bat Iris, Hambacher zur Vernehmung aufs Revier zu holen und nicht nur Thorwald seufzte innerlich.

Dann rauschte Clara, immer mit Gustl bei Fuß, in ihr Büro und wählte die Nummer der Rechtsmedizin. »Verdammt noch mal, mir ist völlig egal, wie viel Sie zu tun haben oder ob Sie nicht gefrühstückt haben. Geklickt? Ich brauche die Ergebnisse jetzt sofort.« Wieder musste das Telefon nach dem kurzen Gespräch mit Doktor-heißt-es-Brahl darunter leiden, dass Clara keinen Draht zu ihr fand. Es landete unsanft auf dem Schreibtisch. »Die alte Feige soll mal in die Hufe kommen und den Teppich untersuchen.«

Und diesmal hatte Clara mit ihrer temperamentvollen Ansage Erfolg. Nur eine Stunde später kam die Rückmeldung von Doktor-heißt-es-Brahl. An dem Teppich war nichts Auffälliges zu finden. Es gab keine Blutanhaftungen, kein ungewöhnliches DNA-Material, keine speziellen Hinweise auf irgendetwas. Das war nur ein vorläufiges Ergebnis, denn einige Tests dauerten noch an. Doch Brahl gab ihr zu verstehen, dass sie Zweifel daran hegte, dass sich an diesem Teppich etwas Verdächtiges befand.

»Was sollte die ganze Nummer mit dem Teppich?«, fragte Clara mit düsterer Miene in die Runde, mit der sie wieder im

Gemeinschaftsbüro zusammensaß. Keiner wusste eine Antwort darauf.

»Er hat euch offenbar an der Nase herumgeführt«, ergriff Lisa das Wort.

»Aber wozu?«

Iris zuckte mit den Schultern. »Weil's ihm Spaß macht? Kapier doch, der hat mit dem Rottenbach und der Schneider nichts zu tun.«

»So viel Wind um nichts?« Verständnislos sah Clara zu Iris hinüber. »Das kann ich nicht glauben.«

»Das ist safe seine Art, mit dir zu schäkern, ich sag ja, er steht auf dich. Und es ist nicht gerade easy, zu dir durchzudringen.« Sie grinste, bevor sie ernsthafter fortfuhr. »Wir haben sein ganzes Haus umgekrempelt, alles umgedreht und ausgeschüttelt. Wir haben nicht den Hauch einer Spur gefunden. Lisa und ich sind seine Finanzen durchgegangen, es gibt keine Unregelmäßigkeiten. Er verdient viel und gibt viel aus. Das ist alles, was sich dazu sagen lässt. Und im Übrigen sitzt die Hambacher really nervous im Besprechungsraum. Vielleicht solltest du dich mal um die kümmern, anstatt Fürst was anhängen zu wollen.«

»Ich will ihm nichts anhängen. Er ist verdächtig.«

»Ist er nicht. Es liegt nicht das Geringste gegen ihn vor.«

»Iris hat recht«, stellte Lisa sich auf die Seite der Kollegin. »Er hat in jeder Hinsicht mit uns zusammengearbeitet. Nicht mal beschwert hat er sich über die Durchsuchung, nicht mal, als du in der Nacht so mir nichts, dir nichts in sein Haus gestürmt bist. Du hast dich doch mit eigenen Augen davon überzeugen können, dass da nichts war. Was soll er noch machen, um seine Unschuld zu beweisen?«

»Das ist seine Masche.« Clara sah wieder von einem zum anderen. Doch auch in Thorwalds Gesicht erkannte sie Zweifel.

»Vielleicht hat er sich tatsächlich nur einen dümmlichen Scherz mit uns erlaubt.« Thorwald gähnte.

»Und dafür inszeniert er so eine theaterreife Vorführung? Nur um uns zu verarschen? Er spielt mit uns – nein – er spielt mit mir. Aber ich verstehe die Regeln nicht.«

Iris lachte. »Männer, die auf eine Frau stehen, betreiben manchmal noch einen ganz anderen Aufwand. Wie gesagt, in my opinion sucht Jonathan Fürst deine Aufmerksamkeit. Und weil er nur an dich rankommt, wenn du ihn verhaften willst, macht er es ebenso.«

»Was für ein Schmarrn!«

»Er ist ein Künstler, ein Pick-up-Artist. Lies mal nach, was die für einen Aufwand betreiben, um eine Auserwählte rumzukriegen. Das ist die hohe Kunst der Psychologie.«

Die ganze Diskussion ging Clara gehörig auf die Nerven. Umso mehr, weil Iris nicht ganz unrecht hatte. Sie fühlte sich auf eine seltsame Weise zu Fürst hingezogen.

Doch das passte nicht in ihr Selbstbild. Keine Emotionen bei Ermittlungen. Manchmal empfand sie eine starke Abneigung gegen einen Täter oder sie hatte Mitleid mit einem Schuldigen, der aus der Not heraus gehandelt hatte. Aber darüber hinaus war sie jederzeit Herrin ihrer Gefühle. Sie schüttelte diese verwirrenden Gedanken ab.

»Okay, Zeit die Hambacher zu vernehmen. Mal sehen, was wir aus ihr herausholen können.«

Thorwald stand auf.

»Nein! Ich nehme Iris mit, sie ist unvoreingenommen.«

Kaum merklich zog Thorwald eine Augenbraue hoch, sagte jedoch nichts.

»Das hättest du auch nicer formulieren können«, sagte Iris draußen. »Aber Teamfähigkeit und Fingerspitzengefühl gehören wirklich nicht zu deinen Skills.« Sie grinste frech und ging voran.

Sibylle Hambacher saß im Vernehmungsraum, ihr schickes Outfit passte in diese Situation noch weniger als in das Frauenobdach. »Was soll das? Warum bin ich hier? Sie können mich doch nicht einfach hierher verschleppen!«

»Niemand hat Sie verschleppt. Wir haben Sie zu uns eingeladen.«

»Es hat sich aber nicht nach einer Einladung angehört. Wo ist der nette junge Mann vom letzten Mal?«

»Kennen Sie Jonathan Fürst?«

Hambacher sah sie verwundert an, doch sie antwortete nicht. Clara glaubte, für den Bruchteil einer Sekunde ein feines Muskelzucken um ihre Mundwinkel wahrgenommen zu haben. »Haben Sie meine Frage verstanden?«

»Ich weiß, er ist Prokurist bei der Firma Sömmler«, begann sie zögerlich. »Wir haben ein paarmal miteinander telefoniert. Unsere Einrichtung ist auf Spenden angewiesen und wir können uns glücklich schätzen, dass wir von der Sömmler GmbH und von Herrn Fürst privat großzügig mit Spendengeldern bedacht werden.«

»Und Sie haben ihn nie persönlich getroffen?«

Wieder dauerte es einen Moment zu lang. »Nein.«

»Das glaube ich Ihnen nicht.«

»Dann kann ich Ihnen auch nicht helfen.«

»Es geht hier um Mord.«

»Damit habe ich nichts zu tun. Genauso wenig wie Jonathan. Fürst.« Sie hatte seinen Nachnamen eilig hinterhergeschoben, aber Clara hatte die Pause deutlich gehört. Hambacher hatte ihren Fehler ebenfalls bemerkt. Ihre Wangen liefen zartrosa an und wie zur Beruhigung strich sie wiederholt über ihr glänzendes Tuch. »Herr Fürst ist ein anständiger Mensch. Er hat was aus sich gemacht, trotz seiner traumatischen Kindheit. Und diese Verdächtigungen, die Sie mit Ihrer Fragerei unterstellen, sind vollkommen haltlos.«

»Also kennen Sie Fürst doch näher?«

»Ich sage jetzt gar nichts mehr.«

»Was war mit seiner Kindheit?«

Hambacher presste demonstrativ die Lippen aufeinander und sah aus dem Fenster.

»Ich hole mir einen Beschluss für Ihre Telefonliste. Dann wissen wir ganz schnell, wie persönlich Ihr Kontakt mit Herrn Fürst war.«

»Ich habe einige Male mit ihm telefoniert, na und? Ihre Fragen sind lächerlich. Sie zielen auf die falschen Personen. Wenn ich nicht verhaftet bin, möchte ich jetzt gehen.«

»Wissen Sie, was ich glaube?«

»Ich habe wohl nicht das Glück, dass Sie damit hinterm Berg halten«, gab Hambacher schnippisch zurück.

»Ich glaube, Sie wissen viel mehr, als Sie sagen. Hatte Anna Schneider etwas über Sie herausgefunden? Wollte Sie Ihnen Schwierigkeiten machen?«

»Anna Schneider sah Gespenster. Sie war charakterlich nicht gefestigt und Ihre Beschuldigungen waren an den Haaren herbeigezogen.«

»Was für Beschuldigungen?«

Hambacher biss sich auf die Unterlippe und überlegte diesmal, bevor sie antwortete. »Na, das mit dem Mann aus dem Englischen Garten. Sie hat mir vorgeworfen, dass ich Ute nicht ausreichend vor dem Noargal-Saufer beschützt hätte.«

»Und es ist auch nichts dran, dass Sie mit Fürst rumgemacht haben?« Clara schoss ins Blaue, sie wollte die Frau weiter verunsichern, doch diesmal zündete die Rakete in die falsche Richtung.

»Ich habe nicht mit Fürst rumgemacht. Das verbitte ich mir mit Nachdruck. So können Sie mit Ihren kleinen Gauner und Ganoven sprechen, aber nicht mit mir. Also: Bin ich verhaftet?«

»Noch nicht.«

Hambacher stand auf, zupfte ihr Tuch zurecht und stolzierte ohne ein weiteres Wort zur Tür hinaus.

»Verdammt nochmal.« Clara schlug mit der flachen Hand auf den Tisch. »Sie lügt, ich weiß es. Was läuft hier vor meiner Nase ab? Ich kriege es einfach nicht zu fassen.«

27

»Und den Herrn Fürst lassen Sie jetzt ein für alle Mal in Ruhe.« Reitmayer war wieder einmal in ihrem Büro aufgekreuzt und hielt eine seiner ungeliebten Predigten. Thorwald sah betreten zur Seite und Clara ließ es über sich ergehen.

»Sie haben genug Unsinn angerichtet und können froh sein, dass der Mann eine solche Engelsgeduld mit Ihnen hat. Wieder hat er keine Beschwerde gegen Sie eingereicht. Ich kann nur sagen, Sie haben mehr Glück als Hirnmasse. Wenn Sie mich so plump verfolgen würden, hätte ich schon längst die Kavallerie auf Sie gehetzt und alle meine Anwälte mobilisiert.«

Der Kommissariatsleiter linste unter den Schreibtisch, Gustl war mit dem Gummischwein beschäftigt. Er senkte seine Stimme ein wenig. »Und, damit Sie sich an meine Anweisungen halten, dieses Mal«, sagte Reitmayer und ging im Rückwärtsgang aus ihrem Büro, um nicht noch einmal unvorbereitet einer Hosen-Attacke von Gustl zum Opfer zu fallen, »werde ich die Kollegen Rauch und Messner vorübergehend komplett ihrem Team zuteilen. So gehen wir auf Nummer sicher, dass Sie sich an meine Vorgaben halten. Von den beiden können Sie sich mal was abschauen, die wissen, wie man regelkonform arbeitet.«

Clara verdrehte die Augen, jetzt hatte sie die Olsen-Zwillinge auch noch dauerhaft an der Backe. Diese beiden waren Reitmayer-Getreue schlechthin. Garantiert würden sie jeden ihrer Schritte unverzüglich an den Kommissariatsleiter weitertragen. Sie würde sich etwas einfallen lassen müssen, um die Verwicklung von Fürst mit Rottenbach, Hambacher und Anna Schneider weiter entwirren zu können, ohne dass Reitmayers »Dreamteam« ihr dabei in die Hacken grätschte.

Kaum war Reitmayer außer Sicht, sprang Clara auf, steckte ihre Dienstwaffe ein und zog den Parka über.

»Wohin?«, fragte Thorwald, der sich ebenfalls anschickte, seinen Mantel zu holen.

»Wir fahren zur Sömmler GmbH.«

»Du sollst Fürst doch in Ruhe lassen. Du hast es jetzt als Extra-Anweisung.« Vorwurfsvoll sah er sie an.

»Geklickt! Und ich lasse Fürst in Ruhe. Aber Reitmayer hat nicht gesagt, dass ich mir die alte Gottwald nicht vornehmen darf.«

»Vornehmen?«

»Ich frage sie über Fürst aus. Von wegen, er wollte ihr nachts einen Teppich bringen.«

»Reitmayer meinte sicher genau das, als er sagte, du sollst Fürst in Ruhe lassen.«

»Das ist Auslegungssache.«

Gustl sprang freudig auf, als er merkte, dass Clara los wollte. Thorwald stöhnte, warf aber rasch seinen Mantel über und eilte den beiden hinterher. Es gefiel ihm nicht, so eindeutig gegen Regeln zu verstoßen. Auch wenn er Reitmayer ebenfalls nicht leiden mochte. Er war nun mal ihr Vorgesetzter.

Sie fuhren zur Sömmler GmbH und hatten Glück. Isa Gottwald war da. »Frau Anwältin Engelhardt hat gesagt, ich soll nicht ohne ihr Beisein mit Ihnen sprechen.«

»Klar, aber es geht nur um eine Zeugenaussage, Sie werden ja nicht als Beschuldigte vernommen«, beschwichtigte Clara die Geschäftsführerin, ohne dabei ein schlechtes Gewissen zu haben.

»Also, bitte sehr.« Gottwald atmete tief durch und zeigte auf die weißlederne Sitzbank vor ihrem Schreibtisch, doch

Clara und Thorwald blieben stehen. Gottwald fasste sich an den Kopf. »Entschuldigen Sie, aber ich muss mich setzen. Diese ganze Angelegenheit laugt mich aus. Mein Blutdruck ist faktisch nicht mehr vorhanden und mit dem ganzen Zeug, was ich zur Anregung schlucken muss, bekomme ich ohne Schlaftabletten nachts kein Auge mehr zu. Ein Teufelskreis. Aber Sie sind nicht da, um mir beim Jammern zuzuhören. Was wollen Sie wissen?« Sie ließ sich in ihren Schreibtischsessel fallen.

»Es geht um einen Teppich. Herr Fürst hat ausgesagt, dass er Ihnen mitten in der Nacht einen Teppich bringen wollte. Haben Sie eine Erklärung dafür?«

Verdutzt schaute die alte Frau Clara an. »Jonathan?« Sie lächelte. »Sie glauben, er hat etwas mit der Fleischsache zu tun?«

»Ich frage mich nur, warum er nachts einen Teppich spazieren fährt. Das ist alles.«

»Es geht Sie zwar nichts an, aber Jonathan und ich, wir haben nicht nur eine Geschäftsbeziehung.«

»Sie sind ein Paar?« Es versetzte Clara einen Stich und befremdet über ihre eigene Empfindung starrte sie Gottwald an. Die schien Claras Blick für Mitleid zu halten.

»Kindchen, ich bin alt, aber nicht dumm.« Sie lächelte. »Wir sind kein Paar. Ich genieße die Zeit, die er mir schenkt. Jonathan kümmert sich in jeder Hinsicht um mich, und zwar, was Geschäftliches und Privates angeht. Der Teppich war als Leihgabe für mich gedacht. Er wollte ihn bei passender Gelegenheit mitbringen.«

»Und eine passende Gelegenheit ergab sich mitten in der Nacht?«

»Die einzig passende Gelegenheit.« Gottwald kicherte wie eine Teenagerin und hielt sich dabei die Hand vor den Mund. »Wir wollten uns in einer Vollmondnacht auf diesem alten Seidenteppich lieben. Der Legende nach soll das zu einer völligen Verschmelzung von Körper und Geist führen und den Liebenden ein tantrisches Orgasmuserlebnis bescheren.«

Nun war es vollends aus. Clara war so geplättet, dass sie nur noch mit offenem Mund da stehen konnte.

»Aber nun haben Sie unseren Liebesteppich ja konfisziert.« Gottwald lächelte. »Das haben Sie nicht gedacht, nicht wahr? Dass ich mein Leben lebe, wie es mir gefällt.« Freudig funkelten ihre Augen Clara an. »Nun schauen Sie doch nicht so, Kindchen.«

Doch Clara hatte im Moment kein anderes Mittel zur Verfügung und blieb stumm. Es war nicht, wie Gottwald vermutete, der Altersunterschied zwischen der Geschäftsführerin und ihrem Prokuristen. Das beschäftigte Clara gar nicht. Es war etwas anderes, viel Verwirrenderes. Es war Eifersucht.

Thorwald sprang in die Lücke. »Und hatte er sie darüber informiert, dass er vorbeikommen würde?«

Gottwald winkte ab. »Das muss er gar nicht. Von mir aus kann er kommen und gehen, wann er will. Und mit seinem Schlüssel ist er unabhängig.« Dann wandte sie sich wieder an Clara. »Mir ist bewusst, dass so ein junger und kraftvoller Bursche wie Jonathan nicht nur eine Blüte bestäubt. Jedoch kümmert es mich kein bisschen. Wenn er bei mir ist, bin ich die Einzige für ihn und ich bekomme, was mich glücklich macht. Außerdem ist er jederzeit für mich da, wenn ich ihn brauche. Und das ist heutzutage Gold wert.«

Auch wenn Clara sich wie in Trance artig bedankte, hatte sie das alles beim Hinausgehen noch kein bisschen verdaut. Der Besuch bei der Geschäftsführerin hatte sie nur noch mehr durcheinandergebracht. Sie war eifersüchtig. Keine Emotionen bei einer Ermittlung, das war ihr Anspruch, auch an sich selbst. Doch sie schaffte es nicht, dieses beißende Gefühl abzuschütteln.

Fast schon aus der Tür hinaus, dachte sie an Hambachers Worte und drehte sich noch einmal um. »Wissen Sie was über die Kindheit von Herrn Fürst?«

»Meinen Sie den Unfall?«

»Ja«, sagte Clara ohne zu zögern, obwohl sie keine Ahnung hatte, von welchem Unfall die Rede war.

»Das war sehr tragisch. An einem einzigen Tag hat er seine halbe Familie verloren. Ich glaube, er war zwölf, als sein Vater und sein Zwillingsbruder Conrad beim Wandern in der Schlucht von Verdun tödlich verunglückt sind. In den Sommerferien. Wie furchtbar muss das für ein Kind sein! Das hinterlässt Wunden.«

Auf dem Weg zum Auto überlegte Clara, ob Gottwald und Fürst nur eine Affäre hatten oder auch Komplizen im Fleischskandal waren. Hatten sie vielleicht mit Rottenbach gemeinsame Sache gemacht? Oder war Gottwald so ahnungslos, wie sie sich gab?

Und Fürst? War er am Ende doch nichts weiter, als ein Pick-up-Künstler mit einem Liebesteppich?

Dass Jonathan Fürst einen Zwillingsbruder gehabt hatte, war eine neue Information für sie. Doch der Bruder war lange tot, oder etwa nicht? Sie sah das Bild aus Fürst Büro vor sich. Die goldgerahmte Familie.

In Thorwald arbeitete es ebenfalls. Zwillinge konnte selbst er bei den schlechten Bedingungen auf diesem Video nicht zweifelsfrei auseinanderhalten. »Ich grabe mal im System nach Informationen zu dem Unglücksfall von Verdun. Nur um sicherzugehen, dass wir es nicht mit einem quicklebendigen Zwillingsbruder zu tun haben. Wer weiß, was Fürst seiner Geschäftsführerin für Geschichten erzählt hat.«

Clara nickte abwesend. Je mehr Informationen sie zusammentrugen, desto weniger verstand Clara, wie die ganzen losen Enden zusammenhingen.

Zurück im Büro schloss sie, entgegen ihrer sonstigen Gewohnheit, die Tür und nahm sich die Akten vor. Sie wollte sich ungestört durch alle Informationen pflügen. Was übersah sie, warum bekam sie die Ermittlungsfäden nicht zusammen? Clara klickte sich Stück für Stück durch die digitalen Akten. Jedes Detail ließ sie auf sich wirken, drehte und wendete es und spürte nach zusätzlichen Informationen.

Sie recherchierte auch zu der Sache mit dem Zwillingsbruder, doch außer einem uralten, kurzen Bericht in einer französischen Zeitung konnte sie nichts finden. Vater und Bruder schienen tot zu sein. Wenn ihr Schulfranzösisch sie nicht im Stich ließ, war im Bericht noch die Rede von einer jungen Frau, die Zeugin gewesen sein sollte. Sie würde Thorwald bitten, den Artikel zu übersetzen.

Aus der Asservaten-Box des Falls Rottenbach fischte sie den Brief von Peter Rottenbach heraus. Ein halbes Blatt Abschied. Wenn nur Demirci da wäre, er würde ihr ungutes Gefühl verstehen und ihre Zweifel ausräumen oder bestätigen.

Die Doktor-heißt-es-Brahl war eine lahme, alte Feige und sicher keine geeignete Sparringspartnerin für Claras Theorien. Sie hatte gehofft, in den Akten irgendein aufschlussreiches Detail zu finden, doch sie konnte keinen neuen Aspekt entdecken. Stattdessen wurde sie von einem heftigen Gähnanfall erfasst, der ihr die Tränen in die Augen trieb.

Wenn sie die Olsen-Zwillinge jetzt offiziell im Team hatte, konnte sie die zusätzliche Arbeitskraft ebenso gut nutzen. Sie sendete ihnen eine Nachricht, mit der Bitte, herauszufinden, für wen oder was die Abkürzung *SB* stand. Irgendwie mussten sie diesem geheimnisvollen *SB* doch auf die Spur kommen.

28

Clara beschäftigte sich damit, etwas über die beiden Frauen herauszufinden, die vor Ute aus dem Heim verschwunden waren, Marietta Braun und Hilda Hartmann. Über Braun gab es nichts, außer, dass sie seit Monaten von niemanden mehr gesehen worden war. Bei Hilda Hartmann sah es anders aus, über sie fand Clara im System eine Akte. Sie enthielt kleinere Ordnungswidrigkeiten, öffentliche Platzverweise und zuletzt einen Ladendiebstahl. Es war eine Lindt Schokolade, die sie vor zwei Monaten hatte mitgehen lassen. Pistaziengeschmack, Warenwert 2,29 Euro. Das war der letzte Eintrag, wenige Tage, bevor sie aus dem Heim verschwunden war.

Ein Kollege von der Streife hatte sich für sie verwendet und die Aufregung beim Supermarkt soweit ausbügeln können, dass sie die Anzeige am nächsten Tag zurückgezogen hatten.

Clara rief ihn an. »Hey, Kollege, Liebig von der Kripo. Es geht um die Wohnsitzlose Hilda Hartmann.«

»Kenn ich, was hat sie diesmal angestellt?«

»Gar nichts, weißt du, wo sie ist? Sie ist nicht mehr im Frauenobdach. Hast du sie in letzter Zeit mal gesehen?«

»Ich habe mich selbst schon ein bisschen nach ihr umgehört, weil ich sie schon lange nicht mehr gesehen habe. Was willst du von ihr?«

»Ich wundere mich nur, wo sie steckt, hat mit einem Fall von mir zu tun. Warum hast du dich um sie gekümmert?«

»Ich kenne sie schon lang, auf meiner früheren Tour ist sie mir oft begegnet. Sie hat ein nettes Wesen, ein bisschen distanzlos vielleicht. Mit der alten, schweren Beinprothese kommt sie auch nicht besonders zurecht. Im Heim ist sie gut aufgehoben, aber wenn sie Lust auf Schokolade oder was anderes Süßes hat, dann läuft sie schnurstracks los.«

»Und klaut es?«

»Naaa, so ist das nicht. Sie hat immer etwas Geld dabei und in dem Supermarkt, wo sie Hilda kennen, wissen sie, dass sie das Geld aus ihrem Körbchen nehmen müssen. Aber sie war in einen fremden Supermarkt geraten. Die Festnahme hat sie total gestresst. Deswegen habe ich vermittelt und sie danach zurück ins Heim gefahren. Seit dem Vorfall habe ich sie allerdings nicht mehr gesehen.«

»Hat sie einen Lieblingsplatz?«

»Sie geht gerne zur Eisbachwelle und schaut den Surfern zu. Selbst im Winter, wenn da vereinzelt Hanseln im Wasser sind, hat sie sich oft dazugesellt. Aber da habe ich schon rumgefragt. Und bei dem kleinen Weihnachtsmarkt am Chinesischen Turm ist sie auch immer gerne, doch auch dort hat niemand sie gesehen.«

»Okay, danke. Ich sag dir Bescheid, wenn wir sie ausfindig machen.«

Clara war auf der richtigen Fährte. Das hatte etwas zu bedeuten, dass drei Frauen unter den gleichen Umständen aus dem gleichen Heim verschwunden waren und danach nie wieder gesehen wurden.

Auf der Suche nach Felix Leitner, dem Noargal-Saufer, dessen Nachnamen sie immerhin ermitteln konnten, liefen weiterhin alle Bemühungen ins Leere.

Durch die Sache mit der Chlorbleiche war Clara noch überzeugter davon, dass der Leitner als Mörder von Anna Schneider gar nicht infrage kam. Doch sie mussten zuerst mit ihm sprechen. Denn falls Anna ihn zur Rede gestellt und er mit Utes Verschwinden etwas zu tun gehabt hätte, wäre das schon ein handfestes Motiv. Aber bisher war das reine Spekulation. Sie mussten ihn finden.

Clara beschloss, sein Zelt zunächst unberührt zu lassen, für den Fall, dass Leitner zurückkommen würde. Unglücklicherweise musste sie sich darüber mit Reitmayer abstimmen. Denn er hatte eilig verfügt, dass alle Habseligkeiten von Felix Leitner unverzüglich zusammengepackt und zur Spurensuche ins Labor verbracht werden sollten.

Die Treppe zu Reitmayers Büro hinaufzugehen, dazu konnte sie sich heute nicht durchringen. So rief sie ihn an. Er meldete sich in einem gutgelaunten Singsang-Ton. Clara entspannte sich, so würde sie ihr Anliegen leichter durchbringen können.

Der Kommissariatsleiter ließ sich allerdings nicht widerstandslos umstimmen. »Ich glaube nicht, dass der zurückkommt. Er hat die Frau abgemurkst und ist untergetaucht. Der ist wahrscheinlich nicht mal mehr in München.«

Doch sie hörte die Unentschlossenheit in seiner Stimme und fasste sofort nach. »Der ist noch in München. Und wir wissen noch gar nicht mit Sicherheit, dass er Anna Schneider auf dem Gewissen hat. In seinem Zelt haben wir nichts entdeckt, was darauf hindeutet.«

»Er kann sie überall im Englischen Garten ermordet haben«, sagte Reitmayer. »Er hat ein stabiles Motiv. Anna Schneider hat ihn mit ihrer aggressiven Art beschuldigt, ihrer Freundin etwas angetan zu haben, und da hat er sie ermordet. Und dann hat er sich aus dem Staub gemacht.«

»Es kostet uns nichts, das Zelt ein paar Tage stehen zu lassen.«

Reitmayer schwieg einen Moment. »Na gut. Dann machen Sie es halt so. Vielleicht haben wir ja Glück und der ist so deppert und kehrt zurück.«

Zufrieden mit ihrem Erfolg ging Clara ins Gemeinschaftsbüro des Teams, in dem Lisa und Iris hinter ihren Schreibtischen saßen. Gustl trapste ihr munter hinterher. Sogar wenn sie dachte, der Hund schliefe tief und fest, war er auf den Beinen, sobald sie sich vom Stuhl erhob.

»Der Rottenbach war kein Freund von halben Sachen.« Lisa winkte sie zu sich heran. »Wir haben kistenweise Belege gefunden, dass er altes Fleisch, das aus dem Handel zurückkam, neu etikettiert und wieder in Umlauf gebracht hat. Damit hat er im Laufe der letzten zwei Jahre fast fünfzigtausend Euro gemacht. Alles am Fiskus vorbei. Aber dank seiner deutschen Gründlichkeit können wir genau nachvollziehen, was er da getrieben hat.«

Lisa hielt eine hellblaue Kladde hoch. »Hier hat Peter Rottenbach alles auf den Punkt genau dokumentiert. Wann, wie viel und was er dafür kassiert hat. Es ist seine Handschrift und die Etikettenvorlagen wurden auf seinem PC gefunden. Kein Zweifel, er hat einen schwunghaften Handel mit Gammelfleisch betrieben.«

»Aber Rottenbach ist nicht der typische Alleintäter, auch organisatorisch wäre das schwierig gewesen. Wie hätte er das alles an Fürst vorbeiplanen können? Ich bin sicher, Fürst steckt irgendwie mit drin.«

»Es gibt nicht den geringsten Hinweis darauf, dass Rottenbach einen Komplizen im Unternehmen hatte«, sagte Lisa. »Und als der alte Mann an der Fleischvergiftung gestorben ist, konnte Rottenbach die Schuld nicht ertragen und hat sich umgebracht, das hört sich für mich alles recht schlüssig an.«

»Dass der Rottenbach sich umgebracht hat, ist gar nicht zweifelsfrei erwiesen. Der Obduktionsbericht liegt noch nicht vor. Was, wenn Fürst bei Rottenbachs Selbstmord nachgeholfen hat, damit der seine Beteiligung an der ganzen Sauerei nicht aufdeckt.«

»Und was ist mit dem Abschiedsbrief? Der ist eindeutig von Rottenbach.«

»Der Brief, das ist auch so eine Sache. Von Abschied steht da gar nichts. Es hört sich eher an wie eine Erklärung, eine Selbstanzeige.«

»Ich kann nicht damit leben? Das hört sich für mich schon eindeutig nach Abschiedsbrief an«, sagte Lisa bestimmt.

»Der Mann wird von solchen Schuldgefühlen geplagt, dass er sich deswegen sogar umbringt. Und dann kritzelt er die Entschuldigung für die ganze Welt auf einen halben verschmierten Zettel, den er nicht einmal unterschreibt? Das glaube ich einfach nicht. Und Fürst hat den sogenannten Abschiedsbrief angefasst.«

»Ist Jonathan Fürst jetzt dein omnipotenter Gegner? Er hat erklärt, warum seine Fingerabdrücke drauf sind, er hat das Blatt im Schock angefasst. Nachvollziehbar«, sagte Lisa genervt. »Der Mann hat mit nichts etwas zu tun.«

»Du sagst es und kommt dir das nicht komisch vor? Er ist die Nummer eins der Geschäftsführerin, kümmert sich um alles, hängt ständig in der Fabrik. Und er hat nichts von dem mitbekommen, was um ihn herum vorgeht? Weder von dem verborgenen Raum noch von Rottenbachs Treiben?«

»Face the facts, Clara! Fürst ist sauber«, rief Iris von ihrem Schreibtisch aus herüber.

»Und was hat er vor dem Frauenobdach zu suchen gehabt, genau an dem Tag als Anna Schneider dort war?«

»Dein Bauchgefühl in allen Ehren«, sagte Lisa. »Aber wir haben bisher keine Anhaltspunkte dafür, dass Fürst etwas getan hat. Und ich erkenne in ihm nicht den Mann von dem unscharfen Video. Wir sollten uns an die Fakten halten und es gut sein lassen.« Lisa schüttelte den Kopf und wandte sich wieder ihrem PC-Bildschirm zu.

Doch gut sein lassen konnte Clara es nicht.

29

Montagmorgen saß sie mit einer weiteren schlaflosen Nacht im Rücken und Selbstzweifeln im Kopf an ihrem Schreibtisch. Gustl hatte sie zu Hause bei Miriam gelassen, denn die hatte heute nur zwei Stunden Unterricht. Clara hatte sich von ihrer Tochter breitschlagen lassen, den Hund über Weihnachten zu behalten. Danach würden sie weiter sehen. Ganz unrecht war es ihr selbst auch nicht, denn irgendwie hatte sie sich an den kleinen Kerl gewöhnt.

Sie überlegte, wie sie vorgehen sollten. Die ganze Ermittlung im Fall Anna Schneider bestand aus groben Bruchstücken, die sich an den Enden nicht zusammenfügen ließen. Alle Personen, die in irgendeiner Form in den Fall involviert waren, spukten ihr im Kopf herum.

Die verrückten Bechterschwestern mit ihren Märchengeschichten. Der grantige Metzger mit seinem Alibi. Lans Tausac, der in Wirklichkeit »Santa Claus« war, oder auch wieder nicht. Felix, der verschwundene Noargal-Saufer, dem sie am wenigsten zutraute, dass er so strukturiert vorgegangen sein könnte. Auch Sybille Hambacher, die auf jeden Fall ein falsches Spiel spielte, schwirrte in ihren Gedanken herum. Doch war sie so weit gegangen, Anna zu töten? Was war mit dem ominösen Freund, warum ließ der sich nicht auffinden? Und nicht zuletzt Jonathan Fürst.

Konnte er mit Annas Tod etwas zu tun haben? War er gar der ominöse Freund, der Anna Schneider zu seinen Errungenschaften hinzugefügt hatte? Eine bestäubte Blüte mehr? Oder waren ihre ganzen Überlegungen völlig wirr und aus der Luft gegriffen? Langsam wusste sie es selbst nicht mehr. Und dass sie am Selbstmord von Rottenbach zweifelte, machte das Chaos perfekt.

Clara ging zum Waschbecken in der gekachelten Ecke ihres Büros, drehte das kalte Wasser voll auf und spritzte sie sich das eisige Leitungswasser ins Gesicht. Nach einer Weile fühlte sie sich halbwegs erfrischt und setzte sich wieder an die Fallakten.

Aussage für Aussage las sie sich noch einmal durch und verglich sie mit der Timeline in der Akte. Akribisch genau prüfte sie alle hinterlegten Fotos. In ihren Augen schied Felix Leitner für die Tat aus. Die Leiche war viel zu sauber, als dass sie hätte tagelang im Englischen Garten herumliegen können. Es waren keine kleinen Ästchen, Erdkrümel oder irgendwas an der Toten gefunden worden. Und völlig abwegig war es ihrer Meinung nach, dass er die Tote mitten im Englischen Garten mit Chlorbleiche übergossen haben sollte. Der ganze Aufwand passte einfach nicht zu einem Obdachlosen.

Die Buchstaben begannen vor ihren Augen zu tanzen und ihr Fuß war eingeschlafen. Vorsichtig zog sie ihn zurück, sie war schon so an Gustl gewöhnt, dass sie ganz vergessen hatte, dass er heute gar nicht unterm Tisch lag. Clara streckte das Bein aus und ließ den Fuß kreisen. Ein anständiger Kaffee von Balthasar würde ihr helfen, die Müdigkeit aus den Gehirnwindungen zu spülen. Und ein bisschen Bewegung würde die Blutzirkulation in ihrem Bein wieder in Schwung bringen.

Sie wollte gerade den Laptop sperren, da blitzte es ihr entgegen. Sie sah es auf einem der Fotos von der Durchsuchung. Ein einzelnes Korn.

»Good Morning!« Iris kam aufgeregt hereingepoltert. »Ich habe mir die Kontobewegungen der Hambacher vorgenommen. Sieht so aus, als hätte die Lady hübsch was für sich abgeschöpft von den ach so wichtigen Spendengeldern.«

»Unterschlagung? Das passt«, sagte Clara und ihre Laune verbesserte sich augenblicklich.

»Yep, und die hat ordentlich zugelangt. Bei einem ersten Überschlag komme ich auf round about achtzigtausend Euro.«

»Falls Anna das herausgefunden hat, haben wir achtzigtausend Mordmotive für die Hambacher. Diridari halt.« Clara grinste »Holen wir uns einen Haftbefehl für die kultivierte Frau Heimleiterin.«

Iris wedelte mit einem Dokument in ihrer Hand. »Schon erledigt, wir müssen sie nur noch einsacken.«

»Na dann, auf geht's!« Clara nahm ihre Dienstwaffe aus der Schublade und steckte sie ins Bauchholster. So machte die ganze Sache Sinn. Anna war der Hambacher auf die Schliche gekommen und hatte ihr gedroht, sie wegen der Unterschlagung auffliegen zu lassen. Hambacher hätte alles verloren, das Geld, den Job und bei einer Veruntreuung von Spendengeldern müsste sie sogar mit Gefängnis rechnen. Clara zog ihren Parka vom Garderobenhaken.

In dem Moment stürzte Thorwald herein.

»Tötungsdelikt in der Werneckstraße!«, rief er atemlos.

Clara brauchte einen Moment, um gedanklich einzusortieren, dass in der Werneckstraße das Frauenobdach lag.

»Weibliche Leiche. Wurde in einem der Büroräume im Frauenobdach gefunden, eine riesige Sauerei, sagt der Kollege, mehr Infos dazu habe ich noch nicht.«

Es summte und bimmelte. An Claras und Iris Handys wurde von der Zentrale die gleichlautende Nachricht übermittelt.

Das einschießende Adrenalin pumpte den letzten Rest Erschöpfung aus Claras Körper. Der Kaffee konnte warten.

Drei Polizeifahrzeuge standen auf Höhe des Frauenobdachs auf der Straße. Vorm Eingang waren Polizeiabsperrungen aufgestellt. Der Zuständige winkte sie heran, gab ihnen

Schuhüberzieher in die die Hand und beauftragte einen jungen Kollegen, Clara, Thorwald und Iris hinauf zum Tatort zu führen.

Sybille Hambacher lag auf dem Boden des Büros in einer Lache ihres eigenen Blutes. Das Gesicht grässlich verzerrt und mit zahlreichen Stichverletzungen am Oberkörper. Sie trug die gleiche Kleidung wie am Vortag, als sie bei ihnen auf dem Revier gewesen war. Der verglühende Kamin hatte das Zimmer über Nacht aufgeheizt und es roch verbrannt.

»Ohhh«, entfuhr es Thorwald und er fischte hastig in seiner Manteltasche nach dem mit Menthol getränkten Taschentuch.

»Jetzt sieht sie gar nicht mehr so kultiviert aus«, stellte Clara fest und ging neben der Toten in die Hocke. Sie sah sich um und ließ den Tatort auf sich wirken. Leise, fast andächtig bewegten sich die Spurensucher in ihren weißen Anzügen im Raum. Funkenstein von der Gerichtsmedizin war soeben eingetroffen und steckte schon bis zum Gesäß in seinem Schutzanzug. Er blieb etwas abseits stehen und begutachtete die Blutspuren an den Wänden und auf dem Boden.

»Da ist jemand mit roher Gewalt vorgegangen. Wir werden viel Zeit aufwenden müssen, um alle Blutspuren zu untersuchen.« Er seufzte, zog den weißen Schutzanzug hoch über die Schultern und schloss den Reißverschluss. »Ich hatte heute eigentlich anderes geplant, oder was«, sagte er in genervtem Ton zu Clara, die nicht im Mindesten an seinen Plänen interessiert war.

»Ich mache zuerst einen 3-D-Scan von der Leiche, danach checke ich gleich die Temperatur, damit ich Ihnen den Todeszeitpunkt sagen kann.« Funkenstein kniete neben der Leiche nieder.

Die Blutspritzer hatten sich kreisförmig in der Hälfte des Raums verteilt und waren teilweise bis an die Decke gespritzt. Der Täter musste mehrmals schnell und mit extremer Kraft auf das Opfer eingestochen haben. Claras Puzzleteile schlingerten einen Moment lang lose durch das Zimmer, bevor sie sich formierten und darauf die Leiterin des Heims zu sehen war, wie sie dem Täter ohne Argwohn entgegentrat.

Hambacher hatte keine Abwehrverletzungen an den Armen. Die Ärmel ihrer Kleidung wiesen keine Schnitte auf. Sie hatte nicht einmal versucht, sich zu verteidigen. Der Mörder musste selbst auch eine Menge Blut abbekommen haben. Er hatte hier ein wahres Gemetzel angerichtet. Vorsichtig ging Clara mit den Schuhüberziehern durch den Raum und vermied es, auf die Blutspuren zu treten, was in Anbetracht des massenhaften Vorhandenseins eine Herausforderung darstellte.

»Gestern Abend zwischen halb acht und acht Uhr. Mit der sich im Laufe der Nacht verändernden Temperatur durch das niedergebrannte Kaminfeuer müssen wir leider eine gewisse Unschärfe mit einrechnen«, hörte sie Funkenstein rufen.

Der Schreibtisch von Hambacher sah unberührt und ordentlich aus. Darauf stand eine Flasche Wein mit zwei unbenutzten Gläsern. Wenige kleine Spritzer Blut hatten es bis an die Front des Schreibtisches geschafft, obwohl der im Rücken des Opfers gestanden hatte. Und auch an einem der Gläser war ein Tropfen Blut gelandet.

Ein Overkill an der Frau, doch im Büro selbst hatte der Täter nichts angerührt. Auf der einen Seite diese brutale Gewalt am Opfer, die auf rasende Wut und Kontrollverlust schließen ließ, auf der anderen Seite war der Raum so ordentlich, als wäre nichts geschehen. Die Flasche Wein deutete darauf hin, dass sie jemanden erwartet hatte.

Kein Möbelstück war umgefallen, kein Blatt vom Tisch gerutscht. Alles wirkte, als wäre es am richtigen Platz, sogar die bunten Kissen auf den Sofas machten immer noch einen einladenden Eindruck. Aber etwas fehlte doch. Ein Puzzleteil mit einem leuchtend gelben Seidentuch drehte sich über der Leiche. Wo war Hambachers Tuch?

»Ein teurer Wein«, nuschelte Thorwald und nickte zu der Flasche auf dem Schreibtisch hinüber. Dabei hielt er sein Taschentuch weiter fest auf Mund und Nase gepresst. Undenkbar für Clara, die einen Tatort stets mit allen Sinnen erkundete. Es roch süßlich, schwer und nach Eisen. Der charakteristische Geruch frischen Blutes. Und bei der Wärme im Raum hing er noch drückender in der Luft.

Die Ausdünstung des niedergebrannten Kaminfeuers legte sich dünn darüber. Doch da war noch etwas anderes. Clara schloss die Augen und konzentrierte sich. Mit hocherhobener Nase sog sie die Raumluft ein. Es roch nach mehr als verbranntem Holz und Blut. Angekokelter Kunststoff?

Sie riss die Augen auf und blickte in den Kamin. Ein Haufen Asche lag in der Feuerstelle, letzte Glutfünkchen verglommen an der einen oder anderen Stelle. Die Asche war mit einem feinen weißen Schleier überzogen, der von schwarzen Bläschen durchbrochen wurde. Claras Bauch kribbelte. Da war etwas. Dieser Geruch, der unnatürlich wirkende Schleier auf der Asche. Ein schwarzes Puzzleteil stob wie ein Funkenschlag in die Feuerstelle und entzündete sich. Der Täter hatte dort etwas verbrannt.

»Der gesamte Inhalt des Kamins muss gesichert werden!«, rief sie in den Raum und sah sich um, wer von der Spurensicherung vor Ort war. Aber auch hier kannte sie keinen der weißen Anzüge, die auf dem Boden herumkrochen und Blutstropfen vermaßen.

Eine untersetzte, ältere Frau mit einem rundlichen Gesicht kam auf sie zu. Den Anzug bis zum Kinn hochgezogen. »Alles klar, ich nehme das Zeug mit«, sagte sie. Sie holte einen feuerfesten Behälter aus dem Auto und schaufelte die heiße Asche hinein.

»Wir brauchen sofort Zugriff auf die Überwachungsvideos von letzter Nacht!«

»Wird erledigt«, näselte Thorwald erleichtert, dass er den Raum verlassen konnte, in gedämpften Ton hinter seinem Taschentuch. Und entschuldigend fügte er hinzu: »Es ist nicht der Anblick der Leichen, wirklich nicht. Damit habe ich nicht das geringste Problem. Es sind diese Gerüche, die sind einfach nichts für meine empfindliche Nase.«

»Wer hat sie gefunden?« Clara sah den jungen Polizisten an, der sie schon zum Tatort geführt hatte.

»Ihre Stellvertreterin, sie sitzt im Raum gegenüber. Wollen Sie mit ihr sprechen?«

Irmgard Meierhofer saß zusammengesunken in ihrem Bürostuhl, Thorwald stand ein wenig hilflos neben ihr. Das Büro der stellvertretenden Leiterin war noch zweckmäßiger eingerichtet als das der Hambacher.

»Ich bin schockiert!« Die farblose Frau sah sie mit noch fahlerem Gesicht an, als Clara sie in Erinnerung hatte. »Dass mir sowas passieren muss.«

Clara schätzte sie auf um die fünfzig, aber der Schock ließ ihr Gesicht älter aussehen.

»Was ist da passiert?«, fragte sie immer noch fassungslos.

»Das wollen wir herauszufinden. Sie haben Sybille Hambacher gefunden heute früh?«

Schweißperlen bildeten sich auf der Stirn von Irmgard Meierhofer. Ihr Blick war glasig und sie fächerte sich mit der eigenen Hand Luft zu.

»Ist Ihnen etwas aufgefallen?«

»Sie lag tot da, das ganze Blut. Das Bild werde ich nie vergessen.« Meierhofers Stimme klang schrill.

»War alles an seinem Platz? Die Möbel, die Unterlagen? Nichts durcheinander?«

»Oh Gott!« Sie wedelte sich immer noch Luft zu.

»Ist Ihnen gestern Abend respektive heute früh jemand aufgefallen, der hier nicht hergehört?«

»Ich weiß nicht. Oh, ich fühle mich nicht wohl.« Meierhofer rutschte vom Stuhl, landete auf alle vieren und würgte.

»Thorwald, schau mal nach einem Ersthelfer oder einem Sanitäter.« Sie schob der Frau den Mülleimer hin, keine Sekunde zu früh. Meierhofer erbrach sich lautstark.

Hastig drückte Thorwald sich das Taschentuch wieder über Mund und Nase und eilte hinaus.

Wenige Sekunden später kam er immer noch mit dem Tuch vorm Gesicht und Funkenstein im Schlepptau zurück.

»Legen Sie sich hin, wenn Sie gerade nicht erbrechen müssen.« Funkenstein warf einen Blick in den Mülleimer. »Oh lala, was hatten Sie denn zum Frühstück? Es riecht nach Salami, oder was.« Er hockte sich neben Meierhofer und wedelte sich den Geruch aus dem Mülleimer zu. »Hatten Sie ein Brot mit Salami zum Frühstück? Wissen Sie, es ist nicht gesund, gepökelte und gesalzene Wurstwaren zu essen. Es ist das Nitrit. Das kann die Magenschleimhaut angreifen. So was sehen wir oft bei Obduktionen. Scheußliche Sache, oder was. Wir hatten mal einen Fall mit einem kompletten Magendurchbruch, wo die Säure sich in das Bauchinnere ergossen hatte.«

Meierhofer glotzte ihn bleichgesichtig an und begann wieder zu würgen.

»Funkenstein. Machen Sie was!«

»Ja, ja.« Er tätschelte ihre Schulter »Machen Sie sich keine Sorgen, ich bin Rechtsmediziner.«

»Oh mein Gott.« Meinte Clara zu verstehen, bevor Meierhofer sich in einem Schwall ein weiteres Mal in den Mülleimer übergab.

Nachdem die stellvertretende Leiterin sich ein wenig stabilisiert hatte, hing sie halbwegs aufrecht wieder in ihrem Stuhl. Sabrina, die Assistentin von Hambacher, hatte ihr einen Tee gebracht und Clara unternahm einen neuen Anlauf, etwas Sinnvolles aus der Frau herauszubekommen.

»Ich kann nicht. Sybille ist tot. Es ist grauenvoll.«

»Okay, aber Sie wollen doch sicher, dass wir ihren Mörder finden.«

»Natürlich. Bitte entschuldigen Sie.« Sie setzte sich gerade hin und nahm einen vorsichtigen Schluck Tee.

»Hatte Frau Hambacher Feinde?«

»Feinde würde ich nicht direkt sagen, aber sie war ein sehr bestimmender Mensch. Dadurch macht man sich nicht unbedingt beliebt.«

»Gibt es jemanden, bei dem sie sich kürzlich unbeliebt gemacht hat?«

»Anna Schneider zum Beispiel. Mit ihr hat sie sich oft gestritten.«

»Worum ging es dabei?«

»Alles Mögliche, zum Beispiel um Felix, diesen Obdachlosen, der immer mal wieder vor dem Heim herumlungerte. Anna Schneider meinte, er sei eine Gefahr für die Frauen hier. Aber das hat Sybille lächerlich gefunden – zumindest bis gestern.«

»Was war gestern?«

»Da hat er mal wieder vor unserer Tür herumgelungert und unsere Frauen belästigt. Und diesmal ist Sybille hinausgegangen und hat einen Eimer Wasser nach ihm geschüttet. So wie nach einem räudigen Hund und das bei der Eiseskälte.« Sie hielt ihre Teetasse mit beiden Händen umklammert. »Ich fand das nicht richtig, aber so war Sybille. Sie hat nicht lang gefackelt, wenn ihr was nicht gepasst hat.«

»So macht man sich keine Freunde.«

»Nein, und das Ganze war auch deswegen ungeschickt, weil das Wasser auf dem Gehsteig sofort zu Eis gefroren ist. Fragen sie mal Sabrina, die musste streuen und die Stelle wieder begehbar zu machen.«

»Und der Obdachlose ist weggegangen?«

»Erst, nachdem er sie mit einer Menge Schimpfwörtern und Flüchen belegt hatte, dann hat er sich triefend nass davon gemacht.«

»Hat er sie körperlich attackiert?«

»Er hat sie derb beschimpft und ihr mit der Faust gedroht, aber angefasst hat er sie nicht. Denken Sie, dieser Felix war das? Hat er sie ermordet?« Mit einem ausgefransten Papiertaschentuch betupfte sie ihre Augen.

»Wann haben Sie Frau Hambacher zuletzt gesehen?«

»Gestern Abend gegen halb acht, als ich gegangen bin. Wir waren die Letzten im vorderen Haus – bis auf den Hausmeister, der hat ja seine Wohnung hier. Ich habe mich verabschiedet und sie wollte noch bleiben. Sie sagte, sie müsse etwas klären.«

»Hat sie da ihr gelbes Tuch getragen?«

»Das Seidentuch?« Nachdenklich sah sie Clara an. »Ja, ich glaube schon, sie hatte es sich um die Schultern gelegt. Und sie zog ihren Lippenstift frisch nach, als ich hereinkam.«

»Wir benötigen die Videobänder von gestern Abend. Und wären Sie so freundlich, mir zu sagen, wo ich den Hausmeister finde?«, nuschelte Thorwald, der sein Mentholtuch auch zum Sprechen keinen Millimeter vom Gesicht löste.

»Aber ja, entschuldigen Sie.« Wieder tupfte sie mit dem Taschentuch an ihren Augen herum. »Meine Assistentin wird ihnen die Aufnahmen zur Verfügung stellen.« Sie erklärte Thorwald den Weg zum Hausmeister und rief nach Sabrina, der jungen Frau, die den Tee gebracht hatte, damit sie die Sache mit den Videoaufnahmen erledigte.

Clara registrierte, dass Meierhofer die Assistentin von Hambacher schnell und selbstverständlich als ihre bezeichnet hatte. »Wer übernimmt eigentlich die Leitung des Heims, jetzt wo Frau Hambacher tot ist?«, fragte sie beiläufig.

Eine kurze Pause folgte, bevor Meierhofer sagte: »Ich denke, das bin ich.« Ein feines Lächeln huschte über ihr Gesicht und gab den Blick frei auf ein wenig Erbrochenes in ihrem Mundwinkel. »Daran habe ich ja überhaupt noch nicht gedacht.«

Sabrina, die junge Assistentin, stürzte atemlos in den Raum. »Das Videomaterial – es ist alles gelöscht, seit gestern Abend um halb acht!«

30

»Verdammt, wir hätten die Hambacher nicht einfach gehen lassen sollen.« Clara marschierte im Besprechungsraum auf und ab. »Wir hätten sie verhaften sollen.«

»Aber mit welcher Begründung?«, fragte Thorwald, der mit dem Rest des Teams und den Olsen-Zwillingen um den Tisch herum saß. »Gestern haben wir noch nichts davon gewusst, dass sie Geld unterschlagen hat.«

»Aber ich habe gemerkt, dass sie uns etwas verschweigt. Wir hätten sie hierbehalten sollen, dann würde sie jetzt noch leben.«

»For no reason? Du hättest bei der Staatsanwaltschaft niemanden gefunden, der das unterschreibt.«

Clara dachte kurz an die Staatsanwältin, die Reitmayer so gewogen war, doch vermutlich hatte Iris recht. Reitmayer hätte es nicht unterstützt, einen Haftbefehl für die Hambacher zu erwirken.

»Und jetzt hat Fürst sie ermordet.«

»Oder Felix, der Obdachlose, hat sich an ihr gerächt, weil sie ihn mit völlig überzogenen Mitteln vertrieben hat«, gab Iris zurück.

Clara glaubte nicht an seine Schuld, trotzdem hatte sie jetzt die Anweisung erteilt, den Zeltplatz zu räumen und den ganzen Kram in die Spurensicherung zu bringen.

»Wenn ein Obdachloser jeden umbringen würde, der ihn verscheucht, dann hätte er viel zu tun und wir auch. Und wie sollte er die Videobänder gelöscht, den Wagen manipuliert und Anna Scheider tiefgefroren haben? Denkst du, er ist James Bond?« Clara schüttelte den Kopf. »Ich bin sicher, wenn wir ihn finden, können wir die Beschuldigungen gegen ihn eher ausräumen. Fürst hingegen wäre in der Lage, so etwas zu planen.«

»Fürst willst du unbedingt mit jedem Verbrechen in town in Verbindung bringen, oder?«

»Er hat das Potenzial, einen solchen Mord eiskalt durchzuführen.« Sie hatte aus den Akten heraus, einen Gedankenblitz gehabt, bevor das Tohuwabohu mit Hambachers Tod über ihnen losgebrochen war. Doch er war spurlos verschwunden.

»Ich würde die Stellvertreterin Irmgard Meierhofer als Verdächtige nicht ausschließen«, gab Thorwald zu bedenken. »Nachdem nur sie und Sybille Hambacher über die Berechtigung verfügten, liegt die Vermutung nahe, dass sie es war, die die Videos gelöscht hat. Wie hätte Sybille Hambacher die Bilder löschen sollen, nachdem der Mord an ihr geschah? Und ihr PC ist passwortgeschützt.«

»Klingt logisch. So betrachtet kann nur Ihre Stellvertreterin die Aufnahmen gelöscht haben.«

»Und nachdem wir keine Videos haben, lässt sich auch gar nicht nachvollziehen, ob Irmgard Meierhofer um halb acht gegangen ist, wie sie behauptet hat. Sie wohnt allein, niemand kann bezeugen, wann sie zu Hause eingetroffen ist.«

»Haben wir schon Rückmeldung von den Tec-Experten, von welchem PC aus die Daten gelöscht wurden und ob sie die Video-Dateien wiederherstellen können?« Clara sah in die Runde.

»Die arbeiten noch daran«, antwortete Lisa. »Spätestens, wenn die Kollegen aus der Technik uns sagen können, von welchem der beiden Rechner die Löschung angestoßen wurde, wissen wir, ob die Stellvertreterin da mit drin hängt.«

Clara sah Irmgard Meierhofer vor sich, wie sie am Boden vor dem Eimer hockte. »Sie war geschockt von dem Leichenfund, das schien mir nicht gespielt.«

»Für ihren schlechten Allgemeinzustand kann die Ursache durchaus das viele Blut und der Geruch gewesen sein – sehr nachvollziehbar im Übrigen.« Thorwald schüttelte sich. »Aber den Tod ihrer Vorgesetzten hat sie nicht betrauert. Dieses ständige Betupfen der Augen mit dem Taschentuch ist untypisch in einer echten Trauersituation. Ich hatte sogar den Eindruck, sie wäre erfreut über die Möglichkeit, die Leitungsfunktion zu übernehmen.«

»Ihr Motiv wäre, dass sie den Job von der Hambacher haben wollte?«, fragte Lisa zweifelnd.

»Wir haben schon verrücktere Sachen gehört, als für einen attraktiven Job zu morden«, sagte Iris. »Und außerdem kann sie aus anderen Gründen Streit mit Hambacher gehabt haben. Sie waren ja nicht gerade Besties.«

»Aber was hätte die Meierhofer für einen Grund gehabt, Anna zu töten? Oder haben wir es mit zwei Tätern zu tun? Irgendwie ergibt das keinen Sinn«, sagte Lisa zweifelnd.

»Diese Assistentin, Sabrina, die sollte doch wissen, wie es um die Beziehung von Hambacher und Meierhofer stand.«

»Das übernehme ich. Im Herauskitzeln von Tratsch und Ratsch bin ich very good.«

»Okay, dieser wahnsinnige Overkill mit der Gefahr, von der Kamera aufgezeichnet zu werden. Dann die Frauen, die im Heim wohnen, der Hausmeister hätte jederzeit auftauchen können und einer der Anwohner hätte etwas mitbekommen können. Der Täter ging ein hohes Risiko ein. Warum haben wir gar nichts?« Clara bekam keine Antwort. Niemand konnte sich das erklären.

»Was ist mit dem Hausmeister? Hat der denn gar nichts mitbekommen?« Clara sah zu Thorwald hinüber.

»Leider nein, er ist zur vermuteten Tatzeit zwar zu Hause gewesen. Aber er hat weder etwas Verdächtiges gehört noch gesehen. Die Befragung der Frauen läuft noch. Vielleicht hat eine der Bewohnerinnen was mitbekommen.«

»Der Täter muss beim Verlassen des Gebäudes erhebliche Blutanhaftungen an sich gehabt haben. Aber wir haben weder im Treppenhaus noch draußen Blutspuren gefunden. Auch was die Flucht angeht, wenn derjenige dort in einen Bus eingestiegen wäre, hätten wir sicher einen Hinweis vom Busfahrer bekommen. Die U-Bahn? Auch da wäre ein solch blutiger Mensch aufgefallen. Am wahrscheinlichsten ist es, dass der Täter mit dem Auto geflohen ist«, verkündete Clara ihre Schlussfolgerung.

»Oder zu Fuß. In den Englischen Garten, da hat er einen kurzen und guten Fluchtweg in die Dunkelheit genutzt und hat es sich nach dem Mord in seinem Zelt bei der Exedra gemütlich gemacht.« Herausfordernd sah Iris sie an.

»Okay, angekommen. Felix, der Noargal-Saufer, ist weiterhin verdächtig. So lange, bis wir ihn einwandfrei ausschließen können.«

»Oder ihm die Morde nachweisen können.«

»Wenn die Videos erst ab halb acht am Abend gelöscht wurden, muss die Geschichte mit Felix und dem Eimer Wasser auf den Bändern sein. Wir sollten uns das mal ansehen. Thorwald, schau mal, ob du darauf was entdeckst, das uns weiter hilft.«

»Nichts lieber als das.« Thorwald machte sich sofort auf den Weg in den Videoraum.

»Sybille Hambacher hat jemanden erwartet. Entweder das war ihr Mörder oder der Gast hat sie versetzt.«

»Oder der Gast hat den Mord entdeckt und ist abgehauen, um nicht reingezogen zu werden«, fügte Lisa an.

Clara nickte, das war auch eine Möglichkeit.

Reitmayer tauchte im Besprechungsraum auf und frohlockte: »Na, dann sind ja alle Fälle aufgeklärt. Wunderbar, pünktlich vor Weihnachten, das ist mal ein schöner Erfolg. Jetzt müssen wir diesen Obdachlosen nur noch einkasteln.«

Zweifellos hatte einer der Olsen-Zwillinge ihn über den Ermittlungsstand falsch ins Bild gesetzt und schon als logischen Täter für beide Morde den Obdachlosen Felix Leitner präsentiert.

»Wir wollen erst einmal nur mit ihm reden«, unternahm Clara einen Versuch, Reitmayers Euphorie der gelösten Fälle ein wenig auszubremsen.

Der vergewisserte sich mit einem schnellen Blick unter den Schreibtisch, dass der Hund nicht darunter saß. Nachdem Reitmayer den Dackel nirgends entdecken konnte, kam er näher. »Was gibt es da noch lang zu reden? Erst hat er die Anna Schneider ermordet, weil sie ihn beschuldigt hat, und dann hat er sich an Sybille Hambacher gerächt.«

»Für einen Eimer Wasser?«

»So ist es.«

»Nicht gerade zwingend, das Motiv.«

»Verrückte Leute tun verrückte Dinge.«

»Wir wissen gar nicht, ob er verrückt ist.«

»Ich bitte Sie, jemand der mit einem Zelt im Englischen Garten lebt, ist naturgemäß ein Geschockter. Der hat nicht mehr alle beisammen. Seien Sie doch froh, es ist ein sehr guter Ermittlungserfolg. Wenn ich mich an Staatsanwältin Eckmann wende, bekommen wir sicher sofort einen Haftbefehl für den Mann. Obdachlose sind ihr vom Grunde her suspekt.«

»Bevor wir ihn als Mörder abstempeln, sollten wir ihn erst einmal befragen, und dazu müssen wir ihn zuerst finden.«

»Na dann, hopp, hopp! Worauf warten Sie noch? Spüren Sie ihn auf. Ich bin sicher, der Rest wird sich von allein fügen. Dann können wir uns in Ruhe zurücklehnen und die Presseberichte lesen.« Reitmayer lächelte selbstgefällig.

Clara ging sein Gerede auf die Nerven. Er hatte nicht die geringste Ahnung von den Ermittlungen und wollte mit einer Verhaftung nur für die Presse oder für Kämmerlein gut dastehen. »Und wo ist Ute Pichler?«

»Wer weiß, aber wir haben es vom Obdachlosenheim und höchstoffiziell von der Vermisstenstelle: So ein heimatloses Gschwerl verschwindet halt mal.«

»Ohne ihren Hund und bei der Eiseskälte?«, setzte Clara nach.

»Ich sehe jeden Tag Obdachlose da draußen herumlaufen, selbst in diesem Schneegestöber.« Genervt setzte er hinzu: »Und was den dämlichen Hund angeht ...« Der Kommissariatsleiter winkte ab und ging hinaus.

Felix Leitner war bisher noch nie durch Gewaltdelikte aufgefallen. Einige Platzverweise und kleinere Reibereien. Ute Pichler war er unangemessen auf die Pelle gerückt, aber sie hatte ihn offenbar nicht angezeigt. Laut Aussage des Kioskbesitzers und der stellvertretenden Leiterin Meierhofer wendete er zu keinem Zeitpunkt körperliche Gewalt an. Bis jetzt zumindest.

Thorwald war mit dem Sichten des vorhandenen Videomaterials in Megageschwindigkeit durch. Er beschrieb die Wassereimer-Szene als unspektakulär. Wo war ihr roter Faden in dem Gewirr? Mit einem Ohr lauschte sie dem Polizeifunk. Doch es gab keine Spur von Felix Leitner.

Iris kam von der Befragung der Assistentin zurück. Hambacher und Meierhofer waren offenbar spinnefeind gewesen, außerdem wurde in der Belegschaft schon länger gemunkelt, dass die Hambacher die Spenden nicht ordnungsgemäß verbucht hatte.

Clara rieb sich die brennenden Augen. Lieber hätte sie draußen ermittelt, auf der Straße, als endlos Akten zu wälzen und ständig auf irgendwelche Ergebnisse zu warten. Aber immer wieder hatte sich gezeigt, dass es sich lohnte, den trockenen Berichtekram konzentriert durchzugehen.

Es klopfte an ihrer offenen Tür und die Kollegin Gabler von der Streife kam herein. Ihre Nase war kältegerötet, in der Hand hielt sie eine Tasche. Sie nickte Clara zu und zog zwei Beweismittelbeutel heraus. Ein goldgelbes Tuch steckte in dem einen, ein billig aussehendes Taschenmesser lag in dem anderen Beutel. Beide Artefakte waren reichlich mit Blut verschmiert.

»Das stammt aus dem Zelt des Obdachlosen«, sagte sie und legte die Beutel auf Claras Tisch. »Funkenstein meinte, das werden sie sich kurz ansehen wollen, bevor ich es runter zur Spurensicherung bringe. Sie hätten am Tatort nach so einem Tuch gefragt.«

Es war Sybille Hambachers Halstuch, das in dem Beutel steckte, kein Zweifel. Das Tuch, das sie ständig um Hals oder Schultern getragen hatte und an dem sie bei den Befragungen so nervös herumgezupft hatte. Jetzt lag es in einer Beweismitteltüte und zeigte überdeutlich auf Felix, den Obdachlosen. Hatte sie sich schon wieder so sehr geirrt? War Felix doch der Mörder? Aber wie hatte er das alles bewerkstelligt?

Mit diesen offensichtlichen Beweisen war es nicht mehr notwendig, einen Haftbefehl durch Reitmayers Kontakte bei der Staatsanwaltschaft zu erwirken. Felix Leitner wurde nun offiziell des Mordes beschuldigt.

Mit dem Haftbefehl stand auch der Öffentlichkeitsfahndung nichts mehr im Wege. Im Fernsehen und in den sozialen Medien verbreiteten sich sein Name und das Bild von seinem Passfoto in rasantem Tempo in ganz München.

Polizeitrupps durchkämmten den südlichen Teil des Englischen Gartens, wo Leitner sich gerne aufhielt und sogar ein Helikopter mit Wärmebildkamera hatte die Grünanlagen überflogen, in denen der Noargal-Saufer sich häufig herumgetrieben hatte. Doch keine Spur von Felix Leitner.

31

Am späten Abend, Clara war gerade einmal eine halbe Stunde zu Hause, wurden sie und ihr Team informiert, dass Felix Leitner aufgespürt worden war. Sie trafen sich sofort wieder im Revier. Leitner hatte Unterschlupf gefunden in einem der großen Notlager, die nur bei extremer Kälte für Menschen ohne festen Wohnsitz geöffnet wurden.

Ein Sozialpädagoge aus dem Schlaflager hatte sein Bild in den Nachrichten erkannt und die Polizei gerufen. Als die Beamten eintrafen, um ihn zu verhaften, lag Leitner auf einer der Pritschen und schlief. Er hatte keinen Widerstand geleistet.

Zuerst wurde er erkennungsdienstlich behandelt. Seine Fingerabdrücke wurden genommen, er bekam einen Jogginganzug der Polizeisporttruppe und musste sich komplett entkleiden.

Seine Kleidungsstücke wurden einzeln in Beweismitteltüten verpackt.

Clara verschaffte sich einen schnellen Überblick, bevor die Sachen zur Spurensicherung gebracht wurden. Sein Mantel war feucht und steif vor Schmutz und seine Hose war durchgesessen. Der Pullover hatte mehr Löcher als Wolle, doch Blut war dem ersten Anschein nach auf keinem der Kleidungsstücke. Auch auf den Schuhen, die matschverkrustet und schneedurchfeuchtet waren, war nichts.

Zwar mussten sie die endgültige Analyse aus dem Labor abwarten, aber Clara empfand das als Bestätigung ihrer Theorie, und sie fühlte sich wieder ein wenig sicherer. Leitner war nicht der Mörder, für den ihn alle hielten. Das Tuch und die Tatwaffe musste ihm jemand untergeschoben haben. Sie saß am Platz von Matthias, gegenüber von Lisa, und wartete darauf, dass sie Leitner vernehmen konnten. Vor sich auf dem Tisch hatte sie den vorläufigen Bericht über die Festnahme und die Aufnahme in Untersuchungshaft. »Es gibt keine Blut- oder sonstige Spuren an Felix Leitner oder seiner Kleidung, die darauf hinweisen, dass er der Täter ist.«

»Sybille Hambacher wurde gestern Abend ermordet, er kann sich inzwischen gewaschen und umgezogen haben«, wandte Lisa ein.

»Es gab gar keine Wechselklamotten in seinem Zelt, als wir es das erste Mal durchsucht haben.«

»Die hatte er vielleicht mitgenommen, er schläft ja offenbar schon länger in dem Bunker. Oder er hat die Sachen gewaschen, der Mantel war noch ganz feucht.«

»Vom Schnee.«

»Wie bitte?« Lisa tippte etwas auf ihrer Tastatur und war gar nicht mit voller Aufmerksamkeit beim Gespräch.

Clara klickte sich durch alle Fotos, die die Spurensicherung im Zelt von Leitner gemacht hatte. Sie entdeckte darauf einen kleinen weißen Kanister. »Der war bei der ersten Durchsuchung nicht da«, sagte sie halblaut vor sich hin. In ihrem Bauch meldete sich das Kribbeln, das sich breitmachte, wenn sie auf der richtigen Spur war. Sie angelte nach dem Telefon von Matthias und rief bei der Spurensicherung an, in der Hoffnung, dass Brahl so spät am Abend keinen Dienst tat.

Und diesmal war das Glück auf ihrer Seite. Es war nicht Doktor-heißt-es-Brahl in deren Anrufumleitung sie landete. Manuela Spitzer, eine Assistentin von Weidmann, hatte den Abenddienst übernommen. Auf Claras Bitte hin prüfte sie, was sich in dem Kanister befand.

»Er ist leer, aber es riecht nach Spiritus«, berichtete die Assistentin.

Clara legte auf und wiederholte, was Spitzer ihr gesagt hatte.

Lisa sah von ihrem Bildschirm auf. »Spiritus? Jetzt wissen wir, dass Leitner auch Anna Schneider aus dem Weg geräumt hat.«

»Was? Nein! Hörst du mir nicht zu? Bei der ersten Durchsuchung war der Kanister nicht im Zelt. Und wo sollte er den plötzlich hergehabt haben? Und warum sollte er überhaupt nachträglich den leeren Kanister in sein Zelt bringen? Damit wir alle Beweise schön beieinanderhaben, oder warum?«

»Wie wäre es damit: Er ist ein wahnsinniger Killer.«

»Schmarrn! Da schiebt ihm jemand was unter. Das ist doch offensichtlich. Und wenn ich wetten sollte, dann würde ich auf Fürst setzen.«

Lisa schüttelte den Kopf und widmete sich wortlos wieder ihrem Bildschirm.

»Wir können Felix Leitner jetzt vernehmen.« Thorwald stand im Türrahmen.

»Tut mir leid wegen der Hambacher«, sagte Clara draußen im Gang zu Thorwald.

»Sie war eine Diebin.«

»Aber du hast sie gemocht.«

Thorwald schwieg.

Leitner saß vornübergebeugt und mit verschlossener Miene im Vernehmungszimmer. Sein spärliches schwarzes Haar klebte am Kopf und sein Gesicht hatte tiefe Furchen. Doch in den frischen blauen Jogginganzug gehüllt, sah er nicht mehr aus wie ein Mann, der schon seit ewigen Zeiten auf der Straße lebte.

»Wurden Sie über Ihre Rechte aufgeklärt?«

Er schaute mit verhangenem Blick vor sich hin und Clara ratterte zur Sicherheit den allgemeinen Spruch noch einmal herunter. »Wollen Sie einen Anwalt, Herr Leitner?«

Zum ersten Mal sah er sie an. »So hat mich scho' lang keiner mehr genannt.«

Doch das war alles, was er sagte. Er antwortete weder auf die Nachfragen zu Anna Schneider, noch hatte er etwas zum Streit mit Sybille Hambacher zu sagen. Und zu dem, was ihm zur Last gelegt wurde, äußerte er sich auch nicht. Er zuckte lediglich mit den Schultern, als Clara wissen wollte, wie die Beweismittel in sein Zelt gelangt waren.

Sie hätte genauso gut mit einer Eisscholle reden können, die auf dem Kleinhesseloher See trieb.

Nach zwei Stunden beendete Clara die Vernehmung. »Lassen Sie uns morgen weitermachen. Vielleicht haben Sie Ihre Gedanken bis dahin ein wenig sortiert.«

Clara dachte nach. Mit geschlossenen Augen sah sie Leitner vor sich, wie er das Auto anzündete und mit dem Kanister in die Dunkelheit des Englischen Gartens floh. Fast wäre sie eingenickt, als Thorwald hereinkam.

»Hast du noch einen Moment?« Er wartete, bis sie sich orientiert hatte und ihn ansah. »Ich habe den Zeitungsartikel aus Verdun übersetzt, aber da gibt es keinen echten Anhaltspunkt. Da steht nur drin, dass Vater und Sohn zu Tode gestürzt sind und dass deren Familie und eine junge Frau Zeugen des Dramas waren.«

»Okay, danke.«

»Ich habe bei den französischen Behörden nachgefragt. Es hat etwas gedauert, alles noch nicht digitalisiert. Aber ein französischer Kollege hat mir zurückgeschrieben. Er bestätigte, was in dem Artikel stand und konnte zweifelsfrei bezeugen, dass Vater und Sohn damals ums Leben gekommen sind. Ein unglücklicher Fehltritt, der Vater wollte den Sohn halten und so sind sie gemeinsam abgestürzt. Fürst und seine Mutter waren Zeugen des Unfalls.«

»Dann ist sein Zwillingsbruder tot.«

»Sieht so aus.«

»Aber?«

»Sie wurden in Frankreich bestattet. Normalerweise lassen die Leute ihre Angehörigen doch überführen und bei sich zu Hause bestatten. Sie wollen ihre Toten gerne in der Nähe haben.«

»Und wenn sie kein Geld dafür hatten?« Die Müdigkeit hatte wieder die Oberhand gewonnen, Claras Gedanken liefen wie in Zeitlupe. »Oder meinst du, der Zwillingsbruder lebt noch?«

»Ich weiß es nicht. Aber dass Vater und Sohn in Frankreich bestattet wurden, halte ich für eigentümlich.« Auch Thorwald waren die Anstrengungen der letzten Tage anzusehen, unter seinen Augen zeichneten sich dunkle Schatten ab. »Wenn man die damaligen Wohnverhältnisse der Familie Fürst betrachtet, war das Geld sicher knapp. Aber in solchen Extremfällen hilft der Staat mit Zuschüssen weiter.«

»Vielleicht hatten sie andere Probleme als die Überführung der Leichen.« Clara hatte Mühe, ihre Gedanken in Bahnen zu lenken, immer wieder ließ die Müdigkeit sie abschweifen.

»Und doch ist es gesellschaftlich wenig akzeptiert, die Toten nicht nach Hause zu holen. Ganz abgesehen davon, dass es emotional schwierig sein dürfte, so enge Familienmitglieder nicht an einem Grab betrauern zu können, sondern weit entfernt in einem fremden Land begraben zu wissen.«

Doch beide hatten keine Kraft mehr für weitere Überlegungen und Diskussionen.

Trotz ihrer Erschöpfung fand Clara keinen echten Schlaf. Lange wälzte sie sich im Bett von der einen auf die andere Seite. Die Puzzleteile rumorten in ihrem Kopf herum, doch sie trugen nicht zur Klärung des Falls bei. Der Kanister, das Tuch und das Messer. Sie sah die blutverschmierten Sachen vor sich. Der wahre Mörder musste sie ins Zelt gebracht haben, um Leitner zu belasten.

Aber wie konnte Fürst von dem Zelt wissen? Oder war Felix Leitner doch der Täter? Aber warum war der Kanister beim ersten Besuch nicht da gewesen? Felix Leitner hätte ihn woanders verstecken und später ins Zelt zurückbringen müssen. Ergab das Sinn? Nein! Immer wieder döste sie ein, nur um gleich wieder hochzuschrecken.

Hatte Rottenbach sich wirklich das Leben genommen oder war er ermordet worden? Der Tatort hatte nicht so ausgesehen, als wäre es zu einem Kampf gekommen. Er hätte sich nicht ohne Gegenwehr in den Bottich stecken lassen. Aber der Abschiedsbrief war nicht unterschrieben gewesen.

Alles vermischte sich ineinander und wurde zu einem zähen Brei, der sich träge durch ihre Gehirnwindungen drückte. Ein einzelner Sonnenblumenkern tauchte vor ihr auf. »Jetzt weiß ich es«, murmelte sie erleichtert und entspannt fiel sie kurz vor der Weckzeit in einen festen Schlaf.

Erst als Gustl neben ihrem Gesicht stand und mit seiner haarigen Schnauze ihre Stirn berührte, wachte sie wieder auf. Neun Uhr. Miriam war längst in der Schule und Gustl sah sie erwartungsvoll an. Clara konnte im ersten Moment gar nicht glauben, dass sie verschlafen hatte. Aber die drei Stunden richtiger Schlaf hatten ihr gutgetan.

Und diesmal fiel ihr gleich wieder ein, was sie auf den Fotos der Durchsuchung bei Fürst gesehen hatte. Ein einzelner Kern im Fußraum seines Autos. Im Durchsuchungsprotokoll von Fürsts ansonsten klinisch rein gesaugtem Auto war es nicht einmal aufgeführt, so klein war dieser Beweis gegen ihn. Und sie hatte ihn auf einem der Fotos gesehen – einen Sonnenblumenkern. Vogelfutter. Ute!

Fürst hatte etwas mit Utes Verschwinden zu tun. Und Anna Schneider musste ihm auf die Schliche gekommen sein. Deswegen hatte Fürst ihr vor dem Heim aufgelauert, hatte sie verfolgt und ermordet. So musste es gewesen sein. Zu Gustls Freude sprang sie endlich aus dem Bett.

»Tut mir leid, Kleiner, heute musst du hierbleiben, aber Miriam kommt bald nach Hause. Ich muss jetzt los, jemanden verhaften!«

32

»Ein Sonnenblumenkern?« Iris sah sie verständnislos an.

»Genau, ein Sonnenblumenkern bringt ihn zu Fall. Es ist der Beweis, dass Fürst der Täter ist. Vogelfutter, verstehst du?«

»Nein, ich verstehe nicht und ich glaube, du hast einiges nicht mitbekommen.« Ihr rotes Haar leuchtete im gleißend hellen Treppenhauslicht des Polizeireviers noch kräftiger. »Wir haben unseren Täter. Felix Leitner hat heute Morgen gestanden. Er hat Anna Schneider und Sybille Hambacher ermordet.«

»Das hat er nicht.« Clara sah sie ungläubig an.

»He did! Der Mann hat ein komplettes Geständnis unterschrieben, lies Reitmayers Bericht. Case closed.«

»Reitmayer hat ihn befragt?«

»Yep. Du warst ja noch nicht da.«

»Der hat ihm mit Sicherheit jedes Wort in den Mund gelegt. Das ist doch kein echtes Geständnis.«

»Ach, Clara, cool down. Die Beweislast ist schon ohne Geständnis erdrückend. Für beide Morde hatte er ein Motiv. Dann das Tuch mit Hambachers Blut daran und die Tatwaffe in seinem Zelt. Und er war flüchtig. Es passt alles zusammen. Der Mann war es, wir haben ihn und that means, unser Weihnachtsurlaub ist gerettet.« Sie lächelte und tätschelte Claras Schulter.

Und als hätte er hinter der Ecke gelauert, um im passenden Moment die Bühne zu betreten und aufzutrumpfen, kam Reitmayer ihr bestens gelaunt aus der Kaffeeküche entgegen. »Na, was sagen Sie, Liebig? Hat mich keine halbe Stunde gekostet, den Noargal-Saufer zu einem Geständnis zu bewegen. Noch vor dem ersten Kaffee.« Reitmayer hielt ihr seine dampfende Kaffeetasse vor die Nase und auf seinem Gesicht lag dieses fette Grinsen, das Clara so an ihm verabscheute.

»Aber was ist mit Fürst?«

»Man muss auch mal zugeben können, wenn man sich geirrt hat! Mit Fürst haben Sie sauber den falschen Gaul geritten. Doch Sie sollten es positiv sehen. Beide Morde sind aufgeklärt und auch die Leberkas-Sache ist aus der Welt. München kann wieder in Ruhe Leberkas essen und die Feiertage genießen.«

»In seinem Auto war ein Sonnenblumenkern.«

Reitmayer schien zu überlegen, ob ihm das etwas sagen sollte. »Na gut, dann schnabuliert er gerne Sonnenblumenkerne, na und?«

»Vogelfutter! Er hat etwas mit Utes Verschwinden zu tun.«

»Um die Alte geht es doch hier gar nicht. Es geht um die Morde.«

»Genau, und die hat Fürst begangen, wegen Vogelfutter.«

»Fürst mordet wegen Vogelfutter?« Reitmayer gab ein kleines, unangenehmes Lachen von sich.

»Nein, ich meinte, ich bin jetzt sicher, dass Fürst unser Täter ist. In seinem Auto lag ein Sonnenblumenkern. Verstehen Sie?«

Doch Reitmayer verstand kein Wort. »Die Morde sind abschließend geklärt. Leitner ist der Täter.«

»Mal ehrlich, der kann das doch gar nicht bewerkstelligt haben. Wie hätte er Anna Schneider tagelang einfrieren sollen?«

»So genau hat er sich dazu nicht geäußert. Aber er hat sie vermutlich im Schnee liegen lassen. Es hat ja tagsüber schon Minusgrade und nachts erst recht.«

»Was für ein Schmarrn. Sie war doch völlig sauber. Auf keinen Fall lag sie tagelang im Englischen Garten. Und woher sollte er ihr Auto haben, wenn er sie im Englischen Garten getötet hat?«

»Er wird halt gesehen haben, wo sie geparkt hat.« Reitmayer schlürfte genießerisch von seinem Kaffee.

»Viele Vermutungen, wenig Beweise.«

»Ich bräuchte nicht mal einen Beweis, ich habe ein Geständnis – die Königsdisziplin beim Ermitteln.« Er lachte auf. »Und ich wundere mich ein bisschen darüber, dass Sie weder das blutverschmierte Messer noch Hambachers Tuch noch den Kanister, in dem eindeutig einmal Spiritus gewesen ist, als Beweis anerkennen. Was wollen Sie denn noch? Ihn in flagranti ertappen?« Er sah sich vorsichtshalber um, ob Gustl irgendwo lauerte, bevor er triumphierend mit lauter Stimme weitersprach. »Sie sehen, ich habe hier eine ganze Latte an Beweisen noch mit einem Geständnis gekrönt. So löst man Fälle!«

Clara stand mit offenem Mund auf dem Gang und schüttelte den Kopf. »Da stimmt was nicht. Woher hatte er denn den Kanister? Das Vogelfutter und mein Bauchgefühl ...«

»Ihr Bauchgefühl hat sie im Stich gelassen. So was passiert uns doch allen mal.«

Puzzleteile flogen ihr um die Ohren. Der Obdachlose, Fürst, der Schichtleiter Peter Rottenbach. Die Teile prallten gegeneinander, verloren ihren Inhalt und stürzten leer zu Boden.

Leise vor sich hin summend ging Reitmayer die Treppe hinauf zu seinem Büro im zweiten Stock und Clara wünschte, sie hätte Gustl heute mitgebracht.

Wieder an ihrem Schreibtisch, startete sie einen Anruf bei der Rechtsmedizinerin. Doch mit Doktor-heißt-es-Brahl war auch heute nicht gut Kirschenessen angesagt. Zum Fall konnte sie weiter nichts beitragen. Regte sich stattdessen in ihrem bellenden Ton darüber auf, dass Unmengen an Fleisch der Sömmler GmbH in der Rechtsmedizin angeliefert worden waren und auf verschiedene Labore verteilt werden mussten. Das würde eine logistische Meisterleistung von ihr fordern und wäre überdies kein besonderer Spaß für eine Vegetarierin.

Clara las das Vernehmungsprotokoll von Reitmayer. Dort stand kein Wort mehr drin, als sie vorher auch schon gewusst hatten und Felix hatte gar nichts gesagt, er hatte am Ende das Geständnis unterschrieben, das Reitmayer aufgesetzt hatte. So durften Befragungen nicht ablaufen.

Sie war überzeugt, Felix Leitner war nicht der Mörder. Fürst musste ihm die Beweismittel in seinem Zelt untergeschoben haben, aber warum gestand Leitner zwei Morde, die er nicht begangen hatte? Oder hatte Iris recht und sie war auf der falschen Fährte? Sie musste den Fall noch einmal unter allen Gesichtspunkten betrachten und zwar so neutral wie möglich.

Im Laufe des Tages trudelte der Bericht der Spurensicherung ein. Manuela Spitzer hatte den Inhalt des Kamins untersucht. Sie hatte Bestandteile von Kunststoff und einen Reißverschluss gefunden, die Zusammensetzung des Kunststoffs führte zu der Schlussfolgerung, dass ein Schutzanzug im Kamin verbrannt worden war. So einer, wie sie auch bei der Spurensicherung eingesetzt wurden.

Und in Fleischfabriken, dachte Clara.

Das Messer aus dem Zelt von Felix war ohne Zweifel die Tatwaffe und Hambachers Tuch war mit ihrem eigenen Blut getränkt. Aber es waren keine Fingerabdrücke an der Mordwaffe und es gab auch keine fremden DNA-Spuren an Hambachers Tuch. Doch wenn der Täter einen Schutzanzug getragen hatte, war das nicht weiter verwunderlich.

Aber der Mörder konnte schlecht im Schutzanzug ins Heim spaziert sein. Bei der Befragung in der Nachbarschaft hatte niemand etwas gesehen. Zur Tatzeit waren noch viele Leute unterwegs auch im Frauenobdach selbst. Der Täter musste den Schutzanzug erst übergezogen haben, als er bei Hambacher im Büro war. Es gab weder Abwehrverletzungen an der Leiche, noch gab es Kampfspuren im Büro. Sybille Hambacher kannte ihren Mörder und was noch wichtiger war, sie trat ihm ohne jeden Argwohn entgegen, selbst als er sich einen Schutzanzug überzog, hatte sie nicht begriffen, was vor sich geht.

Clara hatte eine neue Nachricht in ihrem Posteingang, die E-Mail kam von den Technik-Experten. Sie konnten die gelöschten Dateien nicht wiederherstellen, da die Dateien gar nicht existierten. Ihre Untersuchung hatte ergeben, dass die Kamera gar nichts aufgezeichnet hatte. Punkt genau um halb acht war die Videoüberwachung des Eingangsbereichs abgeschaltet worden. Und zwar von Hambachers eigenem PC aus. Clara verstand gar nichts mehr.

Am Nachmittag im Besprechungsraum war die Stimmung ausgelassen. Die Olsen-Zwillinge hatten die Ergebnisse ihrer Recherche in die digitale Akte eingetragen. Auch der geheimnisvolle SB konnte aufgespürt werden, anhand der Website, die er betrieben hatte. Sven Baginski, ein Freund von Rottenbach, der sich als Subunternehmer der Sömmler GmbH ausgegeben hatte und die Bestellungen an die Unternehmen zu Sonderpreisen ausgeliefert hatte. Er hatte ausgesagt, nur mit Rottenbach gearbeitet zu haben. Damit waren alle Fälle abgeschlossen.

Clara wartete, bis sie mit ihrem Team allein war. »Felix Leitner ist nicht der Mörder.«

Lisa stöhnte und Iris setzte an, etwas zu sagen.

»Nein, hört mir zu. Unser Mörder trug einen Schutzanzug, den er nach der Tat im Kamin verbrannte.«

»Wenn der Leitner einen Schutzanzug getragen hat, erklärt das doch, warum an seinen Sachen kein Blut war. So what?«

»Diese Morde waren perfekt geplant und wurden minutiös abgearbeitet. Leitner ist obdachlos, Alkoholiker und mittellos. Wie sollte er das alles auf die Reihe gebracht haben? Woher sollte er denn einen Schutzanzug und Spiritus oder Bleiche haben, um die Tote damit abzuduschen?«

»Den Schutzanzug kann er gefunden haben, im Müll eines Krankenhauses oder bei einer Schädlingsbekämpfungsfirma und Spiritus und Bleiche ist auch aufzutreiben. Er wird die Sachen irgendwo gestohlen haben.«

»Okay, nehmen wir an, dass er das eine oder andere davon hätte tun können. Aber beide Morde wurden äußerst raffiniert inszeniert und mit großer Umsicht ausgeführt. Beide Male hat der Täter nicht die geringste Spur hinterlassen. Er hat mit Bleiche gearbeitet und einem Schutzanzug. Und er hat es geschafft, die Videoaufnahmen abzustellen, bevor Hambacher ermordet wurde. Felix Leitner lebt seit ewigen Zeiten auf der Straße, es würde mich wundern, wenn er überhaupt wüsste, wie ein PC gestartet wird.«

Keiner sagte etwas.

»Fürst hingegen hat die Mittel, die Möglichkeiten und meiner Einschätzung nach den Verstand, diese Verbrechen auf so ausgeklügelte Weise zu begehen.«

»Hör doch endlich mit Fürst auf. Es nervt, wie du dich in ihn verbissen hast.« Lisa seufzte.

»Ich kann nicht aufhören. Denn er ist der Mörder. Fürst ist ein Psychopath. Er handelt eiskalt, ohne jegliche Gefühlsregung. Er hat keinerlei Anspannung gezeigt, als wir sein Haus durchsucht haben. Oder als ich ihn befragt habe. Er ist immer aalglatt, lässt sich durch nichts aus der Ruhe bringen. Er hat keine wirkliche Bindung, er schläft mit jeder, die nützlich für ihn ist. Thorwald, du hast es doch selbst gesagt. Es ist nicht normal, dass er so gelassen bleibt.«

»Fürst ist ein Psychopath, wie er im Buche steht. Alles spricht dafür«, gab Thorwald ihr recht »Er ist überheblich, manipulativ und selbstgerecht. Seine Promiskuität zeigt, dass er keinerlei Hemmungen kennt und zu keiner festen Bindung in der Lage ist.«

»Na also! Geklickt?« Clara sah Iris mit Genugtuung im Blick an.

»Nur muss er deswegen kein Mörder sein.« Thorwald sprach das mit Bedauern aus, denn er mochte Fürst nicht, doch Fakten waren nun mal Fakten. »Wir haben keine Hinweise darauf gefunden, dass er mit den Morden etwas zu tun hat. Und es gibt im führenden Management überdurchschnittlich viele Psychopathen im Vergleich zur Gesamtbevölkerung. Menschen, die bereit sind, ein hohes Risiko für ihre Ziele einzugehen, kein emphatisches Empfinden aufweisen und andere mitleidslos manipulieren bis zur Selbstaufgabe. In der Wirtschaft nennt man so etwas *Erfolg haben.* Trotzdem sind sie alle keine Mörder.«

»Date ihn lieber mal, statt ihn ständig verhaften zu wollen. Er steht auf dich und du bist doch auch nicht abgeneigt, oder warum kannst du das Thema nicht endlich mal abhaken?«, warf Iris ihrer Chefin an den Kopf.

»Er ist ein kaltblütiger Mörder, der Leitner die Morde in die durchlöcherten Schuhe schiebt und gerade dabei ist, damit durchzukommen. Das ist der einzige Grund, warum ich es nicht abhaken kann.«

»Leitner hat gestanden, warum sollte er das tun, wenn er unschuldig ist.«

Doch dafür hatte Clara auch keine Erklärung.

Kurz darauf wurde ein Geschenkkorb von Polizeirat Dr. Ehrmann angeliefert. Auf seiner Karte gratulierte er dem ganzen Team zu den Ermittlungserfolgen und bedankte sich überschwänglich. Er sei froh, dass alles aufgeklärt worden sei und dass die Sömmler GmbH, die ein wichtiger Arbeitgeber in der Stadt sei, nun von allen Vorwürfen reingewaschen worden sei.

Clara las nicht weiter, sie warf die Karte auf den Tisch und hing ihren eigenen Gedanken nach, während Iris und

Lisa begannen, die Spezialitäten aus dem Korb untereinander aufzuteilen.

»Willst du nichts aus dem Korb?«, schmatze Iris, die sich schon eine Praline in den Mund gestopft hatte.

»Den haben wir Kämmerlein zu verdanken. Sicher hat er Ehrmann zu verstehen gegeben, dass der Leberkas-Skandal aus der Öffentlichkeit verschwinden soll und wir aufhören sollen, zu ermitteln.«

»Wir hören auf zu ermitteln, weil wir die Fälle aufgeklärt haben.« Lisa sicherte sich eine Packung Lebkuchen aus Ehrmanns Geschenkkorb.

»Aufgeklärt? Dieser wahnsinnige Psychopath darf damit nicht durchkommen. Fürst täuscht sich, wenn er denkt, ich lasse ihn jetzt in Ruhe.«

»Mein Gott Clara, du hast dich in etwas verrannt. Keine Ahnung, was du für ein Trauma bewältigen musst, aber Fürst hat damit nichts zu tun.« Lisa hatte die Packung mit den Lebkuchen aufgerissen und hielt Clara einen hin.

Die schüttelte nur den Kopf und sah zu Iris hinüber.

Doch auch von ihr hatte sie keine Unterstützung zu erwarten. »Hör zu, my love, Jonathan ...«

»Jonathan? Du bist mit dem Verdächtigen per Du?«

»Er ist nicht verdächtig, und ja, wir duzen uns. Er ist mir gestern Abend hier unten vorm Revier über den Weg gelaufen. Ich hatte es Lisa vorhin schon erzählt. Verlass dich drauf, er ist einer von den good guys.«

Clara hatte es für einen Moment die Sprache verschlagen, sie starrte Iris an. Doch die fuhr unbeeindruckt fort. »Er spendet sogar von seinem Privatvermögen, er unterstützt das Obdachlosenheim. Warum war er vor dem Heim? Falls er es wirklich war, no clue, vielleicht wollte er sich überzeugen, dass sein Spendengeld die Richtigen trifft. Du kletterst the wrong tree up.«

»Er war bei uns vor dem Revier? Er schleicht hier herum und du lässt dich von ihm blenden? Der Mann ist gefährlich. Was wollte er von dir?«

»Gar nichts, wir haben uns zufällig auf der Straße getroffen und uns nett unterhalten. Du hörst dich gerade mehr wie ein Psychopath an, als Jonathan.« Etwas versöhnlicher fuhr sie fort: »Außerdem haben wir von ganz oben und damit meine ich nicht vom Reitmayer, sondern von Ehrmann diesen Wink hier mit dem Zaunpfahl bekommen.« Sie deutete auf den mit Spekulatius, Schokokugeln und Lebkuchen gefüllten Korb. »Der Fall ist erledigt. Chill mal!«

»Wir sind hier nicht am Stachus. Man trifft sich nicht zufällig vor der Kripo. Der spioniert uns nach.«

»Oder er sucht deine Nähe«, wandte Thorwald ein und warf einen Blick in den Geschenkkorb.

Sie konnte doch unmöglich die Einzige sein, die erkannte, was hier vor sich ging. Als wäre sie in einem Paralleluniversum gefangen, in dem nur sie die beiden Seiten des Jonathan Fürst erkennen konnte.

»Okay! Geklickt!« Clara verließ das Gemeinschaftsbüro, holte ihren Parka und machte sich auf den Weg. Sie brauchte Gewissheit.

33

Es hatte aufgehört zu schneien und Clara stand an seine Hauswand gelehnt, als Fürst aus dem Auto stieg. Er hatte eine Einkaufstüte von Feinkost Käfer in der Hand.

»Sie besuchen mich? Wie nett von Ihnen.« Er lächelte sie breit an.

»Ich behalte Sie im Auge, das ist die richtige Umschreibung dafür.«

»Der Schuldige im Fleischskandal ist tot und alles läuft wieder seinen gewohnten Gang in der Sömmler GmbH.« Jonathan Fürst lächelte sanftmütig. »Und wie geht es Ihnen? Schon alle Weihnachtseinkäufe erledigt oder was treibt die Polizei so kurz vor Heiligabend?«

»Ich lasse mich nicht von Ihnen einwickeln. Das wollte ich Sie nur wissen lassen.«

»Ach, Clara, warum stecken Sie Ihre Energie in eine totgelaufene Sache?«

»Das wissen Sie genau so gut wie ich.«

»Wollen Sie mich wieder festnehmen?« Er legte den Kopf schief und sah sie fast ein wenig mitleidig an. »Sie irren sich. Ich bin so unschuldig wie ein Lamm auf der Wiese. Kümmern Sie sich lieber mehr um Ihre Familie.«

Sie blitze ihn wütend an. »Meine Familie geht Sie gar nichts an.«

Antonia Engelhardt stieg aus seinem Auto und rief zur Haustür hinüber: »Alles in Ordnung, Jonathan?« Auch sie trug eine kleine Tüte mit dem Aufdruck des Feinkostgeschäftes.

»Aber ja. Geh schon rein, Antonia, ich komme gleich nach. Gib mir einen Moment mit unserer Polizistin«, antwortete Fürst ihr, ohne den Blick von Clara zu wenden.

Engelhardt nickte ihr im Vorbeigehen mit einem misstrauischen Blick zu. Clara hörte die Absätze der hohen Schaftstiefel auf dem Boden im Flur klackern.

»Clara«, er flüsterte und der Ausdruck in seinen Augen veränderte sich. Es lag Begehren darin und Wahnsinn. »Verschwenden Sie nicht Ihre Zeit mit mir. Ich habe gehört, Sie haben eine nette Tochter. Sie freut sich bestimmt, wenn ihre Mutter aufhört, fremden Männern hinterher zu spionieren und mehr Zeit mit ihr verbringt.«

»Das geht Sie einen Scheiß an!«

»Nicht doch, Clara, warum so wütend? Ich meine es gut mit Ihnen. Ich mag Sie – ehrlich.« Bedeutsam sah Fürst ihr in die Augen. »Ich denke nur, Sie machen einen Fehler.« Er beugte sich näher zu ihr herüber, vorsichtig strich er mit zwei Fingern eine Haarsträhne aus ihrem Gesicht. Sein warmer Atem streifte ihre Wange, als er sein Gesicht ganz nah an ihres schob und ihr ins Ohr flüsterte: »Meine Musik spielt zu weit oben für Sie.«

Es war ein Reflex. Clara schlug ihm die Faust ins Gesicht. Fürst sah sie ein wenig überrascht an und fuhr sich an die Lippe. Blut haftete auf seiner Fingerspitze. Ein kaum merkliches Lächeln umspielte seine Mundwinkel.

»Sind Sie von allen guten Geistern verlassen?« Antonia Engelhardt stand in der Eingangstür, sie hatte ihren Mantel ausgezogen und trug einen engen schwarzen Jumpsuit, der sie wie Catwoman aussehen ließ. »Das wird ein Nachspiel haben!« Die Anwältin rannte auf Fürst zu, so schnell es ihre hohen Absätze zuließen, und nahm ihn am Arm. Sie besah sich die kleine Platzwunde an der Lippe. »Jonathan!«

Fürst nahm den Blick nicht von Clara, als er mit Engelhardt sprach. »Schon gut, schon gut.« Er schüttelte seine Anwältin ab und betastete seine Lippe noch einmal. »Lassen

Sie, Antonia, es ist nicht weiter schlimm«, übergangslos sprach er wieder mit Clara. »Sie sind eine temperamentvolle Frau und eine gute Polizistin, leider haben Sie sich in den Kopf gesetzt, dass ich ein Verbrecher bin.«

»Du liebe Güte, du blutest!« Engelhardt stöckelte wieder ins Haus und holte ihr Handy. »Lass mich ein Foto machen.« Sie warf Clara einen giftigen Blick zu. »Das kostet Sie ihren Job.« Sie fotografierte seine Lippe, nahm ihn an der Hand und zog ihn mit sich. Er sah Clara bedauernd an und verschwand hinter der Anwältin im Haus.

»Sind Sie wahnsinnig?«, schrie Reitmayer außer sich vor Zorn.

»Er hat mich bedroht!«

»Da sagt seine Anwältin, die Zeugin des Vorfalls war, aber etwas anderes.« Reitmayer raufte sich das wohlgeordnete schwarze Haar. »Sie haben den Warnschuss nicht gehört? Besser gesagt, die ganze Maschinengewehrsalve an Warnschüssen. Fürst hatte bisher Geduld mit Ihnen. Er hat sogar Partei für Sie ergriffen, so großzügig ist er. Aber jetzt ist der Maßkrug voll. Sie sind vorläufig suspendiert. Geben Sie Ihren Dienstausweis und Ihre Waffe ab. Dann haben Sie eine Woche, um darüber nachzudenken, was Sie angerichtet haben.«

»Er ist ein Mörder!«

»Dienstausweis und Waffe!«

Clara warf ihren Dienstausweis auf den Tisch und legte die Waffe daneben. »Sie machen einen Fehler.«

»Den Fehler haben Sie gemacht, als Sie einen unschuldigen Bürger geschlagen haben.« Sein Telefon brummte und er nahm das Gespräch an. Clara wollte rausgehen, aber Reitmayer schüttelte den Kopf und bedeutete ihr zu bleiben. »Danke«, sagte er und legte auf. »Fürst und seine Anwältin sind hier. Sie kommen eben die Treppe hoch. Sie werden sich jetzt offiziell bei Herrn Fürst entschuldigen, ist das klar?«

Es klopfte.

Antonia Engelhardt trat zuerst ein. Ihren Catsuit hatte sie gegen einen edlen grauen Hosenanzug getauscht und die Empörung stand ihr noch ins Gesicht geschrieben. Fürst hingegen, der hinter ihr durch die Tür schlenderte, sah entspannt und ruhig aus. Ein kleines Pflaster klebte an seiner Lippe.

»Ich kann Ihnen gar nicht sagen, wie unangenehm mir die ganze Sache ist. Die bayerische Polizei und ich im Besonderen möchten unser größtes Bedauern ausdrücken über diesen unseligen Vorfall.«

»Ich bitte Sie, Herr Reitmayer, das ist doch nicht nötig. Ich habe Verständnis für die Situation Ihrer überarbeiteten Kommissarin.« Fürst lächelte Clara nachsichtig an und neigte den Kopf dabei zur Seite, als wäre sie hier die Wahnsinnige. Wut kochte in ihr hoch.

»Nur für den Fall, dass Sie vorhaben, meinen Mandanten weiter zu belästigen, sollten Sie wissen, dass ich in diesem Moment eine einstweilige Verfügung gegen Sie erwirkt habe, Frau Liebig.« Antonia Engelhardt zog ein Dokument aus ihrer Aktentasche. »Sie dürfen sich meinem Mandanten in Zukunft nur noch auf fünf Meter nähern. Und es ist Ihnen verboten, sich vor seinem Haus aufzuhalten. Haben Sie das verstanden?« Engelhardt streckte ihr das offiziell aussehende Dokument entgegen.

»So verschafft er sich Narrenfreiheit.« Clara sah Reitmayer an, mühsam beherrscht, nicht auszuflippen, doch die unbändige Wut drang aus jeder Pore ihres Körpers.

»Was für eine unsinnige Behauptung.« Engelhardt schüttelte verständnislos den Kopf. »Sie müssen doch selbst sehen, dass Ihre Kommissarin durchdreht. Sie ist eine Gefahr für die Öffentlichkeit. Mein Mandant hatte lange genug Geduld mit ihr. Und meiner Ansicht nach gehört diese Frau in psychiatrische Behandlung. Trotzdem ist mein Mandant bereit, auf eine offizielle Beschwerde zu verzichten, wenn sie sich entschuldigt.«

»Wie großzügig von Ihnen, Herr Fürst. Frau Liebig wird sich natürlich entschuldigen. Es war im Affekt und wir haben viel zu tun im Moment. Wir stehen immer unter Dampf. Frau Liebig, bitte!« Mit zu Schlitzen zusammengekniffenen Augen stierte Clara Fürst an und sagte keinen Ton.

»Frau Liebig«, wiederholte Reitmayer energisch. »Sagen Sie, dass es Ihnen leidtut!«

Fürst winkte ab. »Es muss doch nicht sein, bitte, Herr Reitmayer, ich habe Verständnis.«

Clara wandte sich an Fürst. »Es tut mir leid – dass ich Ihnen nicht die Zähne ausgeschlagen habe, Sie Schwein!«

»Sackradi, hinaus mit Ihnen und ich verlängere Ihre Suspendierung um zwei Wochen!« Reitmayer bugsierte Clara zum Ausgang und riss seine Bürotür auf. »Bitte entschuldigen Sie, Herr Fürst, Frau Anwältin. So etwas ist mir noch nie unter gekommen.« Reitmayer überschlug sich in einer Welle aus Entschuldigungen. »Ich weiß nicht, was in sie gefahren ist.« Er schob Clara durch die offene Tür nach draußen.

»Das ist doch nicht Ihre Schuld. Man kann sich die Mitarbeiter im öffentlichen Dienst nun einmal nicht aussuchen. Offenbar etwas Psychisches, vielleicht ein Problem aus ihrer Kindheit?«

Clara drehte sich noch einmal zu Fürst um. Sie hätte ihm am liebsten etwas Böses entgegengeschleudert. Fürst hob bedauernd die Schultern und lächelte sie durch die zufallende Tür hinweg an.

»Warum hast du dich nicht einfach entschuldigt? Don't mention, was du wirklich denkst.« Iris schüttelte den Kopf.

»Weil er ein wahnsinniger Killer ist.«

»Sei mir nicht bös, aber das ist Bullshit.«

»Verstehst du denn nicht? Er zeigt keine Gefühlsregungen. Deswegen konnte er bei den Morden ein extrem hohes Risiko eingehen. Er verspürt keine Angst, erwischt zu werden. Und er ist ein so routinierter Lügner, der würde wahrscheinlich sogar einen Lügendetektortest bestehen. Außerdem hat er meine Familie bedroht. Der ist ein gefährlicher Psychopath!«

»Du spinnst!«

»Ich habe ihn ins Gesicht geschlagen und er hat mich angelächelt.«

»Weil er auf dich steht.«

»Schmarrn! Der kennt keine Emotionen, der will einfach nur gewinnen. Der manipuliert die Menschen um sich herum, wie es ihm gefällt. Sogar die knallharte Engelhardt hat er völlig in seinen Bann gezogen.«

»Oh, mit der hat er auch was am Laufen?«, fragte Iris und die Enttäuschung in ihrer Stimme war nicht zu überhören.

»Der ist ausschließlich triebgesteuert. Erfolg, Macht, Sex. Das treibt ihn an. Und wer ihm im Weg steht, den lässt er verschwinden. Geklickt?«

»To be honest, verstehe ich nicht, was mir dir los ist. Vielleicht ist Fürst ein Psychopath, kann sein. Aber wie Thorwald gesagt hat, muss er deswegen kein Mörder sein. Er hat sich nichts zu Schulden kommen lassen. Im Gegensatz zu dir. Du hast einen Zeugen geschlagen und das geht gar nicht. No way!«

»Verdächtigen.«

»Shit-egal! Du darfst auch keinen Verdächtigen schlagen.«

»Er manipuliert mich und hat mich aus der Reserve gelockt. Der macht das alles, um mich unglaubwürdig zu machen. Und ich habe angebissen.«

»Er hat gar nichts getan, laut seiner Anwältin. Und so ein fetter Mistake darf dir nicht passieren. Selbst wenn er dich beschimpft hätte, wie ein Brotzeittandler vom Viktualienmarkt, dem du die Tageseinnahmen vom Stand geklaut hast.«

»Und jetzt bin ich draußen und Fürst hat freie Bahn. Aber da täuscht er sich.«

»Mensch, Clara. Stop it! Nutze die Suspendierung lieber dazu, den Kopf klar zu kriegen. Du hörst dich einfach nur crazy an. Ich leite während deiner Abwesenheit die Abteilung. Und wenn du für eine Weile durchgeschnauft hast, sehen wir uns im neuen Jahr und alles ist wieder gut.«

»Da läuft ein wahnsinniger Killer frei herum, lächelt uns frech ins Gesicht und benutzt uns alle wie Marionetten. Da ist gar nichts gut.«

»Damn, wir haben sein Haus und die Firma von rechts auf links gedreht. Wir haben nicht das Geringste gefunden.«

»Aber daran stimmt etwas nicht. Da ist was faul.«

Iris schüttelte den Kopf und sah sie mitleidig an.

Lisa hatte bisher still zugehört, nun legte sie Clara den Arm um die Schultern. »Iris hat recht. Der Mann hat nichts getan. Wir hätten irgendwas gefunden, wenn er so schrecklich wäre, wie du sagst. Wir sind doch keine Anfänger.«

»Aber seine Musik spielt weiter oben.« Sie lachte überdreht und machte sich aus der Umarmung frei. »Versteht ihr das denn nicht? Dieser Typ ist ein gefährlicher Irrer. Der ist mit allen Wassern gestrahlt und aalglatt. Fürst manipuliert jeden mit seinem Charme, seiner Ausstrahlung, mit seinem Aussehen. Warum kapiert das keiner von euch?«

»Nur du kapierst es?«, fragte Iris und der Zweifel in ihrer Stimme hallte in Claras Kopf nach.

Es hatte keinen Sinn, sie wirkte wie eine Verrückte, sie merkte es selbst, konnte aber nichts dagegen tun. Nicht einmal ihr Team hatte sie hinter sich. Ohne ein weiteres Wort verließ Clara das Gemeinschaftsbüro.

Sie packte ihren Rucksack zusammen und verpasste der Schublade ihres Schreibtisches einen ordentlichen Tritt. War sie wirklich die Einzige, die sah, was Fürst abzog? Oder hatte Iris recht und sie drehte durch? Der mangelnde Schlaf, ihr schlechtes Gewissen, die Sache mit ihrem Vater und jetzt auch noch die verdammte Suspendierung! Als sie den Computer herunterfahren wollte, sah sie, dass sie einen Anruf in ihrer Inbox hatte. Automatisch drückte sie auf anhören. Es war Lisbeth Bechter.

»Hallo, Frau Liebig, mir ist es wieder eingefallen. Minz und Maunz. Der Wichtel, er hat gebrannt. Ganz so wie das Paulinchen in der Geschichte mit Minz und Maunz. Deswegen musste ich daran denken. Auf seiner Schulter hat sich eine Flamme entzündet. Ganz wild hat er danach geschlagen. Ich glaube, es war die rechte Schulter.«

Im Hintergrund hörte Clara, wie ihre Schwester sie rief, und Lisbeth Bechter legte grußlos auf. Klack!

Der Täter war ein brennender Wichtel? Sie sah sich schon selbst, wie sie Reitmayer und den anderen mit irrwitzig verzerrtem Gesicht erklärte, dass der Wichtel gebrannt hatte, bevor er sich in Luft auflöste. Das würde dem Tag heute sicher die Krone aufsetzen.

Sie konnte nicht mehr richtig denken. Ihre Beine fühlten sich schlapp an, die Schultern verspannt und ihr Schädel brummte. Sie war nur noch fertig und ausgelaugt. Mühsam unterdrückte sie Tränen der Wut und Frustration und verließ ihr Büro.

Thorwald hatte im Treppenhaus auf sie gewartet. Wortlos schloss er sich ihr an, als sie die Treppe hinunter ging.

»Und was denkst du?« Sie sah ihn nicht an.

»Wenn du dich entschuldigt hättest, wärest du vermutlich um die Suspendierung herumgekommen.«

»Das meinte ich nicht. Fürst?«

»Ich glaube, er hat etwas für dich übrig. Jeder andere hätte schon früher auf die Notbremse getreten und wäre gegen dich vorgegangen.«

»Das meinte ich auch nicht. Ich will wissen, ob du ihn für unschuldig hältst.«

»Es gibt keine Beweise gegen ihn«, druckste Thorwald herum und blieb stehen. »Um ehrlich zu sein, gibt es nicht einmal einen Anhaltspunkt.«

»Aber du hast ihn selbst auf dem Video vor dem Heim erkannt.«

»Er war vor dem Frauenobdach. Auch wenn er es nicht zugibt. Er ist ein Psychopath, das steht außer Frage. Doch ist er ein Mörder? Ich weiß es nicht. Er kann aus anderen Gründen dort gewesen sein, vielleicht hatte er wirklich nur eine Liaison mit der Hambacher.«

»Die jetzt tot ist.«

»Oder er hat gemerkt, dass Hambacher sich an den Spendengeldern bereichert hat und wollte sie zur Rede stellen.«

»Warum hat er uns dann nichts von seinem Verdacht erzählt?«

»Da bin ich überfragt. Und das ist auch nicht wichtig. Der Punkt ist, dass laut Beweislage die Wahrscheinlichkeit überwiegt, dass der Mann unschuldig ist.«

»Der Typ ist so unschuldig wie der Serienkiller Hannibal Lecter aus dem Hollywoodfilm.«

»Aber selbst du kannst doch nicht darüber hinweggehen, dass es keinen einzigen Beweis gegen ihn gibt. Und wir haben ein Geständnis von Felix Leitner.«

»Felix Leitner will nur im Warmen schlafen. Aber war ja klar, dass du kein Gespür dafür hast, was hier vor sich geht. Du kannst nur logisch denken.«

Das saß. Thorwald bewunderte Clara für ihr Bauchgefühl und das Gespür, mit dem sie die Täter oft durchschaute. Ihm mangelte es gänzlich daran, obwohl er sonst ein Superhirn besaß und in logischen Fragen unschlagbar war. Sie hatte seinen wunden Punkt getroffen und sie wusste es.

»Damit hast du recht, dann braucht meine Meinung dich nicht weiter zu interessieren.« Thorwald drehte sich um und ging nach oben Richtung Büro.

»Tut es auch nicht!«, rief sie ihm trotzig nach und lief die Treppe hinunter, ohne sich noch einmal umzusehen. Sie musste schlucken und ihre Augen brannten.

34

Die Wirkung von *Bier auf Wein, das ist fein* oder war es *Wein auf Bier – das rate ich dir*? Clara hielt einen Korkenzieher in der einen und drehte eine Flasche Wein in der anderen Hand. Sie überlegte, ob sie die Flasche öffnen sollte, jetzt am frühen Morgen. Sie saß auf dem Boden in ihrem Wohnzimmer.

Warum hatte sie sich nicht einfach entschuldigt vorgestern in Reitmayers Büro? Sie war so wütend gewesen, dass sie es nicht geschafft hatte, logisch zu denken. Dafür hatte sie die Quittung bekommen. Und Thorwald angeblafft. Er war immer loyal und pflichtbewusst, das hatte er nicht verdient.

Die beiden letzten Nächte waren qualvoll gewesen. Obwohl sie sich mit Bier zugeschüttet hatte, war es ihr nicht gelungen, eine Weile am Stück zu schlafen. Sie döste immer wieder ein, nur um kurz darauf von ihren eignen Gedanken aufgeschreckt zu werden. Düstere Fantasien, Herzrasen und Schweißausbrüche mischten sich zu einem fiesen Cocktail und ließen ihr keine Chance auf einen erholsamen Schlaf.

Clara trank selten Alkohol, denn unter normalen Umständen hasste sie es, nicht klar im Kopf zu sein. Aber jetzt wollte sie sich betäuben. Nichts mehr denken. Doch die grüblerischen Gedanken, Frust und Zweifel durchbohrten ihr Nervenkostüm. In den kurzen Momenten, in denen sie eingenickt war, drangen wirre Träume in ihren Kopf. Wieder einmal hatte sie von der Nacht geträumt, in der ihr Vater erschossen worden war. Und sie hatte von Fürst geträumt, er lächelte sie an und küsste sie zart auf den Mund. Dann drückte er ihren Kopf langsam und immer noch mit diesem Lächeln, das ihr einen Stich versetzte, in einen Bottich voller Leberkas. Ihr Team stand fröhlich winkend drum herum und alle bestätigten, wie gut es laufe. Thorwald hielt den Daumen nach oben. »Experiment geglückt!«, rief er.

Am ganzen Leib zitternd und mit kaltem Schweiß auf der Stirn war sie aufgewacht, so real hatte der Traum sich angefühlt. Sie hatte zur nächsten Flasche Bier gegriffen, um ihr Gehirn stärker zu betäuben. Doch die absurden Träume ließen sich nicht ertränken.

Jetzt war fünf Uhr früh und sie sah sich mit der geöffneten Weinflasche in der Hand nach dem hohen Weißbierglas um. Sie musste es in der Küche stehen gelassen haben. Auf dem Glastisch im Wohnzimmer hatten sich nur einige ausgetrunkene Flaschen Bier angesammelt, daneben standen fünf leere Wackelpuddingbecher und mittendrin lag der Löffel.

Clara hatte keine Lust, noch einmal aufzustehen, und trank den zimmerwarmen Rotwein direkt aus der Flasche. Bald umfing sie eine angenehm wattierte Ereignislosigkeit und sie beglückwünschte sich zu der Entscheidung, den Tag heute direkt mit dem Wein zu beginnen. Sie wollte kein Wort mehr denken, keine Puzzleteile mehr sehen. Ruhe!

Gustl schmiegte sich kalt und nass an sie und schnuffelte mit seiner feuchten Schnauze in ihrem Ohr herum. Sie wachte auf dem Teppich liegend auf und ihr war übel.

Miriam pfefferte die Hundeleine im Flur auf die Garderobenablage. Die nassen Spuren von Gustls Pfoten führten vom Gang bis zum Wohnzimmertisch. »Ich war mit Gustl Gassi und gehe jetzt in die Schule. Letzter Schultag vor den Weihnachtsferien – falls es hier irgendwen interessiert.« Miriam warf eine Zeitung auf den Tisch, die sie vom Gassi gehen mitgebracht hatte.

Musik schallte aus der kleinen Box im Regal und die Weinflasche hatte Clara nur halb geschafft, ganz geschafft hatte sie den Teppich. In flammendem rot hatte der Wein einen beachtlichen Fleck hinterlassen.

»Scheiße!«

»Das kannst du laut sagen.« Miriam drehte die Musik ab, von der Clara sich gar nicht erinnern konnte, sie eingeschaltet zu haben.

»Hier sieht es aus wie im Schweinestall. Morgen ist Weihnachten. Wie kannst du dich nur so gehen lassen?«

»Ich bin suspendiert, verdammt noch mal. Ist doch scheißegal, ob ich mich gehen lasse oder nicht.«

»Mir ist es nicht scheißegal.«

»Was weißt du schon vom Leben?« Clara hatte seit zwei Tagen weder geduscht noch etwas Ordentliches gegessen.

»Ich weiß vielleicht nicht viel vom Leben, aber ich weiß, dass ich eine Mutter habe, die sonst Sprüche reißt wie *Du darfst niemals aufgeben, glaube an dich*, bla bla bla. Es tut mir ehrlich leid, dass du suspendiert worden bist und es tut mir leid, dass dein Team dir nicht glaubt. Jetzt hast du dich zwei Tage lang in Selbstmitleid ersäuft. Und das reicht. Höchste Zeit, sich wieder aufzurappeln!«

Clara saß ans Sofa gelehnt da und Gustl schnuffelte begeistert an ihren Füßen. Sie hielt mit den Händen ihren Kopf fest, der zu zerspringen drohte und spürte die Übelkeit in ihrem Magen rumoren. »Wozu soll ich mich aufrappeln?«

»Um zu tun, was nötig ist.«

»Nötig?« Clara lachte laut und bereute es sofort, da ihr Kopf bei der plötzlichen Bewegung noch heftiger schmerzte.

»Willst du das die ganze Zeit während deiner Suspendierung durchziehen? Saufen und jammern?«

»Warum nicht?«

»Das kotzt mich an!«

»Hey, pass auf, was du sagst. Ich bin immer noch deine Mutter.«

»Dann benimm dich auch so.« Miriam riss ihre Schultasche hoch und warf sich den Riemen über die Schulter. »Du kannst an deiner Suspendierung nichts ändern, dann carpe diem. Geh mal wieder aus, verabrede dich, so wie andere Frauen in deinem Alter. Und geh mal duschen!«

»Was fällt dir ein?«

Aber Miriam hatte die Haustür schon hinter sich zugeknallt.

Clara stöhnte. Der Kopfschmerz, das flaue Gefühl im Magen und das Schlimmste daran war, dass es stimmte, was ihre Tochter sagte. Sie konnte an der Suspendierung im Moment gar nichts ändern und sollte das Beste daraus machen. Was Fürst anging, musste sie sich vielleicht eingestehen, dass sie sich geirrt hatte.

In letzter Zeit häuften sich ihre Irrtümer. Erst hatte sie Anna Schneider nicht geholfen und dann hatte sie den Fleischskandal falsch eingeschätzt. Sie sollte sich zusammennehmen, tun, was sie von ihrer Tochter erwarten würde. Tun, was nötig war.

Clara rappelte sich hoch und nahm zwei Kopfschmerztabletten. Sie gab sich einen Moment am Küchentisch mit einem starken Kaffee und der Zeitung, die Miriam mitgebracht hatte. Der obdachlose Frauenmörder war die Schlagzeile, angebliche Details wurden sensationslüstern breitgetreten. Clara stieß einen Seufzer aus und nahm einen Schluck Kaffee. Ihr Blick fiel auf einen kleineren Artikel mit der Überschrift: *Sömmler GmbH entlastet – Leberkas-Mörder tot.* In höchsten Tönen lobte Polizeirat Dr. Ehrmann Reitmayers Team. Der Skandal sei die bedauerliche Tat eines einzelnen Mitarbeiters der Sömmler GmbH, der sich durch den Verkauf von Gammelfleisch bereichern wollte, hieß es dort. Aus Reue über den Tod von Gustav H. habe er sich am Ende selbst gerichtet. Die Sömmler GmbH habe durch ihre rückhaltlose Zusammenarbeit mit Polizei und Staatsanwaltschaft entscheidend zur Aufklärung beigetragen. Auch Fürst kam zu Wort. Er bedankte sich bei der Polizei für die schnelle Aufklärung und zeigte sich erleichtert, dass die Produktion nun in unverminderter Qualität weitergehen könne. Er entschuldigte sich bei den Opfern und versprach, für Entschädigung zu sorgen.

Clara ließ die Zeitung auf dem Küchentisch liegen und räumte das Wohnzimmer auf, während Gustl um sie herumwuselte. Dann duschte sie heiß und ausgiebig. Sie spürte, wie ein Teil der Energie in ihren Körper zurückfloss. Das Frühstück ließ sie aus Rücksicht auf ihren Magen ausfallen.

Sie würde endlich Demirci im Krankenhaus besuchen. Vielleicht sollte sie sogar dem Drängen des Rechtsmediziners einmal nachgeben und mit ihm ausgehen. Es machte Sinn, was Miriam sagte, sie sollte sich wirklich etwas öffnen. Sie sollte versuchen, mehr auf die Menschen in ihrer Umgebung zu achten. Sie lächelte bei dem Gedanken daran, wie Demirci sie bei jeder Gelegenheit zu einem Kaffee einladen wollte. Obwohl er einen ganzen Kopf kleiner war als sie, hielt ihn das nicht davon ab, mit ihr zu flirten. Das gefiel ihr.

Gustl sprang an ihr hoch, als sie ihre gefütterten Sneakers anzog. »Tut mir leid, mein Freund. Du kannst nicht mit ins Krankenhaus.«

Clara klopfte an die Tür des Krankenzimmers und ging hinein. Demirci lag allein im Zimmer. Sie war erschrocken über den Anblick. Er hing am Tropf und hatte eine Sauerstoffmaske über Nase und Mund. Er öffnete die Augen einen Spalt breit und es sah so aus, als würde er unter der Maske grinsen.

»Oh Mann, was machst du für Sachen? Wie geht es dir?«

Er zeigte mit der Hand ein So-la-la an. Clara zog sich einen Stuhl ran und setzte sich neben sein Bett.

Jetzt machte sich ein angenehm ruhiges Gefühl in ihr breit. So fühlte es sich also an, seine Freizeit sinnvoll zu nutzen. Sie könnte Demirci in den nächsten Tagen öfter besuchen. Da öffnete sich die Tür.

Eine umwerfend schöne Frau trat ein. Sie zog sich die elegante Strickmütze vom Kopf und die langen schwarzen Haare gossen sich über ihre Schultern. Ihr charismatisches Lachen ließ nicht nur ihre weißen Zähne aufblitzen, es war, als würde der ganze Raum strahlen.

Sie war sicher schon um die vierzig, doch mit ihrem Aussehen hätte sie locker Chancen bei Germanys next Topmodel gehabt. Unter ihrem Mantel kam ein karmesinrotes Wollkleid zum Vorschein, das ihren kurvigen Körper betonte.

Sie nickte Clara zu und mit einer tiefen, merkwürdig bekannten Stimme sagte sie »Hallo, Lukas.« Ihr Strahlen galt ihm. Dann wanderte ihr Blick zu Clara »Dr. Irina Brahl und mit wem habe ich das Vergnügen?«

Clara saß völlig verdattert auf dem Stuhl und hörte sich selbst *Liebig* stottern. Diese umwerfende Beauty konnte doch unmöglich Doktor-heißt-es-Brahl sein. Und nicht nur, dass diese Frau vor Schönheit nur so funkelte, sie schien auch mit Demirci verbandelt zu sein. Und zwar mehr, als es Clara lieb war.

Wie betäubt saß sie auf ihrem Stuhl und beobachtete, wie die Schönheit beruhigend Demircis Hand tätschelte. Heiß und kribbelnd breitete sich ein Gefühl der Scham vom Nacken über ihren gesamten Körper aus. Mit einem erzwungenen Lächeln versuchte sie, den peinlichen Moment zu überbrücken. Sie kam sich ungelenk und fad vor und sie bereute inständig, mit dem Trinken aufgehört zu haben und hier zu sitzen. Es gelang ihr, das beschämende Gefühl soweit zu unterdrücken und sich halbwegs professionell zu verhalten. Sogar eine einigermaßen angemessene Verabschiedung kriegte sie hin und schickte sich an, das Krankenzimmer zu verlassen.

»Einen Moment bitte, Frau Hauptkommissarin«, sagte die Beauty, »ich bin gleich wieder da Lukas, mein Lieber.« Sie ging mit Clara hinaus.

»Wissen Sie schon etwas über das Gift, das ins Fleisch gemischt wurde? Wir haben in unserem Labor alle möglichen Toxine, die sich auf die Schnelle testen ließen, ausgeschlossen.«

»Toxine?«

»Es handelt sich nicht um eine einfache Lebensmittelvergiftung. Die normale Behandlung bei einer Fleisch- oder Lebensmittelvergiftung mit Flüssigkeit, Salz und Elektrolytlösungen schlägt nicht an. Die Ärzte gehen davon aus, dass dem Fleisch ein zusätzlicher Stoff beigemengt wurde.«

»Stoff?«, wiederholte Clara mit leicht alkoholverzögerter Zunge.

»Die konventionelle Behandlung hilft Lukas kein bisschen. Sie erhöhen ständig die Dosierung der Elektrolytlösung, aber es zeigt keine Wirkung. Wissen Sie nichts über die Sache mit dem Giftstoff? Ich habe gestern doch mit Reitmayer telefoniert. Er hat versprochen, alles zu unternehmen, um herauszufinden, welches Gift hier im Spiel ist. Hat er sie nicht informiert?«

Nein, tut mir leid und ich bin suspendiert, war ihr erster Impuls zu sagen, doch sie schluckte es hinunter. Brahl wusste offenbar nichts von der Suspendierung und sie wollte es ihr nicht auf die Nase binden. So stand sie nur schweigend da und bemühte sich darum, ihre wirren Gedanken zu ordnen.

»Lukas geht es zunehmend schlechter. Die Ärzte hier können ihre Behandlung nur anpassen, wenn sie wissen, womit er vergiftet wurde.«

»Klar, geklickt.« Clara lehnte sich an die Wand, die Übelkeit verschärfte sich. Sie hatte ihrem Magen zu viel zugemutet. Gefüllt mit Bier, Wein und Wackelpudding machte er langsam schlapp. »Aber ich dachte, dass es nur alte und vorerkrankte Menschen so schlimm trifft. Demirci ist doch gesund und kräftig. Der schafft das schon.«

»Lukas hat Asthma, wussten Sie das nicht?«

Nein, das wusste sie nicht. Sie wusste eigentlich gar nichts über Demirci, auch nicht, dass er mit Doktor-heißt-es-Brahl zusammen war. Seit wann sind Sie ein Paar, lag es ihr brennend auf der schweren Zunge, stattdessen fragte sie: »Kann man das Fleisch nicht analysieren und auf diese Weise herausfinden, welches Gift beigemengt wurde?«

»Selbstverständlich kann man das. Die Fleischreste sind in verschiedenen Münchner Laboren zur chemisch-toxikologischen Untersuchung, aber es wird mit jeder Stunde, in der das Fleisch sich weiter zersetzt, schwieriger, etwas zu finden.«

»Okay, dann ist es nur eine Frage der Zeit«, verkannte Clara die Situation völlig. Sie wollte nur noch raus aus dem Krankenhaus. Allen aus dem Weg gehen.

Brahl sah sie ernst an. »Zeit? Die hat Lukas vielleicht nicht mehr. Seine Vitalwerte haben sich extrem verschlechtert. Ich fürchte um sein Leben.«

Benommen taumelte Clara aus dem Krankenhaus heraus. Die Kälte draußen tat ihrem Verstand gut. Im Auto musste sie sich erst einmal sammeln. Der Schreck und die Scham darüber, dass Demirci mit Doktor-heißt-es-Brahl intimer war, als es Clara gefiel, wurden herb überrollt von der Nachricht, dass er in Lebensgefahr schwebte. Niemand wusste, um welches Gift es sich handelte. Der Schichtleiter Rottenbach, der für die Vergiftung verantwortlich war, war tot.

Sie musste sich zusammenreißen, die Übelkeit zurückdrängen. Was konnte sie in ihrer Situation tun, um Demirci zu unterstützen? Auf die Ressourcen aus dem Revier konnte sie nicht zurückgreifen. Wenn sie Demirci helfen wollte, musste sie es allein tun.

Außerdem wollte sie sich bei ihrer Tochter entschuldigen. Wie hatte sie sich nur so gehen lassen können vor ihrem Kind? Auf dem Heimweg holte sie Pizza Capricciosa bei Miriams Lieblingsitaliener. Sie deckte den Tisch und schrieb ihrer Tochter eine Nachricht.

Anschließend recherchierte sie alles zum Thema Fleischvergiftungen, um ein besseres Verständnis dafür zu bekommen. Gustl zog es zwischen Claras Füßen und den duftenden Pizzakartons auf dem Tisch hin und her.

Clara trank Pfefferminztee und telefonierte mit einem der Labore. Doch von dort gab es nichts Neues. Fieberhaft wurden Proben untersucht, doch bisher hatten sie in keiner der beschlagnahmten Fleischproben mehr als die für verdorbenes Fleisch typischen Enterotoxine gefunden.

Es war so, wie Dr. Brahl es gesagt hatte, die Tests waren aufwendig und dauerten Tage, manche sogar Wochen. Sie rieb sich die brennenden Augen und merkte, wie hungrig sie war. Doch sie wollte mit dem Essen auf Miriam warten, die eigentlich schon zu Hause sein müsste.

Gustl schnuffelte immer mal wieder nah an den Pizzakarton, wo es nach frischem Schinken und warmen Käse roch. Das wirkte so appetitanregend auf den kleinen Dackel, dass er sich immer wieder die Schnauze leckte. »Wir warten noch auf Miriam!« Sie kraulte Gustl hinter den Ohren.

Doch Miriam kam nicht. Sie hatte die Nachricht ihrer Mutter nicht einmal gelesen. Ganz untypisch für einen Teenager, war Miriam sonst die Pünktlichkeit in Person. Ob sie noch sauer war, wegen des Streits heute Morgen und deshalb nicht gleich nach Hause kam? Clara wählte Miriams Nummer. Schon nach dem ersten Läuten wurde der Anruf angenommen. »Miriam, mein Schatz, es tut mir leid …«

»Hi, da ist die Mailbox von Miriam Liebig und ich freue mich über Nachrichten!« Clara legte auf.

Bei Jorge konnte sie nicht sein, der war in Spanien. Auch zu ihrem Vater konnte Miriam sich nicht zurückgezogen haben. Der steckte wer weiß wo und war nicht einmal telefonisch zu erreichen.

Clara suchte in ihrer Familienapp nach Miriams Standort. Ihre Tochter schien noch vor der Schule herumzuhängen. Es wunderte sie, denn bei dem Wetter brachten Miriam normalerweise sonst keine zehn Pferde und gute Worte länger als nötig vor die Tür. Aber vielleicht verabschiedete sie sich noch von ihren Freunden oder sie war einfach sauer auf ihre Mutter. Clara beschloss, sie abzuholen. »Na komm, Gustl, Ausflug.«

Schon im Vorbeifahren sah sie, dass keiner der Schüler mehr am Eingang stand. Aber die App zeigte den Standort von Miriams Handy eindeutig am Schultor an. Clara parkte und ging mit Gustl zu dem eisernen grünlackierten Schultor. Es war verschlossen. Der Schulhof sah verlassen aus. Neben dem steinernen Pfosten im inneren lehnte Miriams Rucksack an der Mauer.

Clara zögerte keinen Moment und kletterte über das Tor, ihre Finger schmerzen auf dem eiskalten Metall. Gustl streckte sich am Tor hoch und bellte. Sie nahm den Rucksack, Miriams Handy war darin und all ihre Schulsachen. Claras Gedanken flogen durcheinander. Von aufsteigender Panik erfasst, sah sich in alle Richtungen um. Wo war ihre Tochter? Der Streit von heute Morgen blitzte in ihr auf. Doch dann drehten ihre Gedanken sich wie in Zeitlupe um hundertachtzig Grad.

»Sie haben eine nette Tochter.« Ein riesenhaftes Puzzleteil von Fürst gefror in der Luft und zersprang in hunderte Eissplitter. Die Erkenntnis brach sich in ihren Kopf, wie ein Wasserfall, der sich tosend über die Fallkante stürzte.

35

»Warum sollte der Mann Ihre Tochter entführen? Erst halten Sie ihn für einen Mörder und nun soll er Ihre Tochter entführt haben?«

Angst durchflutete ihren Magen und stieg ihr in den Hals, mit fast versagender Stimme sagte sie: »Ich weiß, wie das klingt, aber es ist wahr.«

Reitmayer schüttelte den Kopf. »Es klingt so verrückt, wie es ist. Ihre Tochter wird schon bald wieder auftauchen. Hatten Sie Streit zuvor?«

»Nein«, log Clara.

»So sind Teenager. In dem Alter reißen sie halt mal aus.«

»Was für ein Schmarrn! Reißen mal aus. Hörst du dir eigentlich selbst zu? Meine Tochter ist entführt worden, ihre Tasche lag am Eingang der Schule und ich weiß, dass es Fürst war. Wenn du mir nicht helfen willst, dann hole ich meine Tochter allein da raus.«

»Jetzt mal Klartext, da Sie in letzter Zeit Verständnisschwierigkeiten mit meinen Anweisungen hatten: Sie lassen den Herrn Fürst in Ruhe. Ganz bedauerlich, dass Ihre Tochter weggelaufen ist, aber sie wird schon wieder auftauchen.«

»Miriam ist nicht weggelaufen.«

»Sie sind suspendiert und dürfen nicht in Ihrer Eigenschaft als Polizistin auftreten. Und vergessen Sie nicht, dass gegen Sie persönlich eine einstweilige Verfügung vorliegt. Sie dürfen sich dem Herrn Fürst überhaupt nicht nähern. Und sollten Sie das missachten, wird aus ihrer vorübergehenden Suspendierung eine Entlassung aus dem Polizeidienst. Haben Sie jetzt verstanden?«

»Er hat meine Tochter!« Clara brüllte es in Reitmayers Gesicht.

»Haben Sie getrunken?« Er wich einen Schritt zurück. »Nehmen Sie sich doch um Himmels willen zusammen! Herr Fürst hat mit ihren abstrusen Gedanken überhaupt nichts zu tun.«

»Okay! Geklickt! Du willst nichts unternehmen.« Sie merkte selbst, dass ihre Stimme sich überschlug und ihre feuchten Augen brannten in den Höhlen.

»Ich verstehe Sie ja, Kinder sind nicht immer ganz einfach und dann als Alleinerziehende, da verliert man schon mal den Überblick. Wenden Sie sich am besten an die Vermisstenstelle.«

»Du kannst mich mal!« Clara verließ das Büro, nicht ohne der Tür hinter sich einen wutgeladenen Tritt zu verpassen. Es war nur der bremsenden Wirkung des Türoberschließers zu verdanken, dass die Tür nicht laut krachend ins Schloss fiel.

»Ihr müsst mir doch wenigsten glauben. Er hat es mir ins Gesicht gesagt, dass er meiner Tochter etwas antut.« Gustl sprang um sie herum, nachdem sie ins Gemeinschaftsbüro zurückgekehrt war.

»Er hat gesagt, dass er deine Tochter entführt?« Lisa sah sie entsetzt an.

»Nicht mit diesen Worten. Er hat gesagt, dass ich eine nette Tochter habe.«

Betretenes Schweigen erfüllte den Raum.

»Was ist mit euch?«

»Hast du Alkohol getrunken?«, fragte Thorwald, der ihr am nächsten stand.

»Ja, aber das spielt jetzt keine Rolle. Ich habe den Wahnsinn in seinen Augen gesehen.«

Lisa schüttelte befremdet den Kopf. »Du hörst dich an wie der Exorzist. Nur weil du was in seinen Augen gesehen hast, können wir den Mann doch nicht observieren oder verhaften«, sagte Lisa. »Wie stellst du dir das vor bei der Staatsanwaltschaft? Ich habe den Wahnsinn in seinen Augen gesehen – ach so, dann wissen wir Bescheid. Dafür gibt es lebenslänglich. Die werden denken, du bist durchgedreht. Und ehrlich gesagt, mache ich mir auch Sorgen um dich. Du wirkst, als ob du immer mehr entgleist. Miriam ist vielleicht bei einer Freundin. Hast du mal ihre Schulfreunde abtelefoniert?«

»Versteht ihr denn nicht?« Clara zitterte, wilde Angst umhüllte sie. »Das ist genau seine Absicht. Mich als verrückt hinzustellen. Fürst hat mich aus dem Spiel genommen. Nicht einmal mein eigenes Team glaubt mir mehr.«

»Ich weiß, dass nicht alles nur Fun ist mit Jugendlichen in der Pubertät«, schaltete Iris sich ein, ohne auf Claras Einwände zu reagieren. »Könnte sie bei ihrem Vater sein oder bei der Oma? Vielleicht hast du nur vergessen, wo sie hinwollte?«

Clara schüttelte verzweifelt den Kopf. »Ich habe gar nichts vergessen. Das ist ein Albtraum«, sagte Clara zu sich selbst und Gustl stupste ihr sanft gegen den Unterschenkel.

»Deine Tochter ist ein sehr vernünftiges Mädchen, in vielerlei Hinsicht vernünftiger als du.«

Gustl bellte.

»Na schau, der Gustl ist ganz meiner Meinung, gell?« Lisa tätschelte seinen Kopf.

»Fürst hat meine Tochter.«

»Wir haben ihn gecheckt – der Typ ist ein verdammter Wohltäter. Mit einer damned fucking weißen Weste. Wir haben ihn durchleuchtet wie selten jemanden zuvor. Der ist sauber. Und charmant ist er obendrein. Ein Mc Dreamy, würde ich sagen. Eine zehn von zehn plus zehn, minus null.« Iris sah sie entnervt an.

»Das ist seine Masche. Kapier`s doch!«

Doch Iris Miene verdüsterte sich. »Not guilty – der Mann ist unschuldig. Kapier du es!« Damit drehte sich um und verließ das Büro.

Clara schnappte sich Rucksack und Parka und rauschte ebenfalls hinaus. Gustl begrüßte den unerwartet raschen Aufbruch. Der Hund tollte zwischen ihren Beinen herum und behinderte sie beim Gehen. Thorwald trottete bedrückt hinter ihr her ins Treppenhaus.

»Und was willst du?«, flüstere Clara.

»Wissen, wie wir jetzt vorgehen.«

»Ich bin suspendiert.«

»Aber das wird dich nicht abhalten, nehme ich an und wir sind doch Partner.«

Sie spürte die Wärme der aufsteigenden Tränen. In ihrem Kopf herrschten Chaos und dumpfer Schmerz. Fürst machte sie fertig, ohne einen Finger zu krümmen. Sie fühlte sich wie betäubt und nicht nur wegen des Restalkohols. Wie wollte sie vorgehen? Sie wusste es nicht. Doch sie durfte niemanden mit hineinziehen. »Entschuldige, Partner, aber was ich jetzt tue, muss ich allein tun.«

»Ich kann dir helfen.«

»Du kannst mir nicht helfen oder willst du deinen Job verlieren?«

Bevor er etwas darauf erwidern konnte, pingte seine Smartwatch eine Erinnerung dazwischen. »Abfahrt zum *Flughafen in 60 Minuten.*«

Verlegen sah er sie an. »Na ja, St. Barth ruft, die Schönen und Reichen und so.«

Sie klopfte ihm auf die Schulter. »Frohe Weihnachten.« Rasch drehte sie sich um, die Tränen flossen ihr lautlos über die Wangen und sie beeilte sich, die Treppe hinunterzugehen, an deren Ende Gustl erwartungsvoll nach oben blickte.

Zwei Stunden später brummte Claras Handy. »Ich bin bei Fürsts Haus. Ich habe etwas herausgefunden«, flüsterte Thorwald. »Du solltest besser herkommen.«

Clara tippte mit ihrem Fuß seinen Thermostiefel an, der aus dem Gebüsch herausragte, gleichzeitig sprang Gustl fröhlich zwischen die Äste des dünnen, blattlosen Busches, der Thorwald als Beobachtungsposten diente. Der Hund fiel über den hockenden Thorwald her und leckte ihn zur Begrüßung am Kinn. Vor Schreck ließ er die Taschenlampe in den Schnee fallen.

»Um Gottes willen, soll ich einen Herzinfarkt bekommen? Wie hast du mich gefunden?«, fragte er, auf dem Boden sitzend.

»Du könntest genauso gut einen Google-Maps Hotspot aufmachen mit einem Pfeil drauf – hier hockt Thorwald mit Taschenlampe.« Clara grinste, sie stand da wie eine Verdächtige von einem ihrer Puzzleteile. Ihre Zweitwaffe in der Hand, gehüllt in schwarze Jeans und eine dunkle Jacke, auf der *MEK26* stand. Ein Überbleibsel aus einer Zeit lange vor Miriams Geburt, als sie mit ihrem Exmann Sebastian noch beim Mobilen Sondereinsatzkommando gemeinsam Dienst tat.

Sie hatte Miriams Vater nicht erreichen können, wieder einmal. Sie würde ihre Tochter allein befreien. Dachte sie zumindest, bis sie Thorwald gut beleuchtet hier im Geäst hatte herumkriechen sehen. »Mach endlich die Taschenlampe aus!«

Thorwald kroch rückwärts aus dem Gebüsch heraus, dabei verlor er seine Bommelmütze an die starren Verästelungen des Busches. Er fluchte leise und zerrte an ihr. Mit einem Ruck konnte er die Mütze herausreißen, doch der Rückschlag der Äste verteilte den auf ihnen liegenden Schnee wie Puderzucker über Thorwalds Kopf.

»Ich dachte, du sitzt schon im Flieger der Sonne entgegen. Weihnachten am Südseestrand. Caipi und Sonne.«

»So ein Strand-Weihnachten wird massiv überschätzt. Ich meine – hey – wer will schon bei 35 Grad im Schatten sitzen, genüsslich Cocktails trinken und Socializing betreiben?« Er schüttelte sich den Schnee aus dem Haar und stülpte seine Mütze wieder über.

Das mit dem Socializing glaubte sie ihm sogar. »Du setzt deinen Job aufs Spiel.«

»Du hast gesagt, Partner helfen sich gegenseitig. Immer. Wir sind Partner. Daraus folgt, dass ich dir helfen muss oder habe ich da was falsch verstanden? Und außerdem war gar kein Vollmond.«

36

»Vollmond?« Clara sah Thorwald verständnislos an.

»In der Nacht, als Fürst den Teppich rausgebracht hat. Da war gar kein Vollmond. Ich glaube, du hast recht, er hat das alles nur inszeniert, um dich in Misskredit zu bringen. Und ich wette, es hat ihm einen Heidenspaß bereitet, uns den Köder mit dem eingerollten Teppich vor die Füße zu werfen.«

»Und, was hast du rausgefunden? Partner!«

»Ich habe Fußspuren im Schnee entdeckt, im Vorgarten des Nachbarhauses. Jemand geht dort ein und aus, und das fand ich reichlich merkwürdig, denn das Haus ist unbewohnt.«

»Der Postbote?«

»Der verbraucht keinen Strom, oder? Ich habe den Stromverbrauch des Hauses prüfen lassen. Und voilà, dort wird eine nicht unerhebliche Menge Strom verbraucht dafür, dass angeblich niemand darin wohnt. Und jetzt darfst du raten, wem das Haus gehört.«

»Fürst?«

»Nah dran. Seiner Schwester Annabell Dudikoff.«

»Er hat eine Schwester?«

»Exakt, eine Halbschwester. Um genau zu sein, eine verschwundene Halbschwester. Seit zwei Jahren fehlt von ihr jede Spur. Zuletzt wurde sie auf der Beerdigung ihrer Mutter gesehen, hier in München. Es sieht so aus, als hätte Fürst das Haus kurz davor extra für seine Schwester gekauft. Es ist auf ihren Namen im Grundbuch eingetragen, aber er hat es bezahlt.«

Clara nickte. »Okay, danke! Sobald er sein Haus verlässt, sehe ich mich im Nachbarhaus um.«

»Wir!« Thorwald zog ein kleines Aststück aus der Wolle seiner Mütze, das sich darin festgesetzt hatte, »Partner, schon vergessen?«

Sie setzten sich in das zivile Fahrzeug, das Thorwald aus dem Fuhrpark mitgebracht und vorsichtshalber ein Stück weit von Fürsts Haus entfernt geparkt hatte.

»Er muss jeden Moment rauskommen.« Clara stierte zu seiner Haustür.

»Bist du sicher?«

»Willst du wetten?«

Clara hatte einen Einbruch in die Fabrik inszeniert. Sie hatte einige Fenster mit Steinen eingeworfen und vor wenigen Minuten Gottwald mit verstellter Stimme über den Einbruch informiert. Sie hatte vorgegeben, von der Abteilung für Einbruch-Diebstahl zu sein und hatte Gottwald gebeten, sofort zur Fabrik zu kommen. Clara ging davon aus, dass Isa Gottwald ihren Prokuristen auf dem schnellsten Wege informieren würde und ihn bitten würde, ihr beizustehen. Und sie war sicher, dass Fürst ihrem Ruf unverzüglich folgen würde.

Und genauso war es. Keine fünf Minuten später blitzten die Scheinwerfer des schwarzen BMW iX auf. Fürst öffnete die Autotür und stieg ein.

Clara und Thorwald duckten sich tief in ihre Sitze hinein und ließen ihn an sich vorbeifahren. Erst nachdem die Rücklichter des BMWs schon lange in der Dunkelheit verschwunden waren, rutschte Clara im Sitz wieder hoch. »Auf geht's! Leise Gustl!«

Schnell und geschickt machte sie sich daran, mit professionellem Einbruchswerkzeug die Vordertür des Nachbarhauses zu öffnen. Sie agierte fachmännisch, wie eine Profieinbrecherin.

»Von der Hauptkommissarin zur Einbrecherkönigin in nur zwei Tagen. Wo hast du das gelernt?«, fragte Thorwald im Flüsterton.

»Frag nicht!« Sie schob die Tür vorsichtig auf. Das Haus wirkte leer und unbewohnt, aber der Geruch. Eine Mischung aus Toilettenreiniger und einer darunterliegenden süßlich rostigen Note. Clara kannte diesen Geruch nur zu gut. An vielen Tatorten war er ihr schon entgegengeschlagen. Es roch nach Eisen, es roch nach Blut.

»Thorwald!«

»Ich rieche es.« Er nickte.

»Oh mein Gott!« Clara ließ alle Vorsicht fallen und benahm sich überhaupt nicht mehr so cool und professionell wie noch wenige Sekunden zuvor. Hastig stieß sie nacheinander die Türen im Erdgeschoss auf. Im Wohnzimmer war niemand, auch die Küche war leer. Gustl kratzte an einer Tür. Clara griff nach der Klinke, doch die Tür war verschlossen. Das musste die Kellertür sein. Hier im Haus war alles genauso wie drüben, nur seitenverkehrt. »Thorwald, hier.« Sie zog ein Brecheisen aus ihrem Rucksack und stieß es zwischen Tür und Rahmen. Mit einem lauten Krachen brach die Holztür aus dem Schloss.

Clara schleuderte die Tür zur Seite, mit der Pistole im Anschlag rannte sie die schmale Kellertreppe hinunter. Beinahe wäre sie über Gustl gestürzt, der sich an ihr vorbeizwängte und nach vorne schoss. Gerade noch bekam sie das Treppengeländer zu fassen und sprang die letzten Stufen mit einem Satz nach unten.

Thorwald war ebenfalls unten angekommen und Gustl saß leise jaulend vor einem leeren Weinregal. Der Kellerraum, in dem sie standen, war in ein altmodisch anmutendes Wohnzimmer verwandelt worden, mit einem Esstisch und orange-braun gemusterten Tapeten, wie für eine Filmaufnahme aus den siebziger oder Achtzigerjahren. An der

Wand neben einem Heizungsrohr stand eine Beinprothese für einen Unterschenkel.

Doch Clara achtete kaum auf das alles. Sie stürzte zu Gustl, der begonnen hatte, an der Wand des Regals zu kratzen. Clara schob das Regal beiseite. Sie linste durch das kleine, vergitterte Loch einer Eisentür. Der Geruch von altem Blut benebelte sie, so muffig und deutlich war er hier unten.

»Schatz, Miriam? Wo bist du?«

»Mama, wir sind hier«, drang eine Stimme durch die vergitterte, kleine Öffnung.

»Meine Kleine! Bist du okay?« Sie konnte ihre Tochter durch das Gitter sehen. Miriam stand ganz nah am Guckloch »Mir geht's gut, ich wusste, dass du kommst.« Ihr Gesicht war schmutzig und sie hatte ein paar Schrammen auf der Wange, aber sie lachte ihre Mutter an.

»Gott sei Dank!« Clara hatte nur noch Augen für ihre Tochter. Eine unbändige Glückseligkeit breitete sich in ihrem ganzen Körper aus und sie begutachtete schnell das Vorhängeschloss, mit dem die Tür gesichert war.

»Sorry, Mama. Es ist alles meine Schuld. Er sagte, du bist angeschossen worden und er würde mich ins Krankenhaus fahren. Ich hätte nie einsteigen dürfen, aber ich hatte solche Angst um dich.«

»Alles ist gut. Ich hole dich da raus.«

»Mach schnell. Ute braucht Hilfe. Sie ist verletzt und ziemlich schwach.«

»Ute ist bei dir? Wir holen euch da raus!« Clara sah sich nach einem geeigneten Werkzeug um.

Thorwald strahlte sie an. Er wollte Verstärkung und einen Krankenwagen rufen, doch es gab keinen Empfang im Keller. »Ich gehe schnell nach oben zum Telefonieren.«

Clara stieß das Brecheisen zwischen den Eisenring des Schlosses, um ihn auseinander zu drücken. Gustl kratzte jetzt an der Eisentür. Das Schloss wollte nicht nachgeben. Clara legte ihre Waffe auf den Esstisch und setzte das Brecheisen diesmal wie einen Hebel an, den sie mit beiden Händen niederdrückte. Doch es gelang ihr nicht, das Schloss zu brechen.

37

»Clara, es tut mir leid!« Thorwald stolperte die letzte Treppenstufe herunter, stürzte um ein Haar und konnte gerade noch das Gleichgewicht halten. Grob wurde er nach vorne geschubst, Clara erkannte, dass seine Hände auf dem Rücken mit Kabelbinder aneinander gezurrt waren.

»Clara!« Fürst tauchte hinter Thorwald auf und lächelte sie mit funkelnden Augen an.

Thorwald schüttelte bedauernd den Kopf, ein blutiger Riss zog sich über seine Stirn. »Es tut mir so leid, er hat mich überrumpelt. Er hat meine Waffe.«

»Willkommen in meinem Reich.« Fürst folgte ihrem Blick zu der Waffe, die sie auf dem Tisch abgelegt hatte. Er langte blitzschnell hinüber und angelte sich ihre Pistole vom Tisch, ohne dabei die andere Waffe von Thorwalds Kopf zu lassen »Clara, Clara, warum haben Sie nur nicht auf mich gehört?« Er bedachte sie mit einem gespielt traurigen Blick. »Sie wissen doch, dass ich immer gut vorbereitet bin.« Er deutete mit dem Kopf oben auf eine der Zimmerecken.

Jetzt sah sie es auch. Er hatte eine Webcam installiert.

»Die Bilder werden direkt auf mein Handy übertragen. So sehe ich gleich, wenn Einbrecher am Werk sind. Aber wem erzähle ich das.«

»Sie sind wahnsinnig, Fürst. Sie sind ein Psychopath!« Claras Herz schlug so heftig, dass sie das Pulsieren bis in den Kopf spürte.

»Ich habe mich gefragt, wie schnell Sie herausfinden, dass Ihre Tochter hier bei mir im Nachbarhaus ist. Es hat mich nur ein wenig überrascht zu sehen, dass sie ihren Sancho Panza dabei haben.« Er lachte tief und warm, als hätte er einen launigen Scherz unter Freunden gemacht. Dabei zielte er weiter mit den Waffen auf sie und Thorwald. »Was für ein treuherziger Depp.«

Clara schwieg, ihr rasten alle möglichen Szenarien durch den Kopf, doch in keinem kamen sie mit dem Leben davon.

»Schade, aber hier endet unsere gemeinsame Geschichte. Ich bedauere das, denn Sie haben mir gefallen. Sie sind taff, ich mag das. Frauenpower, kraftvoll und wehrhaft. Unter anderen Umständen hätten wir eine schöne Zeit miteinander verbringen können. Und weil ich Sie so schätze, dürfen Sie entscheiden, wen ich zuerst töte. Ihren armseligen Gehilfen oder Ihre Tochter.«

Clara explodierte innerlich, Schweißtropfen liefen ihr den Rücken hinunter und doch schaffte sie es, völlig ruhig zu reden. »Ich bringe Sie um!«

»Aber die Karten des Schicksals weisen in eine andere Richtung. Sehen Sie, ich bin der mit der Waffe! Mit zwei Waffen sogar. Und die Wahrscheinlichkeit, dass ich Sie umbringe, ist maximal höher als umgekehrt, nicht wahr?« Er zwinkerte ihr schalkhaft zu und hörte nicht auf zu lächeln.

»Unsere Verstärkung ist unterwegs. Alle wissen über Sie Bescheid. Sie haben keine Chance, aus der Sache herauszukommen.« Langsam hob sie die Brechstange. Doch Fürst drückte Thorwald den Lauf der Waffe in die Wange. »Wenn Sie Dummheiten machen, wird der hier es als Erster merken. Und wenn Sie denken, ich hätte ihn noch ihre Leute anrufen lassen, dann ist das ein trauriger Irrtum. Lassen Sie die Stange fallen!«

Clara gehorchte unwillig und ließ das Brecheisen aus der Hand zu Boden krachen.

»Eine vernünftige Entscheidung.«

»Weiß Ihre Schwester, was Sie hier in ihrem Haus treiben?« Clara spielte auf Zeit.

»Ich glaube nicht, dass sie sich daran stört. Sie ist gut aufgehoben.« Sein Blick wanderte zu einem mit verschiedenen Häkeldeckchen belegten, länglichen Möbelstück. Eine Tiefkühltruhe. »Ich habe dafür gesorgt, dass sie ein schönes Plätzchen in ihrem eigenen Haus bekommt.« Fürst lachte laut schnaubend auf und betrachtete mit einem zufriedenen Blick die Truhe.

»Sie haben Ihre Schwester ermordet?«, flüsterte Clara.

»Aber Clara, was denken Sie von mir? Obwohl meine Schwester von Anfang an der Makel der Familie war. Sie war das schäbige Ergebnis einer Vergewaltigung. Meine Mutter hielt sie immer vor der Außenwelt versteckt. Aber getötet habe ich sie nicht, ich hatte Verwendung für sie.« Seine Blicke bohrten sich in Claras und sie spürte frostige Kälte ihren Nacken hochsteigen. »Ich fand es schade, dass sie gestorben ist. Wir hatten schöne, gemeinsame Abende hier in ihrem Keller. Ich habe ihre Gesellschaft überaus genossen.« Fürst lächelte, als würde er von einer Familienfeier erzählen, auf der Nudelsalat und Eierpunsch gereicht wurden. »Leider musste ich sie immer einsperren und disziplinieren. Sie wollte fortlaufen, wie damals, als sie unserer Mutter entkommen ist.«

»Es ist schlimm, was Sie durchmachen mussten als Kind. Aber das hier müssen Sie nicht tun. Sie brauchen Hilfe.« Mühsam kämpfte Clara gegen das Vakuum in ihrem Hirn an. Fürst war ein Monster. »Wir können Ihnen jemanden vermitteln, der Ihnen hilft«, versuchte sie mit aufkommender Verzweiflung in der Stimme das Blatt zu wenden.

»Ach, Clara, wie lieb von Ihnen. Aber meine Kindheit war so, wie ich sie haben wollte.« Er trat einen Schritt näher und Clara überlegte, ob sie sich auf ihn stürzen sollte. Doch sie fürchtete, dass er Thorwald dabei erschießen könnte. »Ich entferne undisziplinierte und dumme Menschen, die mir im Weg sind. Das habe ich schon immer so gehandhabt. Ein fauler Apfel im Korb steckt alle an, so hat meine Mutter es mir beigebracht. Und ich erweise damit sogar noch der Gesellschaft einen Dienst. Mutter und ich, wir waren eine perfekte Familie, nachdem ich meinen dummen Vater und meinen verweichlichten Bruder daraus entfernt habe.«

Clara atmete tief durch. »Unsere Kollegen wissen, dass wir hier sind, ich habe es ihnen gesagt, bevor wir losgefahren sind. Unsere Verstärkung ist unterwegs. Geben Sie auf, Fürst.«

Gustl jaulte auf und kratzte nachdrücklicher an der Eisentür.

»Ist das ihre Verstärkung? Ein Rauhaar-Kampfdackel.« Sein so charmantes Lächeln erschien Clara nun wie eine Fratze. »Niemand wird kommen. Niemand glaubt Ihnen, außer ihrem Sancho Panza hier.«

Mit einem gezielten Tritt stieß er Thorwald von hinten in die Kniekehle. Thorwald knickte ein, taumelte und drohte, lang hinzuschlagen, doch Clara schaffte es, ihn halbwegs aufzufangen und zog ihn wieder auf die Füße.

»Was für eine Unterstützung haben Sie da? Ein nutzloser Köter und ein hilfloser Anfänger. Wenn ich nicht die Waffen halten müsste, würde ich meinen Hut ziehen für Ihr bemerkenswertes Team.«

»Es tut mir so leid, Clara. Er hat recht, ich habe oben auf nichts geachtet und nun kann ich keinen Finger mehr rühren, um dir zu helfen.«

»Keinen. Einzigen. Finger?« Sie schielte hinüber zu Gustl und versenkte ihren Blick dann in dem von Thorwald.

»*Aus großer Kraft entsteht große Verantwortung*« plärrte die Smartwatch blechern durch den Raum, nachdem Thorwald das Einzige getan hatte, was er in seiner Lage noch konnte. Mit nur einem Finger hatte er seine Smartwatch aktiviert.

Für den Bruchteil einer Sekunde zeigte sich Verwirrung auf Fürsts Gesicht und gerade als diese sich lösen wollte und er den Mund zu einem spöttischen Grinsen verzog, stürzte Gustl los.

Fürst zielte auf Gustl, der ihm, verwandelt in ein wildes Tier, knurrend entgegensprang. Gleichzeitig warfen Clara und Thorwald sich mit aller Wucht, die sie aufbieten konnten, gegen Fürst. Sie stürzten allesamt zu Boden und bildeten ein großes Knäuel.

Gustl hatte sich in den Unterschenkel von Fürst verbissen und hing knurrend und zerrend daran. Blut sickerte durch den hellen Stoff seiner Hose, wo Gustl die Zähne hineingeschlagen hatte. Und der kleine Hund ließ nicht locker.

Eine der Waffen war Fürst bei dem Sturz in hohem Bogen aus der Hand geflogen. Unerreichbar für alle aus dem Knäuel. Clara griff nach seiner anderen Hand und drückte den Lauf der Pistole von ihnen weg. Doch Fürst hielt mit seiner ganzen, trainierten Kraft dagegen. Thorwald presste sein Gewicht weiter auf Fürst, um ihn am Boden zu halten.

Mitten in diesem verzweifelten Gerangel fielen ihr Minz und Maunz ein. Was hatte Lisbeth Bechter auf den Anrufbeantworter gesprochen? Clara schickte ein Stoßgebet zum Himmel, dass die alte Frau sich nicht geirrt hatte. Sie hämmerte ihren Ellenbogen auf seine rechte Schulter, da wo sie die Brandwunde vermutete. Ein Schmerzensschrei entfuhr Fürst und der Griff um die Pistole lockerte sich. Es gelang Clara, ihm die Waffe aus der Hand zu winden. Sie kniete sich auf seine Brust und setzte ihm ihre Pistole an den Kopf.

Aus dem Augenwinkel sah sie Thorwald, der immer noch auf Fürsts Beinen lag und ihn damit am Boden hielt. Er deutete den Hauch eines Kopfschüttelns an, doch er sagte nichts. Gustl hatte sich beruhigt und stob zurück zur Eisentür, wo er Utes Geruch nachspürte.

»Karten des Schicksals. Ich habe die Waffe!«, flüsterte sie und sah Fürst dabei in die Augen.

38

»Sie sind Polizistin, das dürfen Sie gar nicht.« Fürst klang selbst am Boden liegend und mit der Waffe am Kopf kein bisschen beunruhigt. Er brachte sogar jetzt noch sein charmantes Lächeln zustande.

»Ich bin suspendiert, schon vergessen? Sie haben ganze Arbeit geleistet, ich habe nichts zu verlieren.« Claras Zeigefinger spannte sich an und sie fühlte eine Welle der Genugtuung durch ihren Körper strömen. »Was haben Sie für ein Gift in das Fleisch gemischt?«

»Das war ein bedauerliches Versehen. Wir haben das Fleisch mit Azorubin versetzt, um ihm wieder die kräftige Farbe zu verleihen. Es ist nichts weiter als ein legaler Lebensmittelfarbstoff. Eine versehentliche Überdosierung hat das Problem verursacht.« Er plauderte, als säßen sie in seiner Küche und lägen nicht im halbdusteren Keller. »Wir wären nie aufgeflogen, wenn Rottenbach, dem Idioten, dieser Fehler nicht unterlaufen wäre.«

Ein Hochgefühl, ein Flow machte sich in Clara breit Sie hatte alles, was sie brauchte. Jetzt musste sie nur noch den Zeigefinger krümmen und die Welt für immer von diesem Psychopathen befreien. Seine sanftbraunen Augen sahen sie erwartungsvoll an. Er hatte keine Angst vorm Sterben.

»Mama!« Miriam hatte durch die Gitter ihres Gefängnisses beobachtet, was sich auf der anderen Seite abspielte. Hin- und hergerissen zwischen Angst, Verzweiflung und Abscheu für Fürst. »Mama, er ist es nicht wert.«

Wie aus einer Trance erwacht, nahm Clara die Waffe runter und sicherte sie. Sie atmete tief durch, steckte die Pistole in ihr Bauchholster und machte sich noch auf den Knien daran, den Kabelbinder von Thorwalds Handgelenken zu lösen. Erschöpft ließ er sich von Fürsts Beinen runtergleiten. »Du hast das Richtige getan. Der Typ ist es nicht wert.«

Blitzartig umklammerte Fürst ihren Oberkörper mit seinen Beinen und riss sie zu sich herunter. Mit beiden Händen packte er ihren Hals. Thorwald zerrte an den Resten der Kabelbinder, um sich zu befreien, doch er stürzte nach hinten über und brauchte einen Moment, um sich wieder aufzurappeln.

Clara rang nach Luft und versuchte, sich aus dem schraubstockartigen Würgegriff zu befreien. Mit irrem Blick stierte Fürst ihr in die Augen und drückte zu. Sie schaffte es nicht, seine Hände an ihrem Hals zu lockern. Er lächelte. Clara ächzte.

»Mama!«, hörte sie irgendwo zwischen Wachzustand und Ohnmacht. Röchelnd tastete sie den rauen Boden ab, sie bekam etwas zu fassen. Spürte kalten, schweren Kunststoff in ihrer Hand. Voller Adrenalin und mit aller Kraft, die sie aus ihrer Wut, den Schmerzen und der Angst aufbringen konnte, drosch sie Fürst das Teil ins Gesicht.

Er stöhnte auf, sein Griff lockerte sich, Clara konnte sich losmachen und sprang auf die Füße. Quer über Fürsts Gesicht klaffte ein stark blutender Schnitt und seine Nase stand schief nach oben.

Clara besah sich den künstlichen Unterschenkel, mit dem sie zugeschlagen hatte und mit heiser gewürgter Stimme stieß sie hervor: »Hilda Hartmann!«

Thorwald hatte sich von den Resten des Kabelbinders losgemacht und fesselte Fürst mit Handschellen an das Heizungsrohr. »Heute ist Ihr Glückstag!«, stellte er ohne Sarkasmus in der Stimme fest und überlegte selbst, ob das stimmte.

»Mama« schrie Miriam tränenerstickt. »Geht's dir gut?«

»Mir ging es selten besser, meine Kleine.« Clara war nun wieder vollkommen da und logisch denkend. »Thorwald, los, ruf im Krankenhaus an. Die Ärzte von Demirci müssen wissen, dass es eine Überdosis Azorubin war, die dem Fleisch beigemengt wurde. Und ruf Verstärkung, diesmal brauchen wir sie wirklich.«

Thorwald stürzte in Richtung Treppe. Clara nahm den Feuerlöscher von der Wand und schlug mit einem einzigen adrenalingeladenen Schlag das Schloss von der Eisentür. Miriam fiel ihr befreit aufschluchzend in die Arme.

Thorwald war auf der Mitte der Treppe, als die Kellertür oben mit einem lauten Knall aufgestoßen wurde.

Vom Gang hallte Gerumpel und Stimmengewirr herunter. Clara sah die Mündungen zweier Waffen durch die Tür stoßen. Sie schubste ihre Tochter zurück in die Zelle. Thorwald ließ sich am Geländer entlang die Treppe wieder hinunter gleiten. Und beide rissen ihre Waffen hoch.

Mit ausgestreckten Armen richteten sie die Pistolen die Kellertreppe hinauf. Abwechselnd riefen sie »Polizei!« und »Waffen runter!«

Von oben kam wie ein Echo das Gleiche. Matthias und Iris stürmten die Treppe hinunter, ihre Dienstpistolen im Anschlag. Für einen kurzen Augenblick standen die vier Kommissare sich mit ausgestreckten Armen und aufeinander gerichteten Waffen gegenüber, bevor sie sich entspannten und ihre Pistolen sinken ließen.

Thorwald drängte sich an den Neuankömmlingen vorbei, um von oben dem Krankenhaus Bescheid zu geben und einen Notarzt für Ute zu rufen.

»Was macht ihr denn hier?«, fragte Clara verblüfft und mit einer krächzigen Stimme, mit der sie dem tiefen Bass von Dr. Brahl hätte Konkurrenz machen können.

»Wir sind ein Team, oder?« Matthias grinste und steckte seine Waffe ein. »Und wer würde dir schon sonst in einen

Schneesturm folgen, wenn nicht dein Team? Sauverrecktes Wetter draußen.«

»In guten wie in schlechten Zeiten.« Iris grinste ein wenig verlegen. »Lisa sichert oben. Wir wussten ja nicht, ob Fürst im Haus ist. Ich hätte nie gedacht, dass er der Täter ist.« Sie schüttelte den Kopf. »Sorry, dass ich dir und deinem Bauchgefühl nicht vertraut habe. Mein Verhalten war echt misplaced – wirklich nicht angemessen. Ich habe mich ganz schön gegen dich aufbringen lassen von diesem Deppen. Entschuldige bitte!«

»Ich habe selbst gemerkt, dass ich wie eine Irre rüber gekommen bin. Aber Fürst ist ein genialer Manipulator. Ich habe schon an meinem eigenen Verstand gezweifelt.«

»Als Iris und Lisa mir erzählt haben, was passiert ist, sind wir sofort los, um euch zu helfen. Ich war sicher, dass ihr in Schwierigkeiten steckt, nachdem ich keinen von euch telefonisch erreicht habe.« Matthias wandte sich Clara zu. »Und wo dein Weg hinführte, war nicht schwer zu erraten.«

Clara strahlte und drückte Miriam an sich, die sich fest in die Arme ihrer Mutter geschmiegt hatte.

»Eine Überraschung war nur, dass im Nachbarhaus die Tür aufstand.« Matthias nickte mit dem Kopf in Richtung Fürst. »Ist er tot?«

Stöhnend bewegte Fürst sich und erübrigte eine Antwort. Clara war ohnehin viel zu beschäftigt damit, ihre Tochter fest an sich zu drücken.

Ute saß auf dem Boden in der kleinen Kellerzelle, die drei grausame Wochen lang ihr Gefängnis gewesen war. Gustl hatte sich auf Utes Schoß gerollt und leckte begeistert an ihrer Hand. Iris kümmerte sich um die Frau, die offensichtlich von Fürst misshandelt worden war.

Clara sah sich um. Dieser merkwürdig zum Wohn- und Esszimmer gestaltete Kellerraum war das absolute Gegenteil von Fürst Haus auf der anderen Seite. Durcheinander, blutverschmiert und skurril. Alte Fotos von Fürst und seiner Familie hingen gerahmt an den Wänden, auf der sich zahlreiche eingetrocknete Blutspritzer und Schlieren fanden. Auch auf dem Fußboden prangten alte eingetrocknete Blutflecken in erschreckender Menge. Die Gardinen und die Siebzigerjahre-Vorhänge, die vor einer Fensterattrappe hingen, machten das gespenstische Bild komplett.

Als die Verstärkung eintraf, fanden sie in den Kühltruhen im Keller die Leichen von Marietta Braun und Hilda Hartmann, die beiden Frauen, die vor Ute verschwunden waren. In der Kühltruhe mit den Häkeldeckchen darauf lag sorgfältig gebettet die tiefgefrorene Leiche von Fürsts Schwester.

39

Am nächsten Morgen war Clara mit Miriam auf dem Revier, um die Aussage von Miriam zu Protokoll zu geben. Sie saßen alle drei zusammen an Lisas Schreibtisch, da klopfte Reitmayer an die offene Tür des Gemeinschaftsbüros. »So, ja, Frau Liebig, es ist gut, dass ich Sie hier treffe. Dr. Ehrmann wollte, also ich natürlich auch, dass ich die vorläufige Suspendierung offiziell zurücknehme. Das mache ich hiermit ausgesprochen gern. Es war ja eh nur vorläufig und wer hätte ahnen können, dass der Herr Fürst – so einer ist, nicht wahr?«

»Ja, wer hätte das ahnen können?«, antwortete Clara mit einem ironischen Ton in der Stimme, der Reitmayer jedoch entging.

»Sie sind also mit sofortiger Wirkung wieder im Dienst. Und dann wäre es ganz gut, wenn Sie gleich mal im Vernehmungsraum vorbeischauen.« Und auf den erstaunten Gesichtsausdruck von Clara hin, fügte er hinzu: »Der Herr Fürst möchte nicht so recht mit uns reden, sondern nur mit Ihnen.«

Fragend sah sie zu ihrer Tochter hin.

»Geh nur, Mama, ich bin bei Lisa gut aufgehoben«, sagte Miriam, die den Blick ihrer Mutter richtig gedeutet hatte.

Iris und Matthias hatten nach Fürsts Behandlung im Krankenhaus noch in der Nacht mit der Vernehmung begonnen. Clara überflog das bisherige Protokoll. Mehrmals hatte er nach ihr gefragt, sonst war Fürst wortkarg geblieben, so wie Antonia Engelhardt es ihm geraten hatte. Um drei Uhr zehn war die Vernehmung unterbrochen worden und heute Morgen um neun Uhr weitergegangen. Iris und Matthias saßen mit Fürst und seiner Anwältin zusammen. Doch Fürst weigerte sich weiterhin, Auskunft zu geben.

Clara fasste sich unwillkürlich an den immer noch schmerzenden Hals, als sie den Vernehmungsraum betrat. Sofort richtete Fürst sich im Stuhl auf und strahlte sie an. Seine Nase war verarztet worden, unter seinem rechten Auge schimmerten die Folgen des gestrigen Kampfes in leuchtendem violett und der Riss quer über seinem Gesicht hatte erst schlimmer ausgesehen, als er war. Einige medizinische Tapes zogen den dünnen Schnitt zusammen. Fürst hatte auf eine Unterbringung im Krankenhaus verzichtet und in dem frischen weißen Hemd sah er trotz der Blessuren im Gesicht ganz manierlich aus.

Antonia Engelhardt hingegen machte einen übernächtigten Eindruck und wirkte fast angeschlagener als ihr eigener Mandant. Sie gönnte Clara nur einen scheelen Seitenblick, bevor sie sich wieder dem Schriftsatz zuwandte, der vor ihr auf dem Tisch lag.

Fürst lief dafür zu Höchstform auf. »Clara, wie schön, dass Sie gekommen sind!«

»Schön für mich. Nicht für Sie, denn im Gegensatz zu Ihnen kann ich hier jederzeit wieder rausspazieren.«

»Trotzdem freut es mich, dass Sie meiner Bitte entsprochen haben und gekommen sind.« Er grinste so breit, dass der Verband auf seiner Nase ein wenig verrutschte.

Iris stand auf, um Clara ihren Platz zu überlassen, und Clara schob die Akte mit dem bisherigen Vernehmungsprotokoll auf den Tisch. »Sie wollen mit mir reden? Dann legen Sie los!«

Mit einer lässigen, eher abfälligen Geste fuchtelte er mit dem Zeigefinger zwischen Matthias und Iris hin und her. »Müssen sie dabei sein?«

Clara rutschte auf den Stuhl, auf dem eben noch Iris gesessen hatte, und nickte ihren Kollegen zu, die daraufhin den Raum verließen. Clara dachte, dass Fürst sich ihr schneller öffnen würde, wenn sie allein mit ihm wäre. Matthias und Iris würden ihnen vom Nebenraum aus zusehen, jederzeit bereit einzugreifen, falls Fürst Dummheiten machte.

»Wir haben Gemeinsamkeiten, nicht wahr?« Begierig sah Fürst sie an. »Erzählen Sie mir von sich. Warum sind Sie so unnachgiebig, so hart zu sich selbst? Welches Geheimnis tragen Sie in ihrer Brust?«

»Ich mache Ihnen einen anderen Vorschlag, Herr Fürst: Sie erzählen mir, warum sie all diese Menschen getötet haben.«

»Jonathan, ich rate dir dringend davon ab, mit ihr zu reden.« Antonia Engelhardt ließ ihren edlen schwarzen Kugelschreiber zwischen Daumen und Zeigefinger pendeln.

Ebenso abschätzig wie Fürst es zuvor bei ihren Kollegen getan hatte, zeigte Clara nun auf Engelhardt. »Muss sie dabei sein?«

»Ich gehe nirgendwohin, mein Mandant hat Rechte.«

»Verzichten Sie auf anwaltlichen Beistand?« Clara sah Fürst eindringlich an und lächelte. »Oder haben Sie Angst?«

Wie gebannt starrte er Clara an, für einen Moment hielt sie den Atem an. Hatte sie zu hoch gepokert? Sie hatte ihn so eingeschätzt, dass er mit seiner unsäglichen Arroganz auf den Beistand verzichten würde, und sie wurde nicht enttäuscht.

Seine Lippen kräuselten sich zu einem feinen Lächeln, das von Vorfreude durchdrungen war. »Geh, Antonia!«

»Jonathan, ich warne dich!«

»Lass uns allein! Ich verzichte auf meine Rechte.«

Clara vergewisserte sich mit einem kurzen Blick, dass das Mikro auf dem Tisch eingeschaltet war, während Engelhardt ihre Sachen zusammenraffte und an die Tür klopfte, damit sie herausgelassen wurde.

Nun begann Fürst zu plaudern, als wäre er zu Gast in einer Talkshow. Seine um zehn Jahre ältere Halbschwester sei vor ihm und der Mutter ins Ausland geflohen. Nach dem Tod der Mutter sei die Schwester zur Beerdigung gekommen und Fürst habe sie entführt. Über ein Jahr lang habe er sie im Keller des Nachbarhauses gefangen gehalten, das er extra zu diesem Zweck gekauft habe. Als die Schwester – zu seinem aufrichtigen Bedauern – an seinen Misshandlungen gestorben sei, habe er sich neue Opfer gesucht. Im unbekümmerten Ton eines nachbarschaftlichen Plausches gab er zu, Gefallen an dieser Art der Gesellschaft gefunden zu haben. Obdachlose seien eine angenehm leichte Beute gewesen. Marietta Braun und Hilda Hartmann seien von niemandem vermisst worden. Die Misshandlungen nannte Fürst notwendige Disziplinierung, die er bedauerlicherweise habe vornehmen müssen.

Sie brauchte Fürst nicht ein einziges Mal auffordern, weiter zu reden. Aufgeplustert wie ein Truthahn auf der Balz gab er bereitwillig Details über die Hintergründe seiner grausamen Verbrechen preis. Anna Schneider habe nicht in sein Beuteschema gepasst, doch sie habe überall nach ihrer Freundin Ute herumgefragt und Staub aufgewirbelt. Es sei Sybille Hambacher gewesen, die ihn mit Informationen versorgt habe, ohne zu ahnen, was er damit anrichten werde. Ihr habe es ausgereicht, dass die Spendengelder weiter in ihre Tasche geflossen seien. Von ihr habe er auch über Felix, den Obdachlosen Bescheid gewusst und erfahren, wo er sein Zelt finden könne.

»Natürlich musste ich Annas Leiche loswerden. Ich habe sie in einer Kühltruhe zwischengelagert. Am Sonntagnachmittag habe ich mein Auto in der Nähe des Englischen Gartens abgestellt und bin mit Bus und Bahn nach Hause gefahren.« Fürst lehnte sich im Stuhl zurück und es sah aus, als schwelgte er in seinen Erinnerungen. »Zuerst musste sie ein bisschen auftauen, sonst hätte ich sie gar nicht in ihr Auto bekommen.« Er zwinkerte ihr spitzbübisch zu.

Übelkeit stieg in Clara auf, so sehr widerte er sie an. Doch sie ließ sich nichts anmerken, den Gefallen wollte sie ihm nicht tun.

»Dann bin ich mit ihrem Wagen zu Isa Gottwald gefahren. Es war ein Kinderspiel, mir für alle Fälle ein Alibi zu verschaffen. Ich musste nur warten, bis Isa sich wieder mit ihren Schlaftabletten zugedröhnt hatte. Mit dem alten Opel bin ich dann zum Englischen Garten, die Leiche und einen Kanister Spiritus im Kofferraum. Das ist schon die ganze Geschichte«, endete Fürst sichtlich zufrieden.

»Aber das Wetter und der Busfahrer haben Ihnen einen Strich durch die Rechnung gemacht!«

»Nun ja, es wäre mir lieber gewesen, die Polizei hätte es für einen Unfall gehalten. Aber es hat auch sein Gutes, wir beide wären uns sonst nie so nahe gekommen.« Er sah ihr tief in die Augen und setzte sein charmantes Lächeln auf.

»Und Rottenbach?«, fragte Clara. Sie hielt seinem Blick stand, doch innerlich bebte sie vor Abscheu.

»Ach, der war kein Verlust, glauben Sie mir! Ein Versager, nichts weiter, ich habe der Gesellschaft einen Dienst erwiesen. Als ich ihn bei seinen kleinen Schweinereien erwischt hatte, bot er mir eine Beteiligung an. Mir war's recht. Man sollte zugreifen, wenn sich Chancen bieten im Leben.« Er beugte sich ihr entgegen und sprach in honigsüßem Ton weiter: »Oder wie sehen Sie das, Clara?«

Sie hätte ihm gern entgegengeschleudert, wie sie ihn sah, doch sie wollte ihn nicht verärgern – noch nicht. »Wie haben Sie das mit Rottenbach gemacht?«

»Das war ganz leicht! Rottenbach wollte unter vier Augen mit mir reden, er wollte sich stellen, weil er den Tod des alten Mannes nicht verkraftet hat.« Fürst schnaubte amüsiert. »Doch zuerst mussten wir das Arbeitsessen mit Isa hinter uns bringen. Als er sich verabschiedete, haben wir uns für später in der Fabrik verabredet. Ich musste nur noch warten, bis Isa sich wieder mit ihren Tabletten ausgeknockt hat. Dann bin ich los.« Seine Augen glitzerten wie die eines Raubtieres auf Beutezug.

»Aber wie haben Sie ihn überwältigt, er ist wahrscheinlich nicht freiwillig in den Bottich gegangen?«

»Ich kann eben gut mit Menschen.« Sein hohles Lachen dröhnte in ihren Ohren. »Extra für ihn hatte ich einen spanischen Sherry von Isa mitgebracht. Rottenbach liebte das Zeug. Er zeigte mir den Brief, den er eben anfing zu schreiben. In seiner Aufregung hat er mehrere Gläser von dem guten Sherry gekippt.«

»Er war betrunken?«

»Vielleicht auch, aber in der Hauptsache haben Isas Schlaftabletten, die ich untergemischt hatte, ihn zur Ruhe kommen lassen.« Beifall heischend sah er sie an. »Ihn in den Bottich zu stecken, war dann ein Klacks. Er hat sogar mitgeholfen und ist schlaftrunken auf den Tritt gestiegen.«

Wieder ließ er seinen Worten ein zynisches Lachen folgen.

Clara schluckte und es gelang ihr den Würgereiz zu unterdrücken. Doch das beklemmende Gefühl setzte sich in ihrem Hals fest. »Und warum musste Sybille Hambacher sterben?«, fragte sie mit belegter Stimme.

»Die arme Sybille, es tat mir fast ein bisschen leid, denn sie war recht nützlich gewesen. Doch Anna hatte ihr von uns erzählt.« Fürst berichtete weiter, dass Hambacher misstrauisch geworden sei, nachdem die Polizei sie befragt habe. Gleich darauf habe sie ihn angerufen und nachgefragt, ob er etwas mit dem Mord an Anna Schneider zu tun gehabt habe. »Wie dumm von ihr!«, schloss er seine Erzählung in heiterem Ton.

Doch eines verstand Clara noch nicht. »Wie haben Sie es geschafft, die Videoüberwachung im Frauenobdach abzustellen?«

»Das war so einfach, dass Sie es kaum glauben werden, aber sie hat die Anlage selbst abgeschaltet.« Das eigentlich sonore tiefe Lachen von Fürst klang neben seinen Einlassungen nur noch ätzend. »Ich habe Sybille einfach darum gebeten. Damit ich sie unbehelligt besuchen kann, zu unserem Tête-à-Tête. Pünktlich um halb Acht hat Sybille selbst die Videoüberwachung ausgeschaltet. Sie war völlig ahnungslos, selbst als ich mich ausgezogen hatte und in den Schutzanzug geschlüpft war, dachte sie immer noch, es würde gleich zur Sache gehen zwischen uns.« Wieder lachte er laut und schüttelte den Kopf. »Menschen sind Wachs in meinen Händen. Das war schon immer so. Ich habe ganz besondere Fähigkeiten und ich glaube, Sie auch.«

»Wusste Isa Gottwald Bescheid oder fällt sie aus ihren rosa Puffwölkchen, wenn sie hört, was Sie getan haben?«

»Isa war nur Mittel zum Zweck, die alte Frau hatte keine Ahnung von all dem. Sie war bequem für mich, sonst nichts.«

Clara hakte im Geist die Fragen und Antworten ab, und kam zu dem Schluss, dass alles, was sie gehört und aufgezeichnet hatte, ausreichen würde, ihn lebenslänglich hinter Gitter zu bringen. Sie zog die Akte vom Tisch und stand auf.

»Jetzt sind Sie dran, Clara. Welche dunklen Geheimnisse ruhen auf Ihrer Seele?« Seine Augen funkelten sie erwartungsvoll an.

Clara drehte sich um, ging zur Tür und klopfte.

»Moment!« Fürst stand ebenfalls auf. »Sie haben mir etwas von sich versprochen. Wir hatten einen Deal.«

Sie wandte sich noch einmal zu ihm um. »Ich habe Ihnen nichts versprochen, Sie haben nicht richtig zugehört. Ich mache keine Deals mit Mördern und Verbrechern. Und nichts anderes sind Sie. Nur ein Mörder, der sein armseliges bisschen Charme und Grips dafür eingesetzt hat, Menschen zu verführen und zu töten.«

»Kommen Sie, Clara, das meinen Sie nicht ernst! Zwischen uns ist was Besonderes!«

»Wohl kaum! Sie sind nichts weiter als eine winzige Randnotiz für mich. Und hören Sie mal!« Clara hob den Zeigefinger.

Fürst lauschte aufmerksam in den leeren Raum. »Ich höre nichts.« Wirr sah er sich um.

»Das ist meine Musik und Sie können sie nicht hören, weil sie so viel weiter oben spielt als Ihre!« Die Tür öffnete sich und zwei Uniformierte traten ein. »Abführen!«, sagte sie, während sie zwischen den beiden Männern hinausging.

»Nein! Kommen Sie zurück!«, schrie Fürst. Er machte einen Schritt zur Tür hin, doch sofort griffen die Beamten nach ihm und hielten ihn fest.

Clara hörte seine Stimme hinter sich verhallen, weinerlich verlangte er, dass sie zurückkommen solle, keine Spur mehr von dem wichtigtuerischen Gehabe, das er bis eben noch gezeigt hatte. Sie hatte ihn aus dem Spiel genommen – für immer!

Thorwald war inzwischen auch auf dem Revier eingetroffen und hatte sich zu Miriam und Lisa gesellt. Ein Pflaster klebte quer über seiner Stirn, doch ansonsten machte er einen gut gelaunten Eindruck. »Demirci ist auf dem Weg der Besserung!« rief er und zeigte mit beiden Daumen nach oben. Das war eine wirklich gute Nachricht und Clara nahm sich vor, ihn bald noch einmal zu besuchen.

Doch jetzt war es an der Zeit, einer mutigen Frau die letzte Ehre zu erweisen. Anna Schneider hatte Ute durch ihre Beharrlichkeit das Leben gerettet. Ohne sie wäre Fürst vermutlich nie aufgeflogen und Ute wäre früher oder später an den grausamen Misshandlungen gestorben.

40

Als hätte der Himmel ein Einsehen, hörte der Schneefall kurz vor der Beisetzung auf. Ein SUV parkte neben Claras Mini auf dem Parkplatz des Nordfriedhofs ein. An der Seitentür prangte ein Aufkleber: *Anwas Vegan.* Andy Wassmann stieg aus, er nickte Clara freundlich zu. Und er hatte noch jemanden dabei. Lisbeth und Emily Bechter kletterten behände aus dem großen Fahrzeug, sie kamen zu Clara herüber getrippelt. »Hallo, Frau Kommissarin.« Lisbeth winkte ihr, obwohl sie schon direkt vor Claras Nase stand.

»Nett, dass Sie gekommen sind!«

»Auch wenn wir unsere Differenzen hatten mit der jungen Dame, niemand hat es verdient, so aus dem Leben gerissen zu werden. Und als Herr Wassmann uns gefragt hat, ob wir ihr nicht gemeinsam unsere Aufwartung machen wollen …«

»… da haben wir uns ein Herz gefasst und hier sind wir«, beendete Emily Bechter den Satz ihrer Schwester.

Der kleine Trauerzug ging hinter dem Pfarrer und dem Urnenträger, vorbei an der Aussegnungshalle, den langen geraden Weg entlang zur Grabstelle. Als die Urne in die Erde gelassen wurde, zeigte sich sogar für einen Moment die Sonne zwischen den Wolken.

Ute hatte eine kurze Ansprache vorbereitet, in der sie davon erzählte, wie das Schicksal Anna und sie zusammengeführt hatte und darüber, dass sie sich in Zukunft ehrenamtlich engagieren wolle, um anderen obdachlosen Frauen zu helfen. »Wäre Anna nicht gewesen, wäre ich auch in so einer Gefriertruhe gelandet. Meine einzige Freundin auf der Welt hat mir das Leben gerettet und jetzt muss ich sie zu Grabe tragen.« Tränen stiegen Ute in die Augen. »Aber ich habe eine zweite Chance bekommen und die lass ich nicht liegen. Allein schon wegen Anna. Heute an Weihnachten ist ein guter Tag, um sein Leben zu ändern.«

Schweigend machten sie sich auf den Weg zurück zum Parkplatz. Thorwald sah auf seine Smartwatch. »Oh, sechzehn verpasste Anrufe. Jedes Familienmitglied unserer von Weidecke-Dynastie hat sich mindestens einmal gemeldet. Meine Mutter hat sogar fünfmal auf die Mailbox gesprochen.« Pflichtschuldig machte er sich gleich daran, die Nachrichten abzuspielen und Clara hörte, dass die Stimme seiner Mutter jedes Mal vorwurfsvoller wurde, dass er nicht da sei und dass sie vor Hitze umkomme.

Sein Onkel, der ehemalige Polizeipräsident, wollte hingegen voller Entrüstung wissen, was ihm einfalle, nicht zum Essen anwesend zu sein. Das habe es ja in der Familiengeschichte noch nie gegeben, dass jemand sich einer solchen Einladung entziehe. Und wo man hinkomme, wenn jeder die Familienfeierlichkeiten nach eigenem Gutdünken besuche oder eben nicht. Und noch irgendwas mit Verpflichtungen. Thorwald hatte die Voicemail nicht bis zu Ende abgespielt. Er sprach seinerseits eine Nachricht ins Handy:

»Happy Birthday und frohe Weihnachten euch allen! Mir ist es auf St. Barth zu heiß! Wir sehen uns nächstes Jahr zu Hause in Ennepetal. Euer Thorwald.« Augenzwinkernd sah er zu Clara.

»Tut mir leid, dass du deinen Flug gestern verpasst hast. Willst du nicht versuchen, ein Last-Minute-Ticket zu bekommen. Dann kannst du wenigstens die Feiertage mit deiner Familie verbringen.«

»Mir hat mal jemand gesagt, das sei nicht mein Stil.« Freundschaftlich knuffte er Clara in die Seite und sie erwiderte mit einem nett gemeinten, doch um einiges zu hart geratenem Ellenbogenstoß.

Miriam umarmte Gustl zum Abschied, der ihr stürmisch über die Wange leckte und mit seinen matschigen Pfoten auf ihre Hose tappte. Auch Clara ging noch einmal in die Hocke, um sich von dem Hündchen gebührend zu verabschieden. »Mach's gut Kleiner. War mir ein Vergnügen mit dir zu arbeiten!« Wie zur Antwort bellte er dreimal laut auf, wedelte mit dem Stummelschwanz und legte seinen Kopf auf Claras Knie. Sie kraulte ihn ein letztes Mal hinter den Ohren, bevor sie aufstand und sich Ute zuwandte. »Ihnen alles Gute! Das war eine bewegende Rede eben. Ich hoffe, Sie erreichen alles, was Sie sich vorgenommen haben.«

Ute reichte Clara die Hand. »Meine Cousine wird mich bei meinen Gehversuchen im neuen Leben unterstützen. Ich danke Ihnen für alles!« Sie schloss zu ihrer Cousine auf, die ein paar Schritte entfernt auf sie gewartet hatte.

Clara wandte sich Thorwald zu. »Okay, Partner, ich habe keine Palmen zu bieten und keinen warmen Ostwind.« Sie grinste und zeigte auf ihren Mini. »Bei uns gibt es Heiligabend nur Kartoffelsalat und Würstchen, aber wenn du magst, bist du herzlich eingeladen.«

»Hört sich unwiderstehlich an, da sag ich nicht nein.« Eilig klopfte Thorwald sich die Stiefel ab, bevor er in den Mini stieg. Das kleine Auto setzte sich auf dem Schnee knirschend in Bewegung. Clara warf einen Blick in den Rückspiegel, wo Ute und ihre Cousine von einem Taxi abgeholt wurden. Gustl war als Erster ins Auto gesprungen. Sie lächelte und dachte, dass der kleine Kerl ihr sicher fehlen würde.

Die Scheibenwischer schalteten sich automatisch ein, es hatte wieder begonnen zu schneien und eine laute, blecherne Stimme verkündete: »Sonne und 32 Grad im Schatten auf Saint-Barthélemy bei wolkenlosem Himmel.«